古典詩歌研究彙刊

第三輯

龔鵬程 主編

第8冊

李商隱詩用典析疑（下）

吳榮富 著

國家圖書館出版品預行編目資料

李商隱詩用典析疑(下)／吳榮富 著 — 初版 — 台北縣永和市：
花木蘭文化出版社，2008〔民 97〕

目 4+194 面；17×24 公分
(古典詩歌研究彙刊 第三輯；第 8 冊)

ISBN 978-986-6831-85-0(精裝)
1.(唐)李商隱 2.唐詩 3.詩評

851.4418　　97000376

古典詩歌研究彙刊
第三輯 第八冊　　ISBN：978-986-6831-85-0

李商隱詩用典析疑(下)

作 者 吳榮富
主 編 龔鵬程
出 版 花木蘭文化出版社
發行所 花木蘭文化出版社
發行人 高小娟
聯絡地址 台北縣永和市中正路五九五號七樓之三
電話：02-2923-1455／傳眞：02-2923-1452
電子信箱 sut81518@ms59.hinet.net
初 版 2008 年 3 月
定 價 第三輯 20 冊(精裝)新台幣 28,000 元

李商隱詩用典析疑（下）

吳榮富 著

目次

上冊

下　冊

第四章　神女之原典與化用

義山有詩六百餘首，用到女性典故與牽涉女性之詩有二二五處。列表如下：

次　數	女　性　典　故
21	高唐、陽臺、朝雲、神女
18	嫦娥、素娥、月姊
12	莫愁、盧家、石城
8	宓妃、洛神
7	西施、暨羅女
6	湘淚、嬀汭貞媛
6	西王母、王母（龜山）
5	鳳女、秦女、弄玉
5	昭君、青塚、紫臺
5	李夫人、傾城
4	卓文君
4	青女
3	麻姑
3	聖女

次 數	女 性 典 故
3	紫姑
3	星娥（織女）
3	趙飛燕
3	雲中君
2	衛夫人
2	萼綠華
2	桃葉
2	桃根
2	阿嬌
2	徐妃
2	梅妝、壽陽公主
2	金蓮
2	清溪小姑
2	阿侯
2	鉤戈夫人（漢後）
1	山鬼、毛女、女嬃、王子喬二姊（觀靈、觀香）、玉女、左思女、名姬、狄女、吳宮美人、杜蘭香、秋娥、東山妓、金唐公主、阿環（仙女）南眞（魏夫人）、素女、班婕妤、宮女、羅敷、張麗華、紫玉、紫府仙人、紫微夫人、賈午、溧陽公主、瑤姬、虞姬、精衛、鄭櫻桃、羲和（用女性典）、褒女、謝道韞、藐姑射仙人、韓馮妻、蘇小小、驪姬、鸞鏡佳人。

第一節　神女之原典與複合性

一、問題之引出

在本文第一章談〈陳後宮〉第二首，已提及其詩中之典，李商隱有集「南北齊之昏君而爲詠」之現象。今茲再觀察其對神女典之應用，將對其用典藝術有更深一層之瞭解，如其〈無題〉二首。

> 鳳尾香羅薄幾重？碧文圓頂夜深縫。扇裁月魄羞難掩，車走雷聲語未通。曾是寂寥金燼暗，斷無消息石榴紅。斑騅只繫垂楊岸，何處西南待好風！
>
> 重幃深下莫愁堂，臥後清宵細細長。神女生涯元是夢，小姑居處本無郎。風波不信菱枝弱，月露誰教桂葉香？直道相思了無益，未妨惆悵是清狂。

此二首〈無題〉從表面看來非常女性化。於是不禁令人要問，第一首處於「鳳尾香羅」中之主角是男或是女？第二首臥於「莫愁堂」中者又是誰？「莫愁堂」固因「莫愁」而得名，然而其堂便爲女性所住乎？而「神女生涯元是夢，小姑居處本無郎」，在文本結構上是比還是賦？而「扇裁月魄羞難掩，車走雷聲語未通」，是主角自言還是回憶之詞？明朝許學夷直接說此二首〈無題〉「意障」〔註1〕，那倒也省事。可是箋釋家總是不甘心，一定要儘量爲他找出可以比一比之對象。因此有人認爲詩中主角是男性，而且詩意是在比附令狐綯，如胡以梅曰：

> （首章）此詩是遇合不諧……詳前三句，必有文章干謁，世事周旋，而當塗莫應。四與六七竟棄之如遺。八雖此心未歇而亦怨之意，意者謂令狐耶？……（次章）此以莫愁比所思之人也。〔註2〕

胡以梅云首章是「遇合不諧」之詩，且必有文章干謁令狐而莫應，其說乃直指主角就是李商隱。次章則認爲是義山「以莫愁比所思之人」。同此說者如陸昆曾亦曰：「二詩疑爲綯發」。〔註3〕何義門亦曰：「義山無題數詩，不過自傷不逢，無聊怨題，篇乃直露本意。」〔註4〕馮浩更將時間地點列出，曰：「將赴東川，往別令狐，留宿而悲歌」。〔註5〕

〔註1〕許學夷《詩源辯體》參看《明詩話全編》，第六冊〈許學夷詩話〉，6239頁。

〔註2〕見劉學鍇、余恕誠《李商隱詩歌集解》，第四冊，1456頁。

〔註3〕見陸昆曾《李義山詩解》，64頁。

〔註4〕見劉學鍇、余恕誠《李商隱詩歌集解》，第四冊，1455頁。（輯評）

〔註5〕見馮浩《玉谿生詩集箋注》，卷2，459頁。

把時間地點說得如親眼目睹，而其唯一之憑據是「垂楊岸」寓柳姓，「西南」指蜀地。張爾田也順著說：「此爲將赴柳仲郢幕，寓意子直之作」。又曰：

> 「鳳尾」二句，記臥室所見，中四句陳情不省之況，神女句言當日婚於王氏，遂致令狐之怒，今已悼亡，思之渾如一夢耳。「小姑」句言已雖暫依李黨，不過聊謀祿仕，並非爲所深知，如小姑居處，久已無郎，奈何子直藉此爲口實哉〔註6〕。

以上諸家，包括張爾田在此言：「鳳尾二句，記臥室所見」云云，皆已直認爲鳳尾香羅中之人，是李商隱本人，主角自是男性。此外尚有汪辟疆亦同此類說法，不贅列。〔註7〕

但是也有人直把這兩首詩之主角當女性看者，如程夢星曰：

> 前詩言不求人知也，古人云：「士爲知己者死，女爲悅己者容，故假借女子以爲詞。」……而次首則「言人無知己」也。〔註8〕

黃侃也說：

> 義山諸無題，以此二首爲最得風人之旨。察其詞，純托之於守禮而不佻之處子，與杜陵所謂空谷佳人，殆均不媿幽貞。〔註9〕

以上二說，都認爲兩首〈無題〉之主角是女性，故或曰「假借女子以爲詞」、或曰如「不佻之處子」。顏崑陽概括的分析說：

> 程氏的箋釋，仍以「情意」爲解，而馮氏的箋釋，則以「事實」爲解了。這套箋釋系統，從朱鶴齡創始，到馮浩集成，大致的理念並沒有不同，但是在運用上，虛實、粗細的程度則有不同。從朱氏到馮氏，由虛而實，由粗而細，趨勢

〔註 6〕見張爾田《玉谿生年譜會箋》〈李義山詩辨正〉，408 頁。

〔註 7〕見《汪辟疆文集》〈義山詩箋舉例〉，上海古籍出版社會，1988 年 12 月，227 頁。

〔註 8〕見朱鶴齡《李義山詩集箋注》，程夢星之刪補，494～495 頁。

〔註 9〕見劉學鍇、余恕誠《李商隱詩歌集解》，第四冊，1458～1459 頁。

頗著。〔註10〕

但是因爲不論以「情意」爲解，或是以「事實」爲解。顏崑陽繼續指出此箋釋系統之困境在：「由於人文知識不同自然科學知識那樣具有可驗的客觀性。因此，從朱鶴齡以下所建構的這一箋釋系統，也並未具備普遍有效性，可以得所有人之認同。」而其不能得到普遍認同之原因，除了文學不似科學之可驗性之外，其弊尤在「不免獨斷」四字。〔註11〕且對「用典」隨意作解。〔註12〕故義山此二首詩之眞意若何？也許眾說在「接受美學」上都可以成立，但套一句義山之詩曰：「作者豈皆然」〔註13〕。孟子說：「盡信書，不如無書」，筆者以爲應當另起爐灶，重新探討，不能丐人溲餘。以下再本之以「典故爲穴位，以文本爲經絡」之法，試加以析論之。

二、從「西南風」轉向看翻用典

（一）由西南風轉向看性別

此兩首〈無題〉，不似「八歲偷照鏡，長眉已能畫」之典型女性化，但是猶多女性化味道，故程夢星云是「假女子以爲詞」、而黃侃說「托之於守禮而不佻之處子。」但是仔細分析一下，兩首前四句固似女人詞語，然後四句則可男可女，不似「八歲偷照鏡」之一貫到底，故此詩實有漸趨中性化之傾向。此若能先參看義山兩首絕句，可先獲得一個判準之觀念，如〈爲有〉：

〔註10〕見顏崑陽《李商隱詩箋釋方法論》，17頁。

〔註11〕見顏崑陽《李商隱詩箋釋方法論》，18頁。類此見解，尚可參看龔鵬程曰：早期在「新批評」流行的時候，我們有一個口號，要把中國文學批評弄得有科學而有系統。這其時是不通的！科學與文學的性質，本身就有很大的差異。中國文學批評被認爲是不科學，充滿了主觀，不客觀；這是把科學的特質移到文學上。所以新批評到五十年代以後漸漸衰微，主要原因就在這個地方。《文學批評的視野》，27頁。

〔註12〕見顏崑陽《李商隱詩箋釋方法論》，28頁。

〔註13〕見馮浩《玉谿生詩集箋注》，卷3，〈謝先輩防記念拙詩甚多異日偶有此寄〉，603頁。

為有雲屏無限嬌，鳳城寒盡怕春宵。無端嫁得金龜婿，辜負香衾事早朝。

此詩從頭到尾，無人會懷疑是純以女性為主角之詩。但是若再讀〈常娥〉：

雲母屏風燭影深，長河漸落曉星沉。常娥應悔偷靈藥，碧海青天夜夜心。

這首讀來雖也令人覺得女性味十足。但是若能掌握第三句「應悔」之轉捩處。便知前二句在「雲母屏風」中者原來是作者自己，第三句才用「常娥應悔」作推想上之轉換，於是才由男性心中聯想轉出嫦娥來。而上面兩首〈無題〉剛好相反，其乃從用典上翻轉，而由女變男。因其暗中翻用，各家不察。以至各家雖知主角是義山，但尚不離「芳草美人」之詮釋方式。不知義山已從「用典」上脫化轉移矣。

筆者初讀此二首，亦甚感難解，而難解之因，乃因本詩多用語典，而少用事典，以至解析之進路不易把握。唯此詩雖事典不多，但依典還是能發揮其「寸轄制輪，尺樞運關」之功〔註14〕。如第一首、末兩句：「班騅只繫垂楊岸，何處西南得好風？」依據「西南風」之原典，乃自曹植〈七哀〉：

明月照高樓，流光正徘徊。上有愁思婦，悲歎有餘哀。借問歎者誰？言是客子妻。君行踰十年，孤妾常獨棲。君若清路塵，妾若濁水泥。浮沈各異勢，會合何時諧。願為西南風，長逝入君懷。君懷良不開，賤妾當何依。〔註15〕

曹植此詩，主角是「客子妻」，其被塑造之形象是「愁思婦」。而其「願為西南風」，正是「何處西南待好風」之所本。唯義山用典，在此已非用原典之意，而是經過加工改造。因為原典「願為西南風」是客子妻之主觀幻想，而「長逝入君懷」是客子妻之主要願望。可是義山之詩剛好相反，「西南風」對其詩來說是外在本已存有，義山之困境是

〔註14〕見劉勰《文心雕龍・事類》，卷8，4頁。

〔註15〕見昭明太子《文選》卷23，台南北一出版社，民國63年8月，316頁。

在「何處待好風」問題，而不是自己能不能化做西南風之問題；此正是所謂「反用典」或「翻用典」之典型。

而在曹植之末二句：「君懷良不開，賤妾當何依」，是從「願為西南風」之意願，以幻為眞，好像賤妾早已當了西南風，而且已經向君吹去。可是她碰到的困境是客子之態度——「君懷良不開」，詩中所逞現之義涵是這個「君」從來沒有準備打開心懷來接納她這一陣好風的意思，於是讓她有「賤妾當何依」之感歎。而在李商隱之詩剛好相反，主角是反而急切在等待「西南風」趕快吹過來，甚至恨不得越快越好，至此就可以察覺此句與原典角色之互換性。

再就此句反觀上句「班騅只繫垂楊岸」。雖典故不同，唯情意卻可相通。按「班騅」之典，見於〈清商曲辭〉中之〈神絃歌・明下童曲〉：

> 陳孔驕赭白，陸郎乘班騅。徘徊射堂頭，望門不欲歸。〔註16〕

詩中之陳孔、陸郎。朱鶴齡注謂為陳暄、孔範、陸瑜，皆陳後主狎客〔註17〕。而馮浩則曰：「陳孔、陸郎，未可確指」〔註18〕。筆者以為馮說為是。蓋讀古人詩若無實據，不能見姓而任意加名也。一如馮氏不能見到「垂楊岸」便說是柳仲郢一樣。原典中乘斑騅之陸郎，他是一個「望門不欲歸」之浪子。因此他與曹植〈七哀〉之「君懷良不開」同屬一種男無義之特性。而此句關鍵詞在「只繫」之「只」是何意？依張相《詩詞曲語辭匯釋》有二意：一是當語助辭，猶著也。如「且慢只」、「你穿只」皆用在語尾，自與本詩無涉。另一條「只在」云：「猶云總在或如故也。」〔註19〕此與「只繫」通，即云陸郎之班騅馬總是（或依然如故）繫在垂柳岸，有綁死不得動彈之意。推衍而論，

〔註16〕見郭茂倩《樂府詩集》第47卷，685頁。
〔註17〕見程夢星刪補朱鶴齡《李義山詩集箋注》之補，340頁。
〔註18〕見馮浩《玉谿生詩集箋注》，卷2，421頁。
〔註19〕見張相《詩詞曲語辭匯釋》，洪葉文化事業有限公司，1993年4月，28頁、417頁。

義山詩中之班騅本是可以隨時望門而歸，可是卻只死死、牢牢繫在垂楊岸，此與另一首〈無題〉:「斑騅嘶斷七香車」之意剛好相反。因此，現在這一隻班騅馬，不是望門不欲歸，而是望門不得歸，因爲他還被牢牢繫在垂楊岸上不能動彈。而西南風在原典中是自己期待自動投懷送抱，可是在義山詩中反而成了敞開心懷以待好風之人。而班騅也由「望門不欲歸」之浪子意涵，轉變成恨不得早早鬆綁而歸之好男子，以是可以判定此兩首詩所傳達者乃是一種義山殷切期盼之心情。以下要判斷的是義山殷切期盼的是什麼？

（二）詩人何以輾轉難眠

由上推出義山末兩句翻用兩個典，以傳達其期盼之心情，但是其所期盼者又是何事？觀其五六句：「曾是寂寥金燼暗，斷無消息石榴紅」。由此兩句，可以推知主角曾長夜不寐，直到燭臺火熄。此正與第二首「臥後清宵細細長」同一寫照。詩人又何以如此難眠？原來長久以來消息全無，所謂「斷無消息石榴紅」也。道源與吳喬皆注「石榴」爲「石榴裙」馮浩解爲「石榴酒」，劉學鍇、余恕誠言：「石榴紅」與上「金燼暗」對文，「石榴」自指榴花。「金燼暗」，兼寓相思無望；「石榴紅」暗示流光易逝，一別經年（榴花開時，青春已逝），並評「馮注鑿」〔註20〕。劉、余二氏之說通透可從。蓋「斷無消息石榴紅」確有久別之意，但未必是經年而已。因詩中無「再」字，故時間似可以縮短，至少是春天已過，石榴花開，又一季了。唯在此須問者，是何事全無消息？才惹得詩人常有「寂寥金燼暗」之焦慮？

其線索在三、四句「扇裁月魄羞難掩，車走雷聲語未通」，如果說此二句是在等待令狐綯給一官半職之消息？則這個乞討式之心情未免太嚴重了，且與三四兩句有很大之衝突性。因爲以義山從十六歲入令狐楚之門，其與令狐綯之熟悉度，再怎樣誇張也不須寫成「扇裁月魄羞難掩」那麼陌生。而實際上「扇裁月魄羞難掩」是融二典爲一

〔註20〕見劉學鍇、余恕誠《李商隱詩歌集解》，第四冊，1453頁。

句之用典類型。朱鶴齡引〈班婕妤詩〉:「裁爲合歡扇，團圓似明月。」與《樂府・團扇郎歌》:「憔悴無復理，羞與郎相見。」〔註21〕由此二語典看義山之句，意指女郎與義山相逢時，以團扇遮臉之嬌羞模樣，故特別令人難忘。

而下句云「車走雷聲語未通」，其顯示之意涵有「驚鴻一瞥，貌若天仙」之暗示意義。因此這兩句詩之情景，自是女孩乘車快速而過，而又因車快故聲如雷響，以至言語未通。實是既不能說話，而且縱使說了雙方也聽不清楚。然而由整首詩看來，作者似乎知道那個女孩是誰，不然何以會如此牽腸掛肚，常常輾轉失眠直到「金燼暗」？焦慮到「斷無消息石榴紅」，既使沒有一年也有一季的相思！再由「斷無消息石榴紅」，也正透顯此二句是回憶之詞，而不是當下之事，更非義山自化爲女性之辭。

接下來之問題，是此時作者是在何處回味「扇裁月魄羞難掩，車走雷聲語未通」？原來作者他正躺臥在帶有香味之鳳尾羅帳中，眼巴巴看著低垂之鳳尾紋羅帳與上頭碧綠色之圓頂緊緊密縫在一起（此是指「緊緊密縫在一起」之「縫」作形容詞，不是指空隙之「縫」作名詞），其正象徵著作者被圍困在愁帳中，遁不脫逃不得。此實與第二首:「重幃深下莫愁堂，臥後清宵細細長」之「重幃」同一意，因爲「薄幾重」？其所指正是「重幃」之「重」有多少層？此若不就脈絡解析，將一如陳永正把「縫」解釋爲「縫製」之縫，作動詞。〔註22〕不知此是逞現詩人輾轉難眠，金燼將暗，而兩眼猶直望著羅帳圓頂之情態，借用以象徵臥困愁城之意。此若參考方瑜先生說李商隱之「廉幃均被暗喻爲戀人間之阻隔。」〔註23〕便足證吾說之不謬。唯義山此

〔註21〕見劉學鍇、余恕誠《李商隱詩歌集解》，第四冊，1453頁。

〔註22〕陳永正之《李商隱詩選》曰:「有碧綠花紋的圓帳頂，她縫製到夜深的時候。兩句是詩人想像之詞」。75頁，按此詩若順著第一句讀到第二句，很容易有此印象。但是若倒著推演回來，依文章脈絡就可以看得比較清楚。不會陷入意障。

〔註23〕見方瑜《沾衣花雨・李商隱七律豔體的結構與感覺性》，臺北：遠景

詩中之戀人是誰？則是問題之所在，若全以無定指、無定人、無定事，全不加以猜測，而僅就美感或感覺性分析，一如方瑜、龔鵬程先生等之主張，自是最聰明的辨法。唯筆者不敏，如醫生見病人症狀不明，便只開一些安慰藥而不加以深究，實於心不安。然亦自知稍一不慎，便有爭議，惟思在學術討論上，若有新說以引起爭議，何嘗不也是一種學術自由之精神？故以下再依文本加以推論。

前面是從末兩句倒著追尋經絡到首句。現在則嘗試著從首句往下探尋，看是否說得通。第一句是主角正夜臥在帶有香味之鳳尾羅帳中，羅帳薄薄好幾重正與頂端碧綠色之圓帳頂緊緊密縫在一齊，象徵著主角正陷入愁城之重圍中。回想著一個曾經驚鴻一瞥之女孩，她坐在車上，拿著一把團扇半遮著嬌羞的臉，隨著隆隆如雷之車聲遠去。雖有千語萬語，可是一句話也不能說。時間一幌，石榴花又開了，可是消息全無。陸郎（我）空有班騅，卻還像牢牢被綁在柳樹頭，以致不可也不能自由去追尋好風，探問消息。

因爲此中典故，已被義山悄悄改造翻用，學者往往未察覺，故用功如劉學鍇、余恕誠猶曰：「二首均寫幽閨女子相思寂寥之情」。〔註24〕果如二氏之說，一個女孩子怎會對自己「扇裁月魄羞難掩」之自我印象如此深刻？又怎會對一個陌生之繫馬垂楊岸之男子〔註25〕立刻感到「車走雷聲語未通」之遺憾？甚或還希冀對方趕快化作西南風吹入其胸懷？如此之女孩在古代將是一個什麼形象之女子？如果此女子一見某男子便如此狂戀，以致暗戀不已，則男子之條件是什麼？她是俱備「魏王之才」？還是「韓壽之貌」？惟「才」一般是潛藏在內，「貌」才是普遍吸引異性之要件。而此詩作者是義山，因此不論是比還是賦，都難以令人想到他人去。因此詩中男子暫設定爲義山，則義山或許有才，因其曾自云「古來才命兩相坊」，但是若談到貌，

出版社，1982 年，204 頁。

〔註24〕見劉學鍇、余恕誠《李商隱詩歌集解》，第四冊，1459 頁。

〔註25〕同上註，1459 頁。

則難說矣！雖然義山曾於〈爲舉人上翰林蕭侍郎啓〉云：「若某者陋若左思，醜同王粲」，〔註 26〕有人以爲是義山自我形容之詞，雖然未必，但義山必無韓壽、潘安之貌殆可以推想。由是若說以女子身份懷思男子，洵是不通之詞。且此說完全忽略義山已把原典改造過，是從男性之角度下筆。因爲他已把「願爲西南風」之賤妾角色，化作「何處西南待好風」之男性角色。而陸郎之「班騅只繫垂楊岸」，以台語說就是「活活馬綁在死樹頭」，非常無可奈何！以是近代學者中，當以吳調公云：

> 這裏寫自己與戀人一度相逢，轉眼人車俱遠。獨自歸來，面對孤燈，無限寂寞，但又心中不甘。〔註 27〕

吳調公此說方是正解。同時一般之箋解者，也不知道女性之「扇裁月魄羞難掩」，才是引起男性主角「曾是寂寥金燼暗」，與「臥後清宵細細長」之主要誘因，所以就隨著想像，任意作解一翻，看到「垂楊」就想到柳仲郢、看到「斷無消息」就想到在等待令狐綯給他關愛之眼神等等。縱使劉、余二氏較開通，最後結論還是不免說：「似寫生活中情事，後者雖亦云『相思無益』，然實以抒寫身世遭逢之感爲主〔註 28〕」，此皆未深析之蔽也。

（三）莫愁堂中臥何人

第二首第一句之「重幃深下莫愁堂」。「莫愁」之典故已見〈富平少侯〉。可知義山用到「莫愁」、「無愁」典皆是反用「有愁」之意。如〈富平少侯〉「當關不報侵晨客，新得佳人字莫愁」。〈陳後宮〉：「從臣皆半醉，天子正無愁」。而〈無愁果有愁曲〉與〈莫愁〉詩云：「莫愁還自有愁時」，〈楚吟〉「宋玉無愁亦自愁」，等等〔註 29〕，此皆是義

〔註 26〕見《樊南文集》，上册卷 4，243 頁。

〔註 27〕吳調公〈論李商隱的愛情詩〉刊《中國藝林叢書七期》收錄於《李商隱詩研究論文集》，臺北：天工書局，民國 73 年 9 月，391 頁。

〔註 28〕見劉學鍇、余恕誠《李商隱詩歌集解》，第四册，1460 頁。

〔註 29〕以上所引之詩，見馮浩《玉谿生詩集箋注》，8 頁、14 頁、646 頁、648 頁。

山用典之慣用技巧。故第二句「臥後清宵細細長」正是有愁之表現，陳永正曰：

> 兩句寫女子深鎖閨中，自傷身世，長夜無眠。“細細”二字下得極佳，把慢慢推移之時間和蠶食著心靈之痛苦都表現出來了。〔註 30〕

陳氏認爲此詩之主角是女子，與劉學鍇、余恕誠之看法相同，如果這兩句是女性，那麼末兩句之性別如何？唯依前首從義山用典之末二句分析，可以知道義山實是反用典，主角性別已互易。故吳氏說是義山在「寫自己與戀人一度相逢，轉眼人車俱遠。獨自歸來，面對孤燈，無限寂寞，但又心中不甘。」如果再依陳氏此說，則那個「自己」就變成了女性，而「戀人」變成了李商隱，這樣說來，李商隱未免太抬高自己的身價。

若不信此詩主角是男性，請再就「重幃深下」與前首之「鳳尾香羅薄幾重」對看，將察覺若把「鳳尾香羅薄幾重」，倒裝重組，就是「幾重薄薄的鳳尾香羅」，到了第二首則簡爲「重幃」。這是語言藝術之必然，不然將令人感到重複而少變化。而其所謂「深下莫愁堂」，實際與「圓頂夜深縫」之意象相同。只是範圍更加擴大，原來只是被困在重幃之軟帳，現在似又更加一層莫愁堂之硬壁。而陳永正說：

> 那織有彩鳳花紋的芳香的綺羅，薄薄的，究竟有多少層啊？有碧綠花紋的圓帳頂，她縫製到夜深時侯。兩句是詩人想像之詞。他所思憶的女子，在幽房密院中，深夜縫製羅帳，他也許在準備新婚的嫁妝吧！〔註 31〕

這個說法初看似乎對「夜深縫」三字有不錯的解釋，但細細推敲，便覺得很有漏洞，（一）是「曾是寂寥金燼暗、斷無消息石榴紅」，縱使沒有一年，也有一季斷無消息。若就癡心妄想到對方在深夜縫製嫁妝，那不傻笑才怪，何以又如此心焦？（二）若是這個「縫」字是否

〔註 30〕見陳永正《李商隱詩選》，76 頁。
〔註 31〕見陳永正《李商隱詩選》，75 頁。

就作正在裁縫之意（動詞）？按此首押韻，重、縫二字在後代《詩韻》屬二冬韻，而通、紅、風三字屬一東韻，是冬、東合押。若就《廣韻》則是三鍾、一東合押。就詩論詩，此詩實是出韻。但也不是後代所謂「孤雁出群」，而簡直就是「雙雁出群」，此爲當今所不許。但是既然出現在李商隱之詩集中，只能指出其現象，對錯是另外問題。然而也正突顯義山很重視這兩個「重」和「縫」字。鳳尾紋之羅帳一重一重與碧文圓頂密縫接成一體（形容詞），讓詩人感到他像被深深困在重重密密之「重幃」中，這才是日本廚村所說：文學是苦悶的象徵〔註32〕。也才可與本詩前二句「臥」字連接，因爲詩人所表現皆是躺臥在莫愁堂中之鳳尾重幃裡，正在受愁苦和慢慢推移之時間啃蝕著痛苦的心靈。

（四）複合性之神女

當我讀到「神女生涯原是夢，小姑居處本無郎」時，馮注曰：「屢見」，又曰：原注：古詩有「小姑無郎」之句。可是這兩條資料看起來好像都很稀鬆平常，因此劉學鍇與余恕誠之《李商隱詩歌集解》曰：「巫山神女事屢見」〔註33〕；而鍾來茵也說：「頷聯寫昔日玉陽山熱戀，猶如高唐一夢；雖能朝雲暮雨，但已一去不返。如今，小姑居處已無情郎，她只是過著孤獨寂寞的生活。」〔註34〕簡而言之，大家看到「神女」就是「巫山神女」，「小姑」才是〈青溪小姑曲〉之小姑。以是鍾萊茵還大費周章寫了一篇〈高唐賦的源流與影響〉曰：「“巫山神女”系列的有“神女”（義山〈無題〉：“神女生涯元是夢”）、“楚女”（義山〈細雨〉：“楚女當時意，蕭蕭髮彩涼。”）〔註35〕」

〔註32〕見廚川白村《苦悶的象徵》前言：「他對文藝的看法，主要在說明人類的生命力，受到壓抑而生苦悶，就是文藝的根源。」台北琥珀出版社，民國58年7月，2頁。

〔註33〕見劉、余二氏之《李商隱詩歌集解》，第四冊，1454頁。

〔註34〕見鍾來茵《李商隱愛情詩解》，上海學林出版社，1997年7月，144頁。

〔註35〕見鍾來茵《李商隱愛情詩解》原載《文學評論》，1985年4期，377

筆者以爲此詩中之神女，還可以重新檢討。因爲就資料，義山用與神女有關典故共二十一次。在義山以前之典籍中，至少有三位明標爲神女。而宋玉〈高唐賦序〉中本無神女之名，註中才有。唯宋玉有〈神女賦〉在《文選》中則是事實。但是尚有兩個神女也赫赫有名，一個是殉情合葬在華山畿之神女，陳、釋智匠撰之《古今樂錄》載：

〈華山畿〉者，宋少帝時懊惱一曲，亦變曲也。少帝時，南徐一士子，從華山畿往雲陽。見客舍有女子年十八九，悅之無因，遂感心疾。母問其故，具以啓母。母爲至華山尋訪，見女具說聞感之因。脫蔽膝令母置其下臥之，當已。少日果差。忽舉席見蔽膝而抱持，遂吞食而死。氣欲絕，謂母曰：「葬時載車，從華山度。」母從其意。比至女門，牛不肯前，打拍不動。女曰：「且待須臾。」妝點沐浴，既而出。歌曰：「華山畿，君既爲儂死，獨活爲誰施？歡若見憐時，棺木爲儂開。」棺應聲開，女透入棺，家人叩打，無如之何，乃合葬，呼曰神女塚。〔註36〕

可見華山畿女，因其殉情，爲人所重，故亦被尊爲神女，此故事後來被〈梁祝故事〉與電影所吸收，此是題外不贅，惟此典似與義山詩不太有關係。而另外一個神女，義山在詩中已有〈原註〉，朱鶴齡並加以詳註，唯大家似乎都不在意。然若詳閱郭茂倩《樂府詩集》中收有十八首〈神絃歌〉，會發現李商隱第二首〈無題〉之大部份資料都在裏頭，因此我們就不得不再回頭審視義山〈原註〉之線索。郭茂倩在〈青溪小姑曲〉：「開門白水，側近橋梁。小姑所居，獨處無郎」之前注曰：

吳均《續齊諧記》曰：會稽趙文韶，宋元嘉中爲東扶侍，廨在青溪中橋。秋夜步月，悵然思歸，乃倚門唱〈烏飛曲〉。忽有青衣，年可十五六許，詣門曰：「女郎聞歌聲，有悅人者，逐月遊戲，故遣相問。」文韶都不之疑，遂邀暫過。

頁。

〔註36〕見郭茂倩《樂府詩條》，卷46，下冊，669頁。

> 須臾，女郎至，年可十八九許，容色絕妙。謂文韶曰：「聞君善歌，能爲作一曲否？」文韶即爲歌「草生盤石下」，聲甚清美。女郎顧青衣，取箜篌鼓之，泠泠似楚曲。又令侍婢歌〈繁霜〉，自脱金簪，扣箜篌和之。婢乃歌曰：「歌繁霜，繁霜侵曉幕。伺意空相守，坐待繁霜落。」留連宴寢，將旦別去，以金簪遺文韶。文韶亦贈以銀七及琉璃七。明日，於青溪廟中得之，乃知得見青溪神女也。〔註37〕

由末句「乃知得見青溪神女也」，因知「小姑居處本無郎」之小姑，本身就是神女，惟其不是夢中相見，以是「神女生涯元是夢」之神女，是否爲另一個巫山神女？如果就句中那個「夢」字看，自是宋玉之典較近，雖然〈高唐賦序〉云：

> 昔者楚襄王與宋玉遊於雲夢之臺，望高唐之觀，其上獨有雲氣，崒兮直上，忽兮改容，須臾之間，變化無窮。王問玉曰：此何氣也。玉對曰：所謂朝雲者也。王曰：何謂朝雲？玉曰：昔者先王嘗遊高唐，怠而晝寢，夢見一婦人，曰妾巫山之女，爲高唐之客，聞君遊高唐，願薦枕席。王因幸之，去而辭曰：妾在巫山之陽，高丘之阻，旦爲朝雲，暮爲行雨，朝朝暮暮，陽臺之下。

依〈高唐賦〉此序，從頭到尾無「神女」之名，而但曰「巫山之女」。其神女之稱，在賦中「風起雨止，千里而逝。蓋發蒙，往之會」下，李善註曰：「會，與神女相會」始見之。〔註38〕唯宋玉另有〈神女賦〉一首，其〈序〉曰：

> 楚襄王與宋玉遊於雲夢之浦，使玉賦高唐之事。其夜王寢，果夢與神女遇。其狀甚麗，王異之。〔註39〕

此序云云，數提到「夢」字，如「果夢與神女遇」。此外又尚有「王曰：其夢若何。」、「目色髣彿，乍若有記，見一婦人，狀甚奇異。寐而夢之，寤不自識，罔兮不樂，悵然失志。於是撫心定氣，復見所

〔註37〕見郭茂倩《樂府詩條》，卷47，684頁～685頁。

〔註38〕見《文選》卷19，252頁。

〔註39〕同上註。

夢。」文中確是說夢連連。看來〈神女賦〉中之神女，的確有不可忽視之重要性，何況鍾來茵蒐尋了十四條義山用巫山神女典。〔註 40〕

唯若將這兩首詩之語典與事典，與十八首〈神絃歌〉加以比對，會發現第一首「斑騅只繫垂楊岸」，見於〈神絃歌〉中之〈明下童曲〉:「陸郎乘斑騅」〔註 41〕。第二首之「神女生涯原是夢，小姑居處本無郎」也見於〈神絃歌〉中〈青溪小姑曲〉與吳均《續齊諧記》，清溪小姑本身就是神女，故有廟，以是文中才有「明日，於青溪廟中得之，乃知得見青溪神女也。」〔註 42〕再看「風波不信菱枝弱，月露誰教桂月香。」初看來似不用典，故劉學鍇、余恕誠曰:「後章近比」。其實不然，因爲他也見於〈神絃歌〉中之〈採蓮童曲〉第二首：

> 東湖扶菰童，西湖採菱芰。不持歌作樂，爲持解相思。〔註 43〕

原來「菱芰」有「解相思」之作用，而義山化言爲「風波不信菱支弱」，於是可以清晰看出義山創作思路，不離〈吳聲歌曲〉中之〈神絃歌〉範疇，其受影響自不待言。故在小姑、神女之後，其思緒何以不往其他方向發展，而直接想到「菱芰」？又爲什麼義山末兩句結尾是「直道相思了無益，未妨惆悵是清狂」？不是也因爲〈神絃歌〉中之菱芰有「解相思」之典源乎？所以若就義山明用或暗用之典故看來，此詩之初因，其神女似乎應是依〈神絃歌〉之脈絡爲主。而巫山神女，在義山集中用二十一次之多，自然也很熟，故也不排除是一個參數。唯在後人之解讀上，反而喧賓奪主，大家因爲只熟悉巫山神女，而忽略了清溪小姑也是神女，而詩中之文本主脈實以清溪小姑原典所出之〈神絃歌〉爲活水源頭，而巫山神女在此系統中反而是一個外加的複合意象，但是青溪神女在後代之解讀上，卻反而由主變副，這也是文

〔註 40〕見鍾來茵《李商隱愛情詩解》〈附錄〉371 至 372 頁。然鍾氏實遺落七條，筆者翻檢之有二十一條，如附表。
〔註 41〕見郭茂倩《樂府詩條》，卷 47，686 頁。
〔註 42〕見郭茂倩《樂府詩條》，卷 47，684 頁。
〔註 43〕見郭茂倩《樂府詩條》，卷 47，686 頁。

化弱勢之一種不公平。（一如「吳王苑內花」，不只西施一朵，紫玉也是，可是大家只想西施。）

從神女之典故，當然還可以做爲其他用典藝術之省思，只是必須能帶入詩之整體脈絡中加以檢驗，經過邏輯性之討論，方可鑑別出是或非、該分別還是該合一。如神女有三，而〈華山畿〉神女之所以被排除，是因與義山詩相比對，結果看不出有任何瓜葛。而青溪神女與巫山神女二者皆與義山詩關係密切，一如李商隱之名與伯夷叔齊與商山四皓皆有關。因此以下再就兩首〈無題〉加以評析再做結論。

就以上之討論，可以察覺此二首〈無題〉，事實上是受《清商曲·吳聲歌曲》中之情味和辭采的影響，再使用民歌與《詩經》重複連章之方式，來寫此二首〈無題〉。以是其辭彙非常女性化，但是從「班騅只繫垂陽岸，何處西南待好風」句，就一如其詠〈蟬〉：

> 本以高難飽，徒勞恨費聲。五更疏欲斷，一樹碧無情。薄宦梗猶泛，故園蕪已平。煩君最相警，我亦舉家清。

讀前四句，沒人懷疑義山是在詠蟬，可是讀到第五句「薄宦梗猶泛，故園蕪已平」，就沒有人會說這兩句還在詠蟬，到末聯「煩君」、「我亦」作者已完全由幕後跳到幕前。而義山這兩首〈無題〉也不無類似處，第一首從「曾是寂寥金燼暗」，與第二首「風波不信菱芰弱」開始，作者就已經有憋不住之勢，到「直道相思了無益，未妨惆悵是清狂」，作者之情感更一瀉千里，直露本色。故方瑜先生說此兩句：「可視爲義山戀愛基本心態之表白。」〔註 44〕

而筆者解析李商隱詩，常遵守《禮記·學記》曰：「先其易者後其節目」。〔註 45〕大家容易理解而產生共識者先確定，再來討論比較有爭議部份。兩首〈無題〉之後四句，如果大家同意是義山本人之抒情與告白，那麼爲什麼會「風波不信菱芰弱」呢？陳永正說「不信」

〔註 44〕方瑜《沾衣花雨·李商隱七律豔體的結構與感覺性》，206 頁。

〔註 45〕見見《禮記·學記》卷 36《十三經本》，臺北：藝文出版社，655 頁是「不忍信」之意。加字強解之後反而與他前面所說「眞不信那柔弱的菱枝，能經受得江上風波的摧折」衝突。〔註 46〕蓋義山在此所說乃表白菱芰是眞正很脆弱，可是風波卻「不相信」，還是肆意摧折。但是這個風波從那裏來呢？比興派附會令狐綯之說，當然會偏指官場之政治風波，如張爾田曰：「五謂菱芰本弱，何堪屢受風波，慨黨局也」。〔註 47〕其實依〈神絃歌〉之菱芰是「爲持解相思」用。而所謂「風波不信菱芰弱」，意即菱芰固然可以解相思，但菱芰一旦受風波摧殘，其解相思之功能亦將減損或消失，因此義山之詩意其實都貫注在「相思」這個主脈上，可是一般讀者實未注意及此，才有各種猜測。然義山之相思由何而起？方瑜先生說：

> 首句「重幃深下莫愁堂」暗示詩人所戀的對象是豪門貴族的女子。〔註 48〕

余基本上同意這個看法。而這個豪門貴族女子，個人以爲就是那個「扇裁月魄羞難掩，車走雷聲語未通」之女主角。理由之一是：若未曾相見，那有所謂暗戀。故因爲有那一次之驚鴻一瞥，才有此前後兩首之相思和煎熬。理由之二是：令狐綯之寓言說，普遍已認爲不可信，姬妾也已在第三章將之否定；而與女冠之戀愛說，在本文之下章將可看到不可信之證據。理由之三：則只剩下青樓女子如柳枝者，唯此義山已明載，自非暗戀之對象。理由之四：除了王家千金之外，吾人不能憑空又爲其杜撰出一個女子來。因此個人以爲那個坐在車中，拿著團扇遮著含羞帶怯之少女，只有王茂元之女始有可能。而本文前面已提到義山此後應有一些追求動作，如請人執柯、說項等等，可是似乎都沒有得到正面回應，因此才有「斷無消息石榴紅」之悲哀，而今他才會有「臥後清宵細細長」之輾轉反側，與「直道相思了無益，未妨惆悵是清狂」之惆悵。

〔註 46〕見陳永正《李商隱詩選》，77 頁。

〔註 47〕張爾田《玉谿生年譜會箋》，卷 4，177 頁。

〔註 48〕方瑜《沾衣花雨・李商隱七律豔體的結構與感覺性》，203 頁。

（五）神女生涯是什麼夢

至於引起風波之因是什麼？個人以爲「神女生涯元是夢，小姑居處本無郎」便是答案。從上面所引，不論是巫山神女還是青溪神女，都曾有過爲懷王或襄王薦枕、或爲趙文韶遺簪。這大概就是義山所謂之「神女生涯」，可是這兩個都是用典，義山眞正之現況還是單身，故下句云：「小姑居處本無郎」，陳貽焮曰：「強調『無郎』以免冤枉好人」，〔註 49〕這是很正確的體會。按義山與王氏結婚之前，是否有男女關係？義山爲什麼特別須要表白「小姑居處本無郎」？，消息漏在其〈祭小侄女寄寄文〉曰：「況吾別娶已來，胤緒未立」中「別娶」二字。〔註 50〕張爾田曰：「案〈祭姪女寄寄女〉：『況吾別娶以來，胤緒未立』則王氏是繼娶。」〔註 51〕楊柳先生亦曰：

> 同時他（指義山）早年喪偶，感到失去妻子的哀痛特深。他的前妻姓甚名誰，結婚經過怎樣，均不可知；所可知者他的娶王氏女已是再婚，這可以〈祭小侄女寄寄文〉爲證：「況吾別娶已來，胤緒未立；猶子之義，倍切他人」。這裏「別娶」就是指再娶王氏女，不是說得很清楚明白嗎？〔註 52〕

按「別娶」二字，筆者沒有其他解釋可以代替張爾田和楊柳先生，所以如果說義山對於追求那個坐在車中，舉扇遮臉之女孩，受到一些風風雨雨之影響，那不但是可能，而且也是不能免，所以逼得義山只好像賭咒說：「小姑居處本無郎」，以表明有再婚之資格與條件。以之依文本脈絡推尋，益加確定車中女子是王小姐，即湯翼海亦早已說過：

> 三句形容王氏幼女。四句言車馬嘈雜行走之聲如雷，義山又行色匆匆，故未能與王女互通款曲。

湯氏此說，正是把第一首三、四句當作詩人回想之事，而非當下之

〔註 49〕見陳貽焮〈李商隱戀事事跡考辨〉，參看王蒙編《李商隱研究論集》，149 頁。

〔註 50〕見《樊南文集》卷 6，上海古籍出版社，1988 年 12 月，340 頁。

〔註 51〕見張爾田《玉谿生年譜會箋》，56 頁。

〔註 52〕見楊柳《李商隱評傳》，臺北：木鐸出版社，民國 74 年 7 月，106 頁。

事。此正與筆者之認知相契合。而不信此二首無題說是爲令狐綯作，也不信陳伯海說「詩中借幽居未嫁女子傾訴相思苦痛，抒發了詩人自己政治懷抱不得舒展的感慨。」〔註53〕更不信蘇雪林先生說：

> 文宗與楊貴妃返宮，宮嬪一概隨歸，義山於道路間見其所識之宮嬪，見其羞而以扇自障之態，又以車騎雜遝，雖有語而亦不能通故云云。〔註54〕

蘇先生後來大概也覺得猜得有點過火，故又在括弧中說：（其實這也不過做詩罷了，義山未必有這樣大膽，敢邀於路而與宮嬪通辭。）自己也把自己否定掉了。而鍾來茵說五四以後，蘇雪林女士《玉溪詩謎》作了創造性的發揮；最近三十年中不少學者又作了補充，這基本上可以成爲學術界定論了。〔註55〕由蘇先生之話看來這個定論大概定得太早了。但是楊柳在其《李商隱評傳》中說：

> 《舊唐書》本傳載：「王茂元鎮河陽（誤），辟爲掌書記，得侍御史，茂元愛其才，以子妻之。」彷彿是李商隱入王茂元涇原幕後，由於王茂元的垂青而得娶其女兒似的。事實上是李商隱對王茂元的女兒有過一段較長時間的追求，遠在未赴涇源幕時就已見過那位未來的妻子——一位年青貌美的姑娘。〔註56〕

儘管楊柳以下之論據與筆者有同有不同，但以上這一段話筆者是頗爲贊同，尤其是他舉「昨夜星辰昨夜風」與「聞道閶門萼綠華」二首無題，與筆者之看法頗爲接近，然楊柳不知道以上所談二首，也正是義山未赴涇原幕時之最初邂逅。至「昨夜星辰昨夜風」已是在涇原再次重逢了。至於這個與王小姐相逢之地點，湯翼海說是在「洛陽王茂元之崇讓宅」。〔註57〕湯氏並認爲這個相逢是如李林甫在家，由諸女於

〔註53〕見陳伯海〈怎樣看待李商隱的無題詩〉。王蒙、劉學鍇主編《李商隱研究論集》，180頁。

〔註54〕見蘇雪林《玉溪詩謎》，58～59頁。

〔註55〕見鍾來茵《李商隱愛情詩辭》〈前言〉，5頁。

〔註56〕見楊柳《李商隱評傳》，106頁。

〔註57〕見湯翼海〈李義山無題詩十五首考釋〉。見張仁青編《李商隱詩究論

帳後自選婿。唯此與「車走雷聲」之在車中，與外面吵雜之情景完全不合。依王定保《唐摭言》曰：「進士關宴，常寄其間。……宴前數日，行市駢闐於江頭。其日，公卿家傾城縱觀於此，有若中東床之選者，十八九鈿車珠鞍，櫛比而至。（曲江亭子）」〔註58〕張爾田曰：「義山之希冀王氏，當始於是時。」〔註59〕通過以上之參數，所謂「進士關宴」，「鈿車珠鞍，櫛比而至」，正與「車走雷聲語未通」之情境相合。故筆者認爲此二首〈無題〉，是義山於開成二年丁巳元月二十四日禮部放榜成進士，文宗依故事賜宴曲江，王定保既曰是日公卿家傾城縱觀，中東床之選者十之八九。則王茂元尚有兩個待嫁之女兒，〔註60〕於是日亦必不會缺席。同時由〈韓同年新居餞韓西迎家室戲贈〉一詩云：

> 籍籍征西萬户侯，新緣貴婿起朱樓。一名我漫居先甲，千騎君翻在上頭。雲路招邀迴綵鳳，天河迢遞笑牽牛。南朝禁臠無人近，瘦盡瓊枝詠四愁。

馮注引陳正敏《遯齋閒覽》曰：「今人於榜下擇婿號臠婿」。可見韓瞻是王茂元在曲江宴中所選者，可是義山就沒有那麼幸運，他雖然也看上了王小姐之一，但是當韓瞻已「新緣貴婿起朱樓」，並「雲路招邀迴綵鳳」之時，義山還在「瘦盡瓊枝詠四愁」。故馮浩又曰：

> 疑韓得第，即爲茂元幕官，詳〈代韓上李執方啓〉，故云「千騎君翻在上頭」也。時義山尚未赴涇原，而情態畢露。玩次聯當同有議婚之舉，而韓先成也，義山於是遂有涇原之役。〔註61〕

按馮浩「疑韓得第，即爲茂元幕官」，與「玩次聯當同有議婚之舉，

文集》，臺北：天工書局，民國73年9月，892頁。

〔註58〕王定保《唐摭言》，卷3，臺北：世界書局，32頁。

〔註59〕見張爾田《玉谿生年譜會箋》，卷1，45頁。

〔註60〕見楊柳《李商隱評傳》引〈祭張書記文〉之考證，王茂元有七個女兒，而韓瞻所取與義山所娶皆出於繼室李氏，爲李執方的姊妹，故李、韓兩人之情誼特篤，見107頁。

〔註61〕見馮浩《玉谿生詩集箋注》，卷1，91頁。

而韓先成也」，實有所據，因義山另有〈寄惱韓同年二首時韓住蕭洞〉，其第二首曰：

> 龍山晴雪鳳樓霞，洞裏迷人有幾家？我爲傷春心自醉，不勞君勸石榴花！

此詩第二句，即是用《幽明錄》中之典，言漢明帝永平五年，剡縣劉晨、阮肇共入天臺山取穀皮，迷不得返。度山出一大溪，有二女笑迎曰：「劉、阮二郎來何晚耶？」遂同還家，有辟女來，各持三五桃子，笑而言：「賀女婿來！」〔註 62〕在此才是眞正用到劉晨之典。可見韓瞻的確先至涇原，且已娶了王小姐之一。而義山卻還在「傷春」。而這個「傷春」之煎熬，正是他「曾是寂寥金燼暗，斷無消息石榴紅」之痛苦來源。也是導致他「重幃深下莫愁堂，臥後消宵細細長」之主因。

又從義山寫〈病中早訪招國李十將軍遇挈家遊曲江〉之詩曰：

> 十頃平波溢岸清，病來惟夢此中行。相如未是眞消渴，猶放沱江過錦城。

又一首：

> 家近紅蕖曲水濱，全家羅襪起秋塵。莫將越客千絲網，網得西施別贈人。

馮注曰：「義山之婚，似藉其力。此章乃未爲婿時作。」又曰：「結句急求作合，而恐他人之我先。」〔註 63〕馮氏此箋甚確，可見義山至少拜託過此招國李十將軍去說過項，故有「莫將越客千絲網，網得西施別贈人」之急切語。然而似乎並不順利，有一些不利義山之雜音一直阻撓著義山這門婚事，故有「風波不信菱芰弱」之歎，並被逼得像賭咒說「小姑居處本無郎」。義山會這樣說，前面已提到「別娶」二字應是主要原因，是否還有其他就不得而知。

從上面一路說來，〈無題〉二首大致都談到了，唯獨漏「月露誰

〔註 62〕見魯迅《古小說鉤沈》，山東齊魯書社，1997 年 11 月，149 至 150 頁。

〔註 63〕見馮浩《玉谿生詩集箋注》，卷 1，88 頁、90 頁。

教桂葉香」一句，在本文中尚未言及。從二詩前人之箋註看來。此句的確有點難解，因各家皆不注，劉學鍇、余恕誠加補註曰：

> 二句謂己如柔弱的菱芰，偏遭風波摧折；又似芬芳內蘊之桂葉，卻無月露滋潤使之飄香。〔註64〕

劉、余二字此〈補〉，尤其是「卻無」二字，反而與「偏教」二字之義大大相悖。就義山詩此句之大意應是：「桂葉本來沒有要放香的意思，可是月露偏促使它芳香四溢。」這與上句「脆弱的菱枝本來是很怕風波的，可是風波偏不信而任意肆虐摧殘」，都表達一種主體不願意，可是客觀環境卻不允許，或根本不理。方瑜先生說：

> 頸聯「風波不信菱枝弱，月露誰教桂葉香」與〈深宮〉一詩中的「狂飆不惜蘿陰薄，清露偏知桂葉濃」句法頗爲相類，均以自然形象比喻不幸的戀愛處境。〔註65〕

然此說有些問題，一、兩者句法雖相似，「蘿陰薄」與「菱枝弱」也的確都是自然形象。但是「蘿陰」不等於「菱枝」，其暗示意義是否也相同？前已提到〈神絃歌〉之「菱芰」是作爲「解相思」用。其是否等同「蘿陰薄」代表「比喻不幸的戀愛處境」？二、題目既一明標〈無題〉一明標〈深宮〉，對後者吳喬、朱鶴齡、胡以梅、陸昆曾、屈復、王鳴盛等箋注家，亦皆以宮怨詩視之。紀昀更曰：「鉤勒清楚，然淺薄即在清楚處」。〔註66〕換句話說，此詩鉤勒宮怨太清楚，紀氏以爲反而不好。以是兩者書寫主題與內涵亦應有不同。三、再從用典之穴位切入。〈深宮〉之頸聯：「斑竹嶺邊無限淚，景陽宮裡及時鐘」。上句是舜帝南巡駕崩，娥皇、女英二妃奔喪葬之眼淚。而下句朱鶴齡注：

> 《南史》「齊武帝以內深隱，不聞端門鼓漏，置鐘景陽樓上。應五鼓及三鼓，宮人聞聲早起粧飾」。李賀詩：「今朝畫眉早，不待景陽鐘」。〔註67〕

〔註64〕見《李商隱詩歌集解》第四冊，1454頁。
〔註65〕方瑜《沾衣花雨・李商隱七律豔體的結構與感覺性》，205頁。
〔註66〕參見劉學鍇、余恕誠《李商隱詩歌集解》，第二冊，769至771頁。
〔註67〕參見劉學鍇、余恕誠《李商隱詩歌集解》，第二冊，768頁。

以是知上下兩句含蓋后妃與宮女。這些應該只是爭寵之問題，而不是戀愛之問題。似不可與義山〈無題〉中之感情相淆。而且就義山之〈無題〉一路看來，是有一時之失利與失望，但未必便是不幸。如果「風波」所指者是對義山追婚之不利謠言，則桂葉所代表者本不想香而被月露滋潤得不得不香，則此句實是一個象徵句。而文學藝術只要一用象徵，他就有歧義性，故難以確解，唯就整首詩之文本脈絡，可以推出一個模糊意指，就是「桂葉本無意放香」，可是因爲月露之滋只得放香。一如義山本不想相思，可是因爲驚鴻一瞥之人兒令他不禁還是要想，而且直想到「臥後青宵細細長」。可是好像風波太大，希望渺茫，所以說「直道相思了無益」，只好放任自己清狂一番吧！這樣之詩才是戀愛詩，與深宮中爭寵成敗之怨者非常不同。也因爲是有情人眞正在戀愛，且正處於「斷無消息石榴紅」與「何處西南待好風」之痛苦中，因而有「直道相思了無益，未妨惆悵是清狂」之洩氣語。但是事情總難料，常常看似有希望，反而沒有希望。又常常以爲沒希望，熟知「山窮水盡疑無路」之後，常常「柳暗花明又一村」，後來又終於讓義山有「聞道閶門萼綠華，昔年相望抵天涯，豈知一夜秦樓客，偷看吳王苑內花」之機會和驚喜。

第二節　神女典之化用

一、雅艷之朝雲形象

在義山之詠物詩中，有時候雖然用到巫山神女之典，但是卻寫得很中性，看不出其有何情感寄託，如其〈詠雲〉：

> 捧月三更斷，藏星七夕明。纔聞飄迥路，旋見隔重城。
> 潭暮隨龍起，河秋壓雁聲。只應惟宋玉，知是楚神名。

詩中只以「楚神名」來挽合其所詠之雲，並以宋玉來確定此神是指〈高唐〉〈神女〉二賦之典，所謂「朝爲行雲」之雲，實無深意。故此用典方式便顯得普遍，一般泛泛之輩，便可做到，無須大家手筆。但是在李商隱之詩集中，有一首因為用典繁富，而引起評價兩極化之詠物詩〈牡丹〉：

錦幃初卷衛夫人，繡被猶堆越鄂君。垂手亂翻雕玉佩，折腰爭舞鬱金裙。石家蠟燭何曾剪，荀令香爐可待熏。我是夢中傳彩筆，欲書花葉寄朝雲。

在這一首詩中，馮浩共用了十二條注，除了四條是校刊字句之外，共徵引了《典略》、《說苑》、《樂府解題》、《西京雜記》、《後漢書》、《世說》、《襄陽記》、《昭明・博山香爐賦》、《南史》、《樂府・江南弄》、崔駰〈七依〉等十一個典故出處〔註 68〕。於是導至朱彝尊曰：「堆而無味，拙而無法，詠物之最下者」之評語〔註 69〕，而屈復也嫌曰：「然掩題不知是詠何花？終是猜謎，乃是詩法所忌。」〔註 70〕然而像朱彝尊、屈復這種想法之人似乎不多，反而有許多人認為這一首詩是義山用典成功之典範。如何義門評第一聯曰：「起聯生氣湧出，無復用事之跡。」〔註 71〕胡以梅以為「通身脫盡皮毛，全用比體，登峰造極之作。」〔註 72〕連平常罵義山不置口之紀昀都說：「八句八事，卻一氣鼓盪，不見用事之跡，絕大神力。」〔註 73〕就是近代學者，對此詩也好評連連，如陳永正曰：

義山是善於用典的老手，全詩八句，用了八事「一氣湧出，不見襞積之跡」，這是最不容易做到的。北宋初西崑派的先生們，寫起詩來就翻書，抄襲典故，堆疊而無味，形成一種非常惡劣的文風。〔註 74〕

陳氏此說，雖不出古人品評之範疇，但還是值得佩服。尤其他說：「北

〔註 68〕以上見馮浩《玉谿生詩集箋注》，卷 1，25 頁。

〔註 69〕見劉學鍇、余恕誠《李商隱詩歌集解》，第四冊，1550 頁，又見《李義山詩集沈厚塽輯評》。

〔註 70〕見劉學鍇、余恕誠《李商隱詩歌集解》，第四冊，1550 頁。

〔註 71〕見何焯《義門讀書記》，下冊，北京中華書局，1987 年 8 月，1254 頁。

〔註 72〕見劉學鍇、余恕誠《李商隱詩歌集解》，第四冊，1550 頁。

〔註 73〕見劉學鍇、余恕誠《李商隱詩歌集解》，第四冊，1552 頁。

〔註 74〕見陳永正《李商隱詩選》，45 頁。

宋初西崑派的先生們，寫起詩來就翻書，抄襲典故，堆疊而無味」，其批評正是「獺祭魚」之風氣，唯其指明是西崑，不是義山。此外，錢鍾書先生更能看出此詩之原創性，他說：

> 黃庭堅〈觀王主簿家酴醿〉：「露濕何郎試湯餅，日烘荀令炷爐香。」青神註：「詩人詠花，多比美女，山谷賦酴醿，獨比美丈夫，見《冷齋夜話》。李義山詩：「謝郎衣袖初翻雪，荀令薰爐更換香。」按語引見《冷齋夜話》卷四，義山一聯出〈酬崔八早梅有贈兼示〉、《野客叢書》卷二十亦謂此聯爲山谷所祖。《冷齋夜話》又引乃叔淵材〈海棠〉詩：「雨過溫泉浴妃子，露濃湯餅試何郎」，稱其意尤佳於山谷之賦酴醿；當是謂兼美婦人美男子爲比也。實則義山〈牡丹〉云：「錦幃初捲衛夫人，繡被猶堆越鄂君」，早已兼比。〔註 75〕

錢鍾書在此段文中指出，一般人作詩只能以女人比花，或以花比美女。若作詩能用美丈夫形容花就已很有進步，一如青神說：「山谷賦酴醿獨比美丈夫」。但青神不知山谷還是學義山「謝郎衣袖初翻雪，荀令薰爐更換香。」至於惠洪吹噓乃叔〈海棠〉詩以一女一男相對爲比，尤勝於山谷。不知義山〈牡丹〉詩早已用衛夫人與鄂君之典爲比。故陳貽焮也說：

> 我比較同意紀昀的意見。堆砌典故當然是不好的。但是這首詩的好處卻在於發展了用事的技巧，把死典用活了，豐富了構思和表現力。〔註 76〕

唯這一首詩用典用得這樣有創意，甚至是宋代西崑與江西二派所學習之典範。但在本文更要探討其末二句「我是夢中傳彩筆，欲書花葉寄朝雲」是什麼造型？

當義山把牡丹比喻成在錦幃中之南子，與繡被堆中之鄂君，則其

〔註 75〕見劉學鍇、余恕誠《李商隱詩歌集解》，第四冊，1553 頁。

〔註 76〕見陳貽焮〈談李商隱的詠史詩和詠物詩〉編入王蒙、劉學鍇編《李商隱研究論集》，70 頁。

花苞乍放之豔態已表露無遺。又用垂手舞、折腰舞來呈現其枝葉在風中之曼妙風姿，眞是寸管足以制轄，讀者卻不嫌其用典，反而覺得因用典而使形象思維越發突顯。再以石家蠟燭之光形容其鮮艷，以荀令之熏香比喻其香氣之濃鬱。然而實不祇如此，義山更開拓新境，因石崇家之蠟燭再亮，還須要「剪」，而牡丹之亮麗則自然而不必勞動剪刀。荀令之香雖久，尚必須熏之，可是牡丹是自然香、自然艷，故云「何曾剪」、「豈待熏」，是又把石崇之燭，荀彧之香都比了下去。但問題是李商隱把牡丹描繪至此，又爲何想到「欲書花葉寄朝雲」？朝雲到底是誰？在義山當下之意是何角色？

此詩題標明〈牡丹〉，應該就是詠牡丹。可是他也有詩題明標〈錦瑟〉，大家卻不認爲他在詠錦瑟，於是乎何義門曰：「此篇亦無題之流也」。〔註 77〕程夢星亦曰：

> 此艷詩也。以其人爲國色，故以牡丹喻之。結二語情致宛轉，分明漏洩。若以爲實賦牡丹，不惟第八句花葉二字非詠物渾融之體，且通首堆砌全不生動，可謂「燕昭無靈氣，漢武非仙才」矣。〔註 78〕

蓋程氏以爲，此詩要當艷詩看，牡丹只是比喻詩中女主角有國色。若把他當作詠物詩看，則通首只是堆砌典故，而且全不生動。義山也就不但無靈氣，也非仙才。這是個很奇怪之批評，因爲當一個閱讀者認爲一篇作品要怎麼說才好時，若依其意說，則全詩便「情致宛轉」，且可以喻國色。一旦說法與批評者相左，便曰堆砌不生動。似乎一首詩之好壞是隨批評者之意而定，文本本身不俱自主性，這是筆者一向甚不同意之看法。唯程氏說結二語，「分明漏洩」，這倒是筆者要追問之重點。黃侃曰：

> 義山詠物詩，什九皆屬閒情，此詩非直詠牡丹，蓋借牡丹以喻人也。首句斥所喻者，次句自喻；三四寫其狀；五句

〔註 77〕見何焯《義門讀書記》，下冊，1254 頁。
〔註 78〕見朱鶴齡《李義山詩集箋注》，350 頁。

喻其光彩；六句喻其芳馨；末二句顯斥所喻矣。〔註79〕

依黃氏之意，其與程夢星不同者，是程氏所謂艷情，乃是指一種不正常之愛。而黃侃則認為是一種閒情，而且是意在「指斥」別人。但由黃氏之「首句斥所喻者，次句自喻」云云，全不知義山此兩句正以一美女，一美男在比含苞乍放之牡丹之美而已，故黃氏之說不無過度解釋之嫌。且一二兩句若不是詠牡丹、則其三四之寫狀，五六之喻光、喻彩又從何而來？而其曰：「末二句顯斥所喻」，亦不知「斥」字從何析出？若從前人評析借鑑，胡以梅則以為末兩句是：

結言對此錦色繁香，須用彩筆書之於葉，寄與朝雲，則成為雲葉，竟是一朵彩雲矣。朝雲亦言神女之輕盈，可與花為伍。夢中之筆，書寄入夢之朝雲，其言縹渺，皆以烏有先生為二麗人作陪客耳。錦心靈氣，讀者細味自知。〔註80〕

以上言析之，則胡氏以為朝雲在此是與烏有先生同，並無其人，義山只是透過文學之形象思維，為了要表現作者對牡丹錦色繁香之美，須借用郭璞之五色彩筆，書之於葉，幻寄於夢中之朝雲，於是使牡丹化作一朵彩雲。按胡以梅就詩論詩，沒有東拉西扯，學者或許未必全同意，但筆者贊成此種論詩之態度。類此謹嚴說法者，如《唐詩鼓吹評注》：

首言牡丹之容，如錦幃初卷而出衛夫人之艷，繡被夜擁而見越鄂君之姿。而且玲瓏疑玉佩之亂翻，搖蕩比金裙之爭舞。其殷紅欲滴，無假照於絳燭之高燒，國色多香，曾何待於奇香之暗惹。當此名花相賞之時，不有彩筆，何申圖詠？惟我亦擅江令之才，思裁好句以貽神女，則惟朝雲亦有如斯之雅艷耳。〔註81〕

此評不知是錢牧齋還是何義門？但由何義門認為此詩亦是〈無題〉之

〔註79〕見劉學鍇、余恕誠《李商隱詩歌集解》，第四冊，1553頁。

〔註80〕見劉學鍇、余恕誠《李商隱詩歌集解》，第四冊，1551頁。

〔註81〕見錢牧齋、何義門評注《唐詩鼓吹評注》，河北大學出版社，2000年7月，361頁。

流，則似亦曾認爲詩中有人，故此評應出於錢謙益之說較有可能。若此評是錢氏所言，則筆者不得不佩服，亦感到其不親注義山詩是後人之一大損失。蓋此注中，已將義山詩之精妙處透析殆盡，如指明南子錦幃初卷之令人驚艷，鄂君繡被夜擁之男子之美，此固非一般解析者所能到。且牡丹殷紅欲滴，何假絳燭之照，國色多香，何待於奇香之薰？更是能將義山之筆意透析入裡者，而結語點出義山亦自負擅江令之才，並以「朝雲亦有如斯之雅艷」，用「雅艷」二字透顯義山在此詩中，對牡丹之美，一如對巫山神女之美全無思邪。此之不知，而劉學鍇、余恕誠說：

此詩既借艷以寫花，又似借詠花以寓人。觀其屢用貴人家姬妾舞伎爲比，頗似意中即有如此花之女子。末聯更微透有所思念、欲寄相思之消息。此與〈日高〉一首似可參看。〔註82〕

此首是否可與〈日高〉一首並觀，筆者不知道。但劉、余二氏亦只覺得「似可」而已，可見二氏也沒什麼把握。惟可以確定者，是二氏之說，其意不是指義山又在垂涎他人姬妾嗎？這不但沒讀通〈牡丹〉，更冤枉義山。

蓋義山此詩目睹牡丹之「雅艷」，而神思遠馳，如劉勰所思「寂然凝慮，思接千載，悄焉動容，視通萬里者〔註83〕」。故南子雖美，孔子入見，亦只是對「寡小君」之禮，然已見疑於弟子，今義山首句又用南子之典，又與鄂君對仗，難怪世人頗多子路之見。〔註84〕而再用朝雲入典，讀者又難改其「朝雲暮雨」之習慣認知，則便以閒情、艷情視之，亦世俗之所必然。難怪孔子都不得不發誓「天厭之」，而

〔註82〕見劉學鍇、余恕誠《李商隱詩歌集解》，第四冊，1554頁。

〔註83〕見劉勰《文心雕龍》，卷6〈神思〉26。

〔註84〕見司馬遷《史記・孔子世家》云：衛靈公夫人南子，使人謂孔子曰：「四方之君子不辱欲與寡君爲兄弟者，必見寡小君。寡小君願見。」孔子辭謝，不得已而見之。…孔子曰：「吾鄉爲弗見，見之禮答焉。」子路不說，孔子矢之曰：「予所不者，天厭之，天厭之。」見卷47，1920頁。

義山又何能獨免？

二、純美之楚女形像

在李商隱之詩集中，有一首〈細雨〉：

帷飄白玉堂，簟卷碧牙床。楚女當時意，蕭蕭髮彩涼。

此詩之「楚女」典，馮浩一連徵引《春秋公羊傳》西宮災之註：「楚女廢在西宮」，與《後漢書・宦者呂強傳》云：「楚女悲愁，則西京致災」語。唯註完之後，馮浩又日：「然非此所用」，而將自己辛苦之索隱予以否定。〔註 85〕劉學鍇、余恕誠則云：「楚女，指巫山神女」。〔註 86〕並加以詳解。他倆說前二句：

首句亦比亦賦，既形況飄灑之細雨如簾帷之飄拂於白玉堂前，……次句由堂而室，謂碧牙床上之冰簟已經卷起。此句似不涉題，實取題之神。

又說末兩句日：

三四又因細雨之飄忽迷濛與「白玉堂」、「碧牙床」等富於象徵暗示色彩之意象，引發對「朝爲行雲，暮爲行雨」，神女之聯想。細雨如絲，忽又幻化爲神女新沐後紛披之髮絲，明艷、潤澤而散發涼意。〔註 87〕

按劉、余二氏解此詩至此，可謂是用典藝術美之發揮，尤其說「細雨如絲，忽又幻化爲神女新沐後紛披之髮絲，明艷、潤澤而散發涼意。」是對義山所型塑之新浴後水珠飄灑紛飛如細雨之形象加以詮解，其解若到此爲止，亦可矣。無奈劉、余二氏又爲解「當時意」三字云：「詳味詩意，似是抒情主人公往昔於細雨飄帷、秋涼簟卷之時，曾與美麗之「楚女」有此一段情緣」云云，則「當時意」被解釋爲「當時有一段豔情之意」。此眞是不許詩人有絲毫之形象思維或藝術想像，又把

〔註 85〕見馮浩《玉谿生詩集箋注》，721 頁。

〔註 86〕見劉學鍇、余恕誠《李商隱詩歌集解》，第四冊，1624 頁，注一之按語。

〔註 87〕同上注，1625 頁。

本是「思無邪」之詩情引入邪思，從子路看孔子見南子之事，至世人看義山之詩大抵如此。難怪義山要寫〈有感〉:「一自高唐賦成後，楚天雲雨盡堪疑」！不知其爲詩學上常用之「以景截情法」，欲問「楚女當時意」是何「意」？其答案就在下句「蕭蕭髮彩涼」之意象上。唯此意象之美感如何？當問「髮彩」是何「彩」？是綠髮、青髮、黑髮？還是白髮？陳永正說：

> 詩人以神女剛洗過的光潤的長髮比喻細雨。想像她在神仙之府中寂寞的情懷，頗有點自況之意。〔註 88〕

陳氏既用「光潤的長髮」加以形容，則與劉、余二氏說「髮絲，明艷、潤澤」之意同，應皆指其髮是綠髮、青髮、黑髮之美才是。唯陳氏又說：「想像她在神仙之府中寂寞的情懷，頗有點自況之意。」則又認爲是義山自況之悲涼意。此與劉、余二氏說不同。

就整首詩看，白玉堂之帷會飄，碧牙床之簟會卷，而題目稱〈細雨〉，不無風大雨細之感。而「髮彩」既是「涼」的，則形容其「涼」之形容詞「蕭蕭」是何意？就不得不探究。按《中文大辭典》說〈蕭蕭〉有五種意義：（一）是形容「閒暇貌」。如《詩・小雅・車攻》「蕭蕭馬鳴」。（二）是形容雨、馬鳴、落葉之聲。（三）是蕭條意。其第二例即舉李商隱〈細雨〉:「楚女當時意，蕭蕭髮彩涼。」（四）是形容木搖動聲。（五）是物多也。其例舉杜甫〈有事於南郊賦〉:「簪裾斐斐，樽俎蕭蕭」。〔註 89〕若依其第三說，則其句將譯成：「蕭條的髮彩很悽涼」。換句話說，李商隱〈細雨〉:「髮彩涼」之「涼」是蕭條之涼。如此說又與陳氏云：「光潤的長髮」；劉、余說：「髮絲，明艷、潤澤」大相逕庭。然卻又與陳氏云有「寂寞的情懷」相近。筆者以爲義山既以「以景截情之法」作收，便存有歧義性在，可讓仁者見之謂之仁，智者見之謂之智。即陳氏亦無可奈曰：

〔註 88〕見陳永正《李商隱詩選》，224 頁。
〔註 89〕見《中文大辭典》第八冊，臺北：中華學術院，民國 68 年 5 月，12567 頁。

末二句使人「探之茫茫，索之渺渺，雖雕肝鏤腎，亦惝恍而無憑。」〔註90〕

陳氏因遁而作美學之詮：

義山此詩，想像奇特，構思新穎，短短二十個字，就構成一幅絕美畫圖〔註91〕。

而他之所謂「一幅絕美畫圖」，他說前二句：

「帷飄」二句：細雨，被微風吹動，像一幅垂下的簾帷飄拂在白玉堂前，像一張巨大的珍簟，從碧天中橫卷下來。……一是從平面觀，一是從側面觀，構成三維空間。正所謂的「席天幕地」，表現了細雨空濛無際之狀。〔註92〕

陳氏說詩中所呈現的意象是細雨在風中，「像一幅垂下的簾帷飄拂在白玉堂前，像一張巨大的珍簟，從碧天中橫卷下來。」而這個意象若不從楚女甩髮的動作落想，是不可能被描寫得如此生動的。他又細解楚女二句，說楚女有二，一是能行雨之巫山神女，另外或者從少司命之形象啓發而來，或者單純是詩人之想像，而與〈少司命〉之沐髮偶合。但是筆者就「帷飄」、「簟捲」之甩髮型象，認爲還是義山之獨造，且考〈神女賦〉之描寫範疇，宋玉大約用了如下七個角度來刻畫神女：

貌——貌豐盈以莊姝兮，苞溫潤之玉顏。

眸——「眸子炯其精朗兮，瞭多美而可親，望餘帷而延視兮，若流波之將瀾。」

眉——眉聯娟以蛾揚兮。

唇——朱脣其若丹。

風韻——夫何神女之姣麗兮，含陰陽之渥飾，被華藻之可好兮，若翡翠之奮翼，其象無雙，其美無極，毛嬙鄣袂，不足程式。西施掩面，比之無色。

神態——素質幹之醲實兮，志解泰而體閑，既姽嫿於幽靜兮，又

〔註90〕見陳永正《李商隱詩選》，224頁。
〔註91〕見陳永正《李商隱詩選》，223頁。
〔註92〕見陳永正《李商隱詩選》，223頁。

婆娑於人間。宜高殿之廣意兮，翼放縱而綽寬，動霧縠以徐步兮，拂墀聲之珊珊。

性情——澹清靜其愔嫕兮，性沈詳而不煩。時客與以微動兮，志未可乎得原。意似近而既遠兮，若將來而復旋。褰餘幬而請禦兮，願盡心之惓惓。懷貞亮之絜清兮，卒與我相離。……頩薄怒以自持兮，曾不可犯幹。……歡情未接，將辭而去，遷延引身，不可親附。又雲「意離未絕，神心怖覆，禮不遑訖，辭不及究，願假須臾，神女稱遽。

就宋玉從貌、眸、眉、唇、風韻、神態、性情七個角度來逞現神女之美，而義山更進一步以飄甩長髮之楚女來形容細雨之美，令人不得不承認義山之藝術經營超脫了〈神女賦〉。而且使讀者但品味其美感，直達「思無邪」之境地。因此鍾來茵說：「李商隱『盡堪疑』之『楚天雲雨』很不一樣。……大部份用來寫愛情。〔註93〕又說：「錢鍾書先生認爲『雲雨』在六朝猶未爲褻詞，但到唐卻情況大變。用得最多，影響最大莫過于李義山。」〔註94〕依此說來義山用到雲雨與神女盡是褻詞，而且前面黃侃也說：「義山詠物詩，什九皆關閒情。」讀者看了上面之分析，你還會同意嗎？不知藝術有層次，造型有變化，執一觀念模式以範圍古人，是理論不通處。

三、因事賦形之神女

前面提到，義山在使用女性典故中，巫山神女是最受青睞者，總共用了二十一次，在這二十一次中，義山賦予巫山神女什麼角色與性格？義山又對她有何種情愫之投射？再看義山一首〈偶成轉韻七十二句贈四同舍〉詩：

憶昔公爲會昌宰，我時入謁虛懷待。眾中賞我賦高唐，迴

〔註93〕見鍾氏〈李商隱愛情詩解〉，371頁。

〔註94〕見鍾氏〈李商隱愛情詩解〉，373頁。

看屈宋由年輩。我時憔悴在書閣，臥枕芸香春夜闌。明年赴辟下昭桂，東郊慟哭辭兄弟。韓公堆上跋馬時，迴望秦川樹如薺。依稀南指陽台雲，鯉魚食鈎猿失群。

按「憶昔公爲會昌宰」，朱鶴齡以爲是盧弘止時爲會昌令，只是《新舊唐書》皆失書。唯劉學鍇、余恕誠認爲盧弘止由兵部郎中出宰昭應縣（天寶七年，省新豐，改會昌爲昭應縣），是在文宗太和八年。而此時義山曾至會昌拜謁盧弘止，賓主曾有詩酒之會，故云「眾中賞我賦高唐，迴看屈宋由（猶）年（平）輩。」〔註95〕唯義山在此賦了什麼〈高唐〉？馮浩注但曰：

舊本作「堂」，近刊本作「唐」，然必用高唐，與屈宋相合。或謂如《樂府・相和歌辭》「置酒高堂上」者，非也。高唐亦是諷諫，不嫌太艷。〔註96〕

則馮浩此注之主旨，在證明確是「賦高唐」，而舊本作「賦高堂」爲誤。於是劉學鍇、余恕誠乃爲之補注：

〈高唐賦〉，傳爲宋玉作，內容係寫楚襄王遊高唐（楚國台館，在雲夢澤中），夢見巫山神女。後代注家多以爲有所寓諷。按義山〈有感〉云：「一自高唐賦成後，楚天雲雨盡堪疑。」此處所謂「賦高唐」疑亦指借男女之情以寄慨之作。二句謂盧弘止欣賞所賦〈高唐〉一類作品，以爲可與屈、宋方駕。年輩、年齡，行輩相近也。〔註97〕

是劉、余二氏承馮氏之論，認爲是〈賦高唐〉，唯劉、余二人認爲義

〔註95〕按盧弘正，舊注家皆作「正」，唯岑仲勉考當作「止」，故當代學者都作盧弘止。其他見劉學鍇、余恕誠《李商隱詩歌集解》第三冊，984頁，注14之按語。又見985頁注19引馮浩之考證。引杜牧之集有〈陪昭應盧郎中在宣州佐今吏部沈公（沈傳師）幕罷府周歲公宰昭應牧在淮南〉之題。又引《舊唐書》：「太和四年九月，傳師由江西觀察改宣歙，七年四月入爲吏部侍郎，九年四月卒。」〈牛僧孺傳〉：「太和六年十二月出鎮淮南，凡在淮甸者六年。」以是論定杜牧之在淮南與盧之宰昭應（會昌），皆在八年也。其說可信。

〔註96〕見馮浩《玉谿生詩集箋注》，卷2，注15，429頁。

〔註97〕見劉學鍇、余恕誠《李商隱詩歌集解》，第三冊，注17，984頁。

山賦〈高唐〉不是指特定之一首，故云「二句謂盧弘止欣賞所賦〈高唐〉一類作品。」其實義山云「眾中賞我賦高唐」，自是詩酒聯歡時即席之作，此事古人類能為之，即當下民間古典詩社亦不乏其才。唯義山當時賦了什麼高唐？是不是「指借男女之情以寄慨之作」？則不能盲目而猜。唯《玉谿生詩集》有〈席上作〉一首

> 淡雲輕雨拂高唐，玉殿秋來夜正長。料得也應憐宋玉，一生惟事楚襄王。

馮浩注之曰：

> 一云「予為桂州從事故府鄭公出家妓令賦高唐詩」。一本題作「席上贈人」，注云：故桂林滎陽公席上出家妓。〔註98〕

則是此詩之題目有兩個版本，一云「席上作」，一云「席上贈人」。而馮浩又於「一生惟事楚襄王」注曰：

> 屢見。一作「淡雲輕雨拂高唐，一曲清聲繞畫梁。料得有心憐宋玉，只應無奈楚襄王。」見戊籤。又一云：「淡雲微雨恣高唐，一曲清塵繞畫梁。料得也應憐宋玉，只因無奈楚襄王。」此即題作〈席上贈人〉者。〔註99〕

筆者之看法是，義山之集中〈席上作〉一首，所謂「玉殿秋來夜正長」、「一生唯事楚襄王」者，是在盧弘止之席上作，是其贏得「眾中賞我賦高唐」者。其理由如下：第一是義山詩云：「憶昔公為會昌宰，我時入謁虛懷待，眾中賞我賦高唐，迴看屈宋猶年輩。」已表明義山初謁盧弘止之日還是一個不速之客，也許已有人介紹，但可以說尚無交情，以是「我時入謁虛懷待」才彰顯感激之意。而盧弘止既然虛懷接見，於是當眾也要考考義山之能耐，因而義山才有「賦高唐」之作，這也是給義山表現之機會。而義山在此情此境之下，其所賦之詩，必然端莊文雅，絲豪輕薄不得。同時更要表現其誠懇，故有「料得也應憐宋玉，一生唯事楚襄王」之暗示。此微旨唯屈復能體會，故云：

〔註98〕見馮浩《玉谿生詩集箋注》，289頁。
〔註99〕見馮浩《玉谿生詩集箋注》，289頁。

「一生唯事」多少含蓄，若作「只應無奈」便淺露。〔註 100〕

屈復能體會出義山「一生唯事」含蓄之意，而盧弘止亦是個中高手，如本文第二章已引《唐摭言》有〈爭解元〉條，因爲令狐楚「特加置五場」，結果使聞者皆寖去，不敢參加考試，而盧弘止竟然「獨詣華請試」，則其能文可知也。以是見義山〈賦高唐〉之作，能心知其意，於是當盧氏奉命出鎮徐州時，義山才能贏得：「詰旦天門傳奏章，高車大馬來煌煌」之榮耀。〔註 101〕同時也可以發現，〈席上作〉根本不是題目，而只是注明當時作詩地點。同時也與「即席」不同，因爲「即席」是作者本人有感而發，而席上作，則是奉命而爲。但是爲何義山此詩又有二個題目，三種版本？

或許有人會認爲古人版本異文本多，杜甫也說：「新詩改罷自長吟」，但是一般改詩大都爲了境界的提高，所謂「平生性癖耽佳句」者。但是若無關境界之提升，反而愈改愈像在諧謔，恐怕就得另當別論。此但看其詩從記盧弘止事曰：「眾中賞我賦高唐」之下段，接曰：「明年赴辟下昭桂……依稀南指陽臺雲」，便可知詩何以會寫兩次。但是詩該怎麼寫，自須看情境而定。而馮浩考其版本曰：「予爲桂州從事故府鄭公出家妓令賦高唐詩」。或云「桂林滎陽公席上出家妓」云云，若檢驗義山在會昌令之府上所賦之詩，實全無家妓之影子。可見義山在盧弘止府上，並未出家妓，其詩只是「思接千載」，就高唐寓意耳。而當義山「赴辟下昭桂」，鄭亞卻曾出家妓，以是義山即席賦〈高唐〉，後人乃因而看到不同之版本。

淡雲輕雨拂高唐，一曲清聲繞畫梁，料得有心憐宋玉，只應無奈楚襄王。

或作：

〔註 100〕見屈復《玉溪生詩意》，380 頁。

〔註 101〕見《玉谿生詩集箋注》〈偶成轉韻七十二句贈四同合〉，426 頁。又劉學鍇、余恕誠〈補註〉曰：「煌煌，光明貌，此狀車馬儀仗之鮮麗。二句敘盧弘止奏准辟已入幕並派車馬迎己徐上任」。見《李商隱詩歌集解》，983 頁。

淡雲輕雨恣高唐，一曲清塵繞畫梁，料得也應憐宋玉，只因無奈楚襄王。

將三首加以比較，便知在盧弘止處所賦之高唐，端莊文雅，尤其是第二句：「玉殿秋來夜正長」；而在桂府則曰「一曲清聲繞畫梁」，或作「一曲清塵」以切鄭亞出家妓歌舞之事。但是在盧弘止幕，因有求於人，故末兩句曰：「料得也應憐宋玉」以暗喻自己之須被關愛，而「一生惟事楚襄王」則表示其願盡忠誠之意，故第一首如求職詩。按古人一詩二用以做爲求職之例，可參看黃永武先生詮釋孟浩然〈洞庭湖作〉云：

本詩詩題各孟集本均有出入，四部叢刊影明本作臨洞庭，士禮居藏影宋本及明顧道洪刊本均作岳陽樓，而文苑英華卷二五〇作望洞庭湖上張丞相。各孟集本均爲八句，下有「欲濟無舟楫，端居恥聖明，坐觀垂釣者，徒有羨魚情」四句。唯敦煌寫本僅四句，猜想四句與八句的不同，與詩題有著密切的關聯，可能孟詩最早只做了四句，全部寫景，題目是洞庭湖作，後來要把這首詩送給張丞相，才續作四句，用後面增添的四句來寄意，並改題目爲「望洞庭湖上張丞相」，因此全詩上半臨洞庭，下半上丞相。可截然分割。這是作者自己先後改寫不同，當時一并流傳於世，以致句數有了出入。〔註 102〕

我認爲黃先生之說頗足得參考，故〈席上作〉甚類求職詩。然而至滎陽公鄭亞幕府中，因府主與幕客間之關係情況不同，賓主甚融洽而相得，此由義山在鄭亞幕府之職位可以看出來，依張爾田《玉谿生年譜會箋》之考據曰：

案《樊南甲集序》：「大中元年，被奏入嶺，當表記」。《補編・滎陽公上荊南鄭相公狀》云：「李支使商隱，雖非上介，曾受殊恩。抒其投跡之心，遂委行人之任。」《新書・百官志》：「觀察使、副使、支使、判官、掌書記、推官、巡官、

〔註 102〕可參看黃永武〈敦煌所見孟浩然詩十二首的價值〉,《敦煌的唐詩》，臺北：洪範書店，民國 76 年 5 月，98、99 頁。

> 銜推、隨軍要籍進奏官各一人。」是義山以支使而兼掌書記，《新舊書・本傳》皆言：「請爲判官」，非也。〔註 103〕

則義山「赴辟下昭桂」之官職，僅次於「觀察使」與「觀察副使」，官拜「支使」並兼掌「書記」。是以求職之心理壓力已去除，且鄭亞待義山之殊遇，可從他曾派義山攝守昭郡一事見微。〔註 104〕於是鄭亞出家妓，義山題亦由賦高唐之作而改爲〈席上贈人〉，並將原本較嚴肅之「玉殿秋來夜正長」，改爲「一曲清塵繞畫梁」，以切「出家妓」三字。而把原來暗含求職心態之「一生惟事楚襄王」句，改成嬉戲娛樂式之「只應無奈楚襄王」。如果不是他已有「支使」兼掌「書記」之官銜，恐怕這個玩笑是不敢開。

以是就一個神女典來說，義山在盧弘止面前，因有求於人，且爲求謁而初次見面，以是託喻於神女對楚襄王之忠心不二，冀給機會也。而在鄭亞幕府，因爲賓主甚相得，職位也僅次於副使，故對一個座中歌女，就敢開玩笑，而以神女類比歌妓，說料想此歌妓對義山或也有意思，但無奈幕府大人在，所以無可奈何。此就筆者視之，可視爲是一首幽默之詩，然就嚴肅者言，或許便視爲是輕佻，但此何妨有仁智之見？

四、西廂式之艷情神女

在義山之嘲弄筆下，的確有一些「神女」是與「倡」連在一齊。如其〈夜思〉云：「古有陽臺夢，今多下蔡倡」。初看似義山把古之陽臺夢與今之下蔡倡做爲等比。但細診整首之經絡卻又不然。詩曰：

> 銀箭耿寒漏，金釭凝夜光。綵鸞空自舞，別燕不相將。寄恨一尺素，含情雙玉璫。會前猶在月，去後始宵長。往事經春物，前期託報章。永令虛粲枕，長不掩蘭房。覺動迎猜影，疑來浪認香。鶴應聞露警，蜂亦爲花忙。古有陽臺夢，今多下蔡倡。何爲薄冰雪，消瘦滯他鄉。

〔註 103〕見張爾田《玉谿生年譜會箋》，136 頁。
〔註 104〕見張爾田《玉谿生年譜會箋》，卷 3，136 頁。

此詩何焯認爲是「不得志於時之作」；〔註 105〕程夢星說是「託詞閨怨，寄恨交疏，分明道出流滯之感」；〔註 106〕張爾田說：「義山已就李黨，而又從嗣復，是爲背黨，故以私書幽約爲言。」〔註 107〕以上諸說皆主義山因有寄託而作。但是紀昀說：「此乃艷辭」；〔註 108〕劉學鍇、余恕誠說：「詩顯詠艷情」〔註 109〕，並批評寄託說者曰：

> 〈夜思〉，男思女。「覺動迎猜影，疑來浪認香」，「古有陽臺夢，今多下蔡倡」，均明爲男子口吻，故所謂「託辭閨怨，寄恨交疏」之說顯非。張氏附會依違黨局之跡，更覺穿鑿。〔註 110〕

依劉、余二氏之說，是從「男子口吻」一端，判定「託辭閨怨」之非。詩既非託辭，因此順勢否定張爾田依違黨局之論。二氏繼又分析此詩曰：

> 首四句長夜傷別。「寄恨」四句，別後尺素雙璫之寄與永夜孤寂不寐之情。「往事」二句，謂往事如經春之物，空留美好記憶，唯藉書信預訂後期。「永令」四句，謂己癡心等待，恍忽其來情狀。「鶴應」四句，因等待落空而心生疑慮，謂己應有所警惕，防他人之亦求取彼姝，古雖有多情之神女，今則唯多輕佻倡女而已。末二句則自怨自艾之詞。

二氏此段分析，至「永令」四句，可與屈復曰：「一二夜、三四別離。『寄恨』二句思，『會前』二句夜。『往事』二句久不相見，惟有空書。『永令』四句，淒涼之說，」〔註 111〕二者互相參照，則二氏之說比屈氏加詳焉。唯至「鶴應聞露警」以下，屈復曰：「『鶴應』二句比。古有二句，非無美麗，結自怨」。則說得不甚了了，因此屈氏

〔註 105〕見《李商隱詩歌集解》第四冊，1775 頁。
〔註 106〕見《李商隱詩歌集解》第四冊，1775 頁。
〔註 107〕見《李商隱詩歌集解》第四冊，1775 頁。
〔註 108〕見《李商隱詩歌集解》第四冊，1775 頁。
〔註 109〕見《李商隱詩歌集解》第四冊，1775 頁。
〔註 110〕見《李商隱詩歌集解》第四冊，1776 頁。
〔註 111〕見屈復《玉溪生詩意》，卷 8，556 頁。

又重說一次曰:「四段非無美麗,何自苦乃爾?」則屈氏認爲「鶴應聞露警,蜂亦爲花忙」是「比」,到底是比些什麼?屈氏並未明說。唯「古有陽臺夢,今多下蔡倡」,屈復說「非無美麗,何自苦乃爾」,其意是說義山愛情很專一,雖然現在有很多美麗之下蔡倡,可是義山都不要,故云:「何自苦乃爾」?意思是說那麼多美麗之下蔡倡,別人只要隨便要一個就好,義山何必那麼專情,以致自討苦吃!如果按屈氏之意解析下來,義山鍾情是古之神女(這神女當然只是一個比喻),對於當下再多再美之下蔡倡,他似乎沒有看上眼,至少他沒有心動過。此與馮浩所謂:「美人不乏,何爲久戀與此」之意相近。〔註112〕

但如依劉、余二氏之解析,說「鶴應四句,因等待落空而心生疑慮,謂己應有有所警惕,防他人知亦求取彼姝」,很顯然二氏「防他人」之說是針對「蜂亦爲花忙」而言。以是其意乃指義山之警惕,是爲了防他蜂之採花,會將其情人採去,則此人自是義山很在意者。但其後二氏語譯二句曰:「古雖有多情之神女,今則唯多輕佻之倡女而已」。就此兩句譯語,連接以上之說,則義山詩中之情人即是今日之下蔡倡之一矣,且正是義山爲其〈夜思〉不寐之主角。是以二氏之結論屬艷情說。

基本上,筆者以爲劉、余二氏解析前十四句,實有可採,前二句「銀箭耿寒漏,金釭凝夜光」,自是明點「夜」字,以下十八句皆寫「思」字。唯在章法上雖寫「思」字,猶不忘扣緊「夜」字下筆,故有「去後始宵長」、「永令虛粲枕」、「鶴應聞露警」、「古有陽臺夢」云云。唯其所思之人不在身邊,故云「別燕不相將」,以至尺素寄恨、玉璫托情、然報章不報、春物成往,當下雖有粲枕而虛待,蘭房雖不掩,可是所待之人兒依然不來。若將:「永令虛粲枕,長不掩蘭房,覺動迎猜影,疑來浪認香」四句,與元稹《鶯鶯傳》之待月西廂詩,

〔註112〕見馮浩《玉谿生詩集箋注》,卷3,665頁。

作一比較列如下：

夜　　思	待月西廂
永令虛粲沈	待月西廂下
長不掩蘭房	迎風戶半開
覺動迎猜影	拂牆花影動
疑來浪認香	疑是玉人來

則可看出，除去第一句表面上較爲不同外，「虛粲枕」依然是在暗示「待」字。其他二句，可謂不只是神似，連外形亦甚雷同。蘭房不掩，非「戶半開」乎？「花影動」非「覺動迎猜影」乎？「疑是玉人來」非「疑來浪認香」乎？此詩受《鶯鶯傳》之影響由此可證。

其他或未必全受《鶯鶯傳》之影響，然其情節之相類似處仍稍嫌太多。如「鶴應聞露警，蜂亦爲花忙」，初看似與〈鶯鶯傳〉無關，但各位請讀下面一段傳文：

> 「數夕，張生臨軒獨寢，忽有人覺之。驚駭而起，則紅娘斂衾攜枕而至，撫張曰：「至矣至矣！睡何爲哉！」並枕重衾而去。張生拭目危坐久之，猶疑夢寐，然而修謹以俟。俄而紅娘捧崔氏而至。至，則嬌羞融冶，力不能運支體，曩時端莊，不復同矣。是夕，旬有八日也。斜月晶瑩，幽輝半床。張生飄飄然，疑神仙之徒，不謂從人間至矣。有頃，寺鐘鳴，天將曉。紅娘促去。崔氏嬌啼宛轉，紅娘又捧之而去，終夕無一言。張生辨色而興，自疑曰：「豈其夢邪？」及明，粧在臂，香在衣，淚光熒熒然，猶瑩於茵席而已。〔註113〕

此中之「紅娘斂衾攜枕而至」，「並枕重衾而去」，似是別後「永令虛粲枕」之所本。而張生「忽有人覺之，警駭而起」，又似是「鶴應聞露警」之所本。至於「蜂亦爲花忙」，則須讀傳中元稹〈會眞詩三十

〔註113〕見汪辟疆《唐人小說》，臺北：河洛圖書公司，民國63年10月，136頁。

韻〉：

> 絳節隨金母，靈心捧玉童，更深人悄悄，晨會雨濛濛，戲調初微拒，柔情已暗通。低鬟蟬影動，迴步玉塵蒙。轉面流花雪，登床抱綺叢。鴛鴦交頸舞，翡翠合歡籠。眉黛羞偏聚，唇朱暖更融。氣清蘭蕊馥，膚潤玉肌豐。無力慵移腕，多嬌愛斂躬。汗流珠點點，髮亂綠蔥蔥，方喜千年會，俄聞五夜窮。〔註 114〕

讀者但看詩中之「戲調初微拒」、「登床抱綺叢」、「鴛鴦交頸舞、翡翠合歡籠」、「汗流珠點點，髮亂綠蔥蔥」，即應知題目是〈夜思〉，何以會寫到白天才見得到之「蜂亦爲花忙」之不相干句子，屈復說是「比」〔註 115〕，其說自是確論。再往前看，所謂「寄恨一尺素，含情雙玉璫，會前猶在月，去後始宵長」之情節，請再看《鶯鶯傳》之情節：

> 明年，文戰不勝，張逆止於京，因贈書於崔，以廣其意。崔氏緘報之詞，粗載於此。曰：「奉覽來問，撫愛過深。兒女之情，悲喜交集，兼惠花勝一合，口脂五寸，致燿首膏脣之飾。雖荷殊恩，誰復爲容？睹物增懷，但積悲歎耳。……自去秋已來，常忽忽如有所失。於喧譁之下，或勉爲笑語，閒宵自處，無不淚零。乃至夢寐之間，亦多感咽。離憂之思，綢繆繾綣，暫若尋常，幽會未終，驚魂已斷。雖半衾如暖，而思之甚遙。昨拜辭，倏逾舊歲。〔註 116〕

按崔氏此綿綿緘報，不正是寄恨之尺素乎？亦非似前期所託之報章乎？所謂「兼惠花勝一合，口脂五寸，致燿首膏脣之飾」，非「含情雙玉璫」之比乎？而所謂「會前猶在月」，則見於前引「是夕，旬有八日，斜月晶瑩」。此所謂「自去秋已來，常忽忽如有所失……閒宵自處，無不淚零，及至夢寐之間，亦多感咽」云云，此非似「去後始

〔註 114〕見汪辟疆《唐人小說》，138 頁。
〔註 115〕見屈復《玉溪生詩意》，556 頁。
〔註 116〕汪辟疆《唐人小說》，138 頁。

宵長」乎？

此詩從「別燕不相將」寫離情起，至「蜂亦爲花忙止」，皆籠罩在《鶯鶯傳》之情節中，則此首〈夜思〉之創作意味應可得到較合理之解釋：此應是義山少年時，讀完《鶯鶯傳》或類似《鶯鶯傳》等一類作品，滿腦子類似張生與鶯鶯之故事與情節，而少年深夜孤枕，不禁春思蕩漾，於是又聯想「古有陽臺夢」，夢中神女會向襄王自薦枕。唯這個神女在義山心目中甚神聖，因爲他有「一生唯事楚襄王」之節操，不是人盡可夫者。至於下蔡倡則是不論任何時代到處都有，是以義山寫「古有陽臺夢，今多下蔡倡」，則其意可明矣。因而在前節之推論中便將柳枝之類排除，蓋下蔡倡之類既多，何須爲之「曾是寂寥金燼暗，斷無消息石榴紅」也。

再看義山云「消瘦滯他鄉」，則至少是在他十七歲離家之後，至二十七歲就婚王氏之間之作品。試再進一層說，是義山讀過《鶯鶯傳》一類作品之後，其情節迴繞在義山腦中，以致深夜獨處，而春思綿綿，最後發出兩句感歎：「古有陽臺夢，今多下蔡倡」！這感歎所蘊含之意義，乃謂像神女般之鶯鶯小姐，並非人人都會碰到，但若要隨便，倡妓則是到處多有。因爲神女之形象，從其〈席上作〉說「一生惟事楚襄王」可以參證，以是神女在此詩中之形象，依然是正面形象；因而竊以爲，此詩若眞爲義山作，也應是未婚前少年青春期之作，且在其讀過類似《鶯鶯傳》後，受到〈會眞〉與〈夢遊仙〉一類詩之艷誘而發。

以是，筆者不反對紀昀、劉、余，三氏之艷情說，但此艷情，實非有實際之遭遇，而只是青少年對愛情之渴望，當然免不了元稹艷遇式之愛情嚮往，雖然題目謂之〈夜思〉，實等同於白日夢，亦是「春心莫共花爭發，一寸相思一寸灰」之空想而已。因此馮浩說：「原編集外詩」，朱彝尊說：「凡集外詩，確是義山手筆而稍覺平常，豈曾爲有識者所選訂與」？在此所謂集外，本就非定稿，或不欲收入者，所謂平常，因只是青少年之艷思之一，如《紅樓夢》第二十三回，〈西廂記妙詞通戲語，牡丹亭艷曲警芳心〉中，茗煙偷買《會眞記》給賈寶玉看，卻給林黛玉撞見，於是賈寶玉先是拜託林黛玉說：「你看了，好歹別告訴別人去」。林黛玉看了，雖「越看越愛」，但還是「登時直豎起似蹙的眉，瞪兩支似睜非睜的眼，微腮帶怒，薄面含嗔，指寶玉道：「你這該死的胡說，好好的把這淫詞艷曲丟了來。」〔註117〕你就知道假道學之嚴重。

五、外戚之雲雨夢神女

義山詩有〈深宮〉一首曰：

> 金殿香銷閉綺櫳，玉壺傳點咽銅龍。狂飆不惜蘿陰薄，清露偏知桂葉濃。斑竹嶺邊無限淚，景陽宮裏及時鐘。豈知爲雨爲雲處，只有高唐十二峰。

按此詩所謂〈深宮〉，實即在寫深宮之怨也。故朱鶴齡曰：「此首全是宮怨，亦寓言也。」《唐詩鼓吹評註》亦曰：「此宮人不得幸，怨君王厚薄也。」其他陸昆曾、屈復、徐武源、王鳴盛之意皆如之。〔註118〕以是「豈知爲雨爲雲處，只有高唐十二峰」，《輯評朱批》說：「怨恩之偏也。」此說甚確。陸昆曾說：「豈知雲雨承恩者只在巫峰十二而不下逮」，其意亦同。則此類詩，即是代宮人訴怨，君恩若不偏如何會有怨？故姚培謙所說「蕩情佚志」之斥，實不知宮怨而非蕩情也（其他已見前）。然有一些有關神女之詩，如〈少年〉一首曰：

> 外戚平羌第一功，生年二十有重封。直登宣室螭頭上，橫過甘泉豹尾中。別館覺來雲雨夢，後門歸去蕙蘭叢。灞陵夜獵隨田竇，不識寒郊自轉蓬。

此詩之第一、二句，朱注認爲是用馬援之子馬防之典故。而馮浩更認爲是用馬防之典之影射郭子儀之後裔郭曖。吳喬則一貫以爲指令狐楚、令狐綯章平之拜。姚培謙如之。陸昆曾則認爲是刺武宗，以爲

〔註117〕見《紅樓夢》第23回，〈脂硯齋重評石頭記〉手抄本，臺北：聯亞書局，473頁。
〔註118〕見《李商隱詩歌集解》，769、770、771頁。

「武宗踐祚之後，喜畋遊，角武藝，一時五坊小兒，皆得出入禁中，肆無忌憚，此詩似險刺其事也。〔註 119〕

不過，馮浩也說義山詩中所指之者「此類事頗多」。而程夢星更曰：「此蓋刺當時勳戚之子弟也。」〔註 120〕劉學鍇、余恕誠則曰：「程箋近是」。筆者亦以爲義山之命題但標言〈少年〉，自有泛指之意，一如馮注所謂「此類事頗多」，何必指其必爲誰？唯詩中五、六兩句，陸昆曾曰：「雲雨夢中，蕙蘭叢裏，言其歸第之荒淫」。〔註 121〕屈復也說「五六漁色」。〔註 122〕葉蔥奇說：「五六二句說其往來外室、家宅之間，一味縱情淫樂」〔註 123〕。鄧中龍也翻譯成「有時候，來到別館，纏綿於雲雨夢裡；有時候，從後門歸去，又淫昵在姬妾叢中」。〔註 124〕由以上四家，皆認爲「別館覺來雲雨夢」，是指〈少年〉荒淫、漁色、淫樂、淫昵之暗示，自是可信。

義山將「雲雨夢」當作淫昵之典故來用者，另有〈岳陽樓〉云：

> 漢水方城帶百蠻，四鄰誰道亂周班。如何一夢高唐雨，自此無心入武關。

此詩題曰〈岳陽樓〉，何義門初疑其「題有誤」。唯紀昀曰：

> 此是登樓見山川形勢，偶然觸起當日楚王以如此地利而不能報秦，故云爾也，然殊無取義。四家曰：「可見古人作詩，題目只在即離之間。」〔註 125〕

此說甚是，作詩看詩皆不可不知此意。蓋義山途經岳陽樓，登臨遠眺荊楚，想起《左傳、僖公四年》齊侯以諸侯之師侵蔡，伐楚。屈原對齊桓公說：「君若以德綏諸侯，誰敢不服。君若以力，楚國方城以爲

〔註 119〕見《李商隱詩歌集解》，1542～1546 頁。

〔註 120〕見《李商隱詩歌集解》，1545 頁。

〔註 121〕陸昆曾《李義詩解》，12 頁。

〔註 122〕屈復《玉溪生詩意》，卷 4，227 頁。

〔註 123〕葉蔥奇《李商隱詩集疏注》，108 頁。

〔註 124〕鄧中龍《李商隱詩譯注》（中），湖南嶽麓書社，2000 年 1 月，1316 頁。

〔註 125〕見《李商隱詩歌集解》第二冊，774 頁。

城，漢水以爲池，雖眾，無所用也。」〔註126〕竹添光鴻箋曰：「方城漢水，誇天險也。」意謂楚有天險可據。然自懷王被騙入秦而卒，襄王全無報仇意，反而遭受秦國無情之打擊，故程夢星曰：

> 此與前一首（指同題七絕「欲爲平生一散愁」）不同，乃論史之作，謂楚襄王忘秦劫懷王之讎也。秦昭王約懷王會武關，遂與西至咸陽。懷王子襄王立三年，而懷王卒於秦，楚人皆憐之。然則襄王之當報父讎明矣。及襄王七年迎婦於秦，秦楚復平，是則以一婦而忘其不共戴天，襄王何如人哉！……三句借用高唐神女以喻迎婦事。結句責其遂以秦平也。〔註127〕

程氏之分析，大旨得之，唯言「高唐神女以喻迎婦之事」，似通而實不知「詩有別材，非關書也」。〔註128〕按襄王迎婦於秦固爲史實，然襄王娶秦女，未必便寵之，而宋玉〈高唐〉、〈神女〉兩賦之序尤膾炙人口。一則曰：「昔者楚襄王與宋玉遊於雲夢之臺」，再則曰：「楚襄王與宋玉遊於雲夢之浦，使玉賦高唐之事，其夜王寢，果夢與神女遇，其狀甚麗」云云。賦又曰：「褰餘幬而請禦兮，願盡心之惓惓。」〔註129〕此方是「如何一夢高唐雨」之出處。且詩人用典，固有託喻暗比，以達影射之意，然晚唐詩人命意，雖然題目常有似詠史，然常常史外寄趣，借史實以發其詼諧幽默之意，故其詩旨常與史實不相涉。唯古人對此類詩普遍不甚欣賞，如義山詩集中，收錄一首杜牧之〈赤壁〉：

> 折戟沈沙鐵未銷，自將磨洗認前朝。東風不與周郎便，銅雀春深鎖二喬。

此詩馮定遠說：「〈赤壁〉至〈定子〉四首，北宋本不載，南宋本始有之。」〔註130〕程夢星亦曰：「此詩誤收義山集中，畢竟歸之杜牧爲是。」

〔註126〕見日本竹添光鴻《左傳會箋》（上）第5，鳳凰出版社，16頁。
〔註127〕見朱鶴齡《李義山詩集箋注》，295頁。
〔註128〕見嚴羽《滄浪詩話》，清何文煥《歷代詩話》本，688頁。
〔註129〕見昭明太子《文選》卷19，249、252、253頁。
〔註130〕見馮浩《玉谿生詩集箋注》，卷3，768頁。

〔註 131〕然宋以下之人，對晚唐此類似詠史而實非詠史之作，常以學究立場論之，普遍不能欣賞，如《苕溪漁隱叢話後集》云：

> 牧之於題詠，好異於人，如〈赤壁〉云：「東風不與周郎便，銅雀春深鎖二喬。」〈題商山四皓廟云〉：「南軍不袒左邊袖，四皓安劉是滅劉。」皆反說其事。至〈題烏江亭〉，則好異而叛於理，詩云：「勝負兵家不可期，包羞忍恥是男兒，江東子弟多才俊，卷土重來未可知。」項氏以八千人渡江，敗亡之餘，無一還者，其失人心為甚，誰肯復附之，其不能卷土重來決矣。〔註 132〕

胡仔批評杜牧〈赤壁〉詩是「好異於人」，而指〈題烏江亭〉詩「叛於理」。許顗《彥周詩話》也評〈赤壁〉詩是：「措大不識好惡」。〔註 133〕唯吳喬則能讀出此類詩之妙，其《圍爐詩話》曰：

> 古人詠史，但敘事而不出己意，則史也，非詩也；出己意，發議論，而斧鑿錚錚，又落宋人之病。如牧之〈息嬀〉詩云：「細腰宮裏露桃新，脈脈無言度幾春，至竟息亡緣底事，可憐金谷墜樓人！」〈赤壁〉云：「折戟沈沙鐵未消，自將磨洗認前朝。東風不與周郎便，銅雀春深鎖二喬。」用意隱然，最為得體，息嬀廟，唐時稱為桃花夫人廟，故詩用露桃。〈赤壁〉謂天意三分也。許彥周乃曰：「此戰繫社稷存亡，只想捉了二喬，措大不識好惡。」宋人不足以言詩如此。張又新〈贈妓〉詩：「雲雨分飛二十年，當時求夢不成眠。」夢，用襄王、神女事。《幽閒鼓吹》譏之曰：「不眠安得成夢」此亦淺處〔註 134〕。

吳喬在此批「宋人不足以言詩」，又批評《幽閒鼓吹》譏張又新詠神女事之見「淺」。以是知馮浩曰：「借慨自婚於茂元，遂終身不得居京職也，豈漫責楚襄哉！」張爾田說是「此亦寓屬意李回湖南幕府之慨

〔註 131〕見朱鶴齡《李義山詩集箋注》，755 頁。

〔註 132〕見胡仔《苕溪漁隱叢話》後集第 15，臺北：長安出版社，109 頁。

〔註 133〕見許顗《彥周詩話》，《歷代詩話》本，392 頁。

〔註 134〕吳喬《圍爐詩話》，卷之 3，郭紹虞編《清詩話續編》本，558 頁。

也」，皆穿鑿附會。劉學鍇、余恕誠曰：

> 此詩則責「夢高唐」而「無心入武關」，意致頗為相近，似均借詠懷古跡，寓慨時君之沈湎聲色而乏遠圖。〔註 135〕

其說曰責「夢高唐」而「無心入武關」，本是義山文本表層呈現之意。唯其又曰：「寓慨時君之沈湎聲色」，則又牽入史實，然則不知時君若有「遠圖」，將入何處武關？不知詩有別材妙趣，非關史實者，《深雪偶談》最深識此理，其曰：「本朝諸公善為論議，往往不深諭唐人主於性情，使雋永有味，然後為勝之妙。」〔註 136〕蓋文學家與史學家，本就是兩種不同之人，讀文學不能就文學立說，如《三國演義》、《水滸傳》、《紅樓夢》幾分與史實有關？《西遊記》又有幾分之幾與玄奘法師有關？豈非盡不足存哉！詩人作詩亦如此，《薛雪一瓢詩話》亦云：「春深」二字，下得無賴，正是詩人調笑妙語。而謝疊山亦云杜牧此詩：是無中生有，死中求活之法，非淺識所到。」此之不能辨者不但不足以為詩，亦不足以論詩也。故義山云楚襄王：「如何一夢高唐雨，自此無心入武關」，實與「東風不與周郎便，銅雀春深鎖二喬」一樣，「別趣」而已。不然赤壁之戰發生於建安十三年，曹操築銅雀臺是建安十五年之事，二者何干？〔註 137〕知詩與史之辨，而後可知義山所譴責者，一方面固然有史實之意味，但另一方面，他更指向巫山神女夢之害人不淺。然而讀者在理智上又知巫山神女為虛，只不過是宋玉之一篇文學作品而已，如何能害襄王不報戴天之仇耶？以是此一詩之指涉，實亦是趣味重於史實之檢討也。

六、青樓雲雨夢神女

在李商隱之詩集中，有一首馮班認為是「宿娼」〔註 138〕，馮浩

〔註 135〕見《李商隱詩歌集解》第二冊，774 頁。

〔註 136〕以上參看黃振民《歷代詩評解》，下冊，台南興文齋書局，民國 58 年 12 月，532、533 頁。

〔註 137〕見金性堯《唐詩三百首新注》，348 頁。

〔註 138〕見《李商隱詩歌集解》第一冊，182 頁、183 頁。

說是「有所思於青樓中人」〔註 139〕之詩，其題爲〈題二首後重有戲贈任秀才〉：

一丈紅薔擁翠筠，羅窗不識繞街塵。峽中尋覓長逢雨，月裏依稀更有人。虛爲錯刀留遠客，枉緣書札損文鱗。遙知小閣還斜照，羨殺烏龍臥錦茵。

題目即明作「戲贈」二字，自是嘲弄不經之意味較多，而對象則是其朋友任秀才。馮浩注此詩曰：「上二首當已是贈任」，所謂「上二首」，是指〈和友人戲贈二首〉：

東望花樓會不同，西來雙燕信休通。仙人掌冷三霄露，玉女窗虛五夜風。翠袖自隨迴雪轉，燭房尋類外庭空。殷勤莫使清香透，牢合金魚鎖桂叢。

迢遞青門有幾關，柳梢樓角見南山。明珠可貫須爲珮，白璧堪裁且作環。子夜休歌團扇掩，新正未破剪刀閑。猿啼鶴怨終年事，未抵香爐一夕間。

葉蔥奇先生曰：舊本均作〈和友人戲贈二首〉，但兩首均毫未涉及「贈」意，並且後面另一首七律〈戲贈任秀才〉上云「題二首後」，「題」字正與此合，經從《文苑英華》改訂。看題不稱官名，只稱行第，當是早期和綯同遊時之作品。〔註 140〕此二首，馮浩注引《文苑英華》作《和令狐八綯戲題》。則是令狐綯先有二首戲贈詩寄李商隱，商隱於是也戲和此二首。然意猶未盡，於是又再增作一首戲贈任秀才，可見當日同到花樓一會之人，至少有三個人。

再從和令狐綯之戲贈詩觀察，兩首詩中有「翠袖自隨迴雪舞」、「子夜休歌團扇掩」之句，知是與歌舞娛樂場景有關。而詩中更提到「殷勤莫使清香透，牢合金魚鎖桂叢」，與「猿啼鶴怨終年事，未抵熏爐一夕間」，正寫出歡場中之男女私情。可是不知何因，感情生變，終於導至「虛爲錯刀留遠客，枉緣書箚損文鱗」，因爲「留遠客」是「虛爲」，「書札」往返也是「徒損」。其內情似在「峽中尋覓長逢雨，月

〔註 139〕見《玉谿生詩集箋注》，61 頁。
〔註 140〕見葉蔥奇《李商隱詩集疏注》，289 頁。

裏依稀更有人」二句。此兩句，何義門說：「每以夜往，故曰『長逢雨』。〔註141〕若僅從「暮爲行雨」之典看，何氏之說不爲無據。唯何氏又云「腹聯似謂竟忘其夫之尚存也」，則是從末句「烏龍」之典故。按《續搜神記》有〈烏龍〉條：

> 會稽人張然，滯役經年不歸，婦與奴通。然養一狗，名曰烏龍。後然歸，奴懼事覺，欲謀殺然。狗注睛視奴，奴方興手，烏龍盪奴，奴失刀仗，然取刀殺奴。〔註142〕

由此小說，知烏龍乃是張然所養之狗，並曾助主人盪殺姦奴，故何義門說「竟忘其夫之尚存也」。依其說，則是任秀才愛上了有夫之婦。唯義山詩「羨殺烏龍臥錦茵」，其所羨者是錦茵上之狗，其友人竟不得而狗卻反而不得臥睡在其榻上。此中轉折，錢鍾書：認爲是唐人艷體詩之特徵，其曰：

> 唐人艷體詩中，以「烏龍」爲狗之雅號。如元稹〈夢遊春〉：「烏龍不作聲，碧玉曾相慕」。白居易〈和夢遊春〉：「烏龍臥不驚，青鳥飛相逐」；李商隱〈重有戲贈任秀才〉：「遙知小閣還斜照，羨殺烏龍臥錦茵」……〔註143〕

其實就錢鍾書所引元、白之詩，其意應脫化自《詩經‧召南‧野有死》：

> 野有死麕，白茅包之，有女懷春，吉士誘之。林有樸樕，野有死鹿，白茅純束，有女如玉。舒而脫脫，無感我悅兮，無使尨也吠。〔註144〕

箋曰：「尨，狗也，非禮相陵則狗吠」。元稹把《詩經》之「尨」，改寫成後代之「烏龍」。「烏龍不作聲」，其實就是「無使尨也吠」之意。而「碧玉曾相慕」，更是「有女懷春，吉士誘之」之翻版。然而義山

〔註141〕見《李商隱詩歌集解》第一冊，183頁。

〔註142〕見《唐代筆記小說》，第二冊《雲仙雜記》卷9，歷代筆記小說集成(3)，河北教育出版社，300頁。

〔註143〕唯此故事，馮浩之引《搜神後記》與葉蔥奇引《初學記》作〈搜神記〉，內容詳略稍有出入。看錢鍾書《管錐編》，第二冊，662頁〈狗爲龍〉條。

〔註144〕見《毛詩正義》，卷1～5，十三經註疏本，臺北：藝文印書館，65頁。

用「烏龍臥錦茵」而曰「羨殺」，實際上其創意已與張然之狗不同。因為在小閣中那隻烏龍，乃是臥在女主人之錦茵上，使別人不得近，暗指其獨沾香澤之意，此方是戲謔任秀才本色。故馮舒曰：「戲得太毒」、馮班曰：「太刻薄」。劉學鍇、余恕誠亦曰：「純乎惡謔，且見作者之儇薄心理」。〔註 145〕而葉蔥奇則云：

> 前二首是戲和令狐屬意歌妓而不能接近，這一首是取笑任秀才冶遊失意，事相彷彿，所以連類而及。因為這一首是狎妓，借語遂更輕而放浪，三首都是詩人少年時期一時戲謔之作。〔註 146〕

透過葉氏如此之瞭解，認為此詩是取笑任秀才冶遊失意之作，以是云：「三四二句說任往尋歡常常遇到先有別人在那兒」，此實本馮浩說：「二句言任每訪，必遇有人，不得入也」。以是「峽中尋覓」自是指巫峽。如杜甫〈秋興〉第一首云：「巫山巫峽氣蕭森」。仇兆鰲引《水經注》曰：「謂之巫峽，蓋因山為名也」〔註 147〕，唯「長逢雨」三字不好說，如依〈高唐賦序〉云：「旦為朝云，暮為行雨」，以「雨」為神女之代稱，則此句應釋為「峽中尋覓長逢見神女」。則任秀才已與神女見面，則與下兩句「虛為錯刀留遠客，枉緣書札損文鱗」矛盾。也與上句「羅窗不識繞街塵」衝突，是以「長逢雨」三字之「雨」，應是「行雨」之減省。既云任秀才每至峽中尋覓，長遇神女正忙著「行雨」，故句中雖有「逢」字，而實未逢也。何焯曰：「每以夜往，故曰長逢雨」，但指時間，未透其妙。而在任秀才每以夜往，長逢彼姬正在「暮為行雨」，以是在對偶句中說：「月裡依稀更有人」，蓋已有恩客捷足先登，可見此姬之當紅也。故而馮浩說：「此必任秀才有所思於青樓中人也，否則措辭豈得爾！」大致不差。而葉蔥奇說是「詩人少年時期一時戲謔之作」，更見真確。

〔註 145〕以上諸評，見《李商隱詩歌集解》第一冊，182 頁、184 頁。

〔註 146〕見葉蔥奇《李商隱詩集疏注》，292 頁。

〔註 147〕見仇兆鰲《杜詩詳注》（二），臺北：漢京文化事業有限公司，民國 73 年 3 月，1485 頁。

七、寄託式之神女

在義山之詩集中，尚有一首用到巫山神女之典故，其情其意完全與前首戲謔任秀才之迷戀青樓女子大不相同，其題曰〈離思〉：

氣盡前溪舞，心酸子夜歌。峽雲尋不得，溝水欲如何。
朔雁傳書絕，湘篁染淚多。無由見顏色，還自託微波。

如僅就此詩之字面看，在外貌上有許多與前三首相似處，如：

氣盡前溪舞—「翠袖自隨迴雪轉」
心酸子夜歌—「子夜休歌團扇掩」
峽雲尋不得—「峽中尋覓長逢雨」
朔雁傳書絕—「枉緣書箚損文鱗」
「西來雙雁信休通」
湘篁染淚多—「猿啼鶴怨終年事」
「一丈紅薔（牆）擁翠筠，羅窗不識繞行塵」
無由見顏色—「遙知小閣還斜照，羨殺烏龍臥錦茵」
「燭房尋類外庭空」
「猿啼鶴怨終年事，未抵熏爐一名間」

由上可參透此詩一些端倪，兩者字面皆淒艷，內容都有歌有舞，在感情上都被遠隔〔註 148〕。然前面三首皆被認為是義山之友宿娼之青樓詩，而此首〈離思〉，程夢星則曰：「此篇通體用女子事，近於褻媟。細繹之，乃怨望在位有力者之不加物色也。」〔註 149〕姚培嫌說是義山在寫「寵移愛奪：無復歌舞情懷，如峽雲之既散，溝水之分流，所謂『恩情中道絕』也。」〔註 150〕馮浩也說「與『命斷湘南病渴人』同一意緒。」〔註 151〕以同樣類似之文字風格卻能傳達出兩種不同之感情意緒，是此文詞之妙？抑是接受者之體會不同？

而尤妙者是前舉「峽雲尋覓長逢雨」，與此篇「峽雲尋不得」，在

〔註 148〕參看黃永武先生《中國詩學．思想篇》〈李商隱的遠隔心態〉，臺北：巨流圖書公司，民國 68 年 4 月，81 頁。
〔註 149〕見朱鶴齡《李義山詩集箋注》，程夢星刪補本，266 頁。
〔註 150〕見《李商隱詩歌集解》第二冊，766 頁。
〔註 151〕見《玉谿生詩集箋注》，卷 1，188 頁。

字面上看起來有「長逢」與「不得」之別，但「長逢」句，從其整首詩之脈絡看來，「逢」其實即是「不逢」，與此「不得」無異。唯前舉三首青樓迷情之戲謔詩，表現得男有情，娼無義。而此詩呢？亦無人懷疑主角之深情，然而對象是誰？

程夢星說「此篇通體用女子事」，劉學鍇、余恕誠說：「此託爲閨中傷離之詞」〔註 152〕，然此說有待斟酌者甚多。（一）若說此詩是「託爲閨中傷離之詞」，則此閨中女子是何身份？何以爲夫「氣盡前溪舞，心酸子夜歌」？看來全不似元配，只是人家歌舞之妓？但第四句「溝水欲如何」又明用卓文君〈白頭吟〉：「今日斗酒會，明日溝水頭。躞蹀御溝上，溝水東西流」之典。〔註 153〕與「湘篁染淚多」句同是妻子之詞。夫妻離別，有此離別形式乎？未免不合理。

（二）程氏說「通體用女子事」，於是劉、余二氏乃將「峽雲尋不得，溝水欲如何」之句，作爲翻用典說解，而曰：「出句以神女自喻，謂己如峽中之行雲，尋襄王而不得，即「襄王枕上原無夢，空枉陽臺一片雲之意，非謂尋峽雲而不得也。」並說「對句則謂今日之勢，已如溝水之分流，難以復合，故曰『欲如何』？」〔註 154〕。劉、余二氏之說，自然是在爲「通體用女子事」定位。如此一說，自以神女爲主角，且是被拋棄之對象。如果成立，而「峽雲」與「溝水」是對偶句，於是明明是「峽雲尋不得」，卻須加注成「峽雲尋不著楚襄王」，而非楚襄王找不到峽雲。則接下來「朔雁傳書絕，湘篁染淚多」，不知「朔雁」是否也須翻用典，如姚注曰：「《漢書・蘇武傳》：「常惠見漢使，教使者謂單于，言天子射上林中，得雁，足有係帛書，言武等在某澤。」或如程曰：「『雁書』，字面雖用蘇武事，其義則用庾子山賦：『親友離絕，妻孥流轉，玉關寄書，妝臺留釧』也。」不知是否也須將此十分明確之男性典故，改成「通體用女子事」，而成爲標準

〔註 152〕見《李商隱詩歌集解》第二冊，767 頁。
〔註 153〕沈德潛《古詩源》，卷上，臺北：新陸書局，民國 64 年 9 月，47 頁。
〔註 154〕見《李商隱詩歌集解》第二冊，767 頁。

之「閨中偶離」典？

（三）再就末兩句「無由見顏色，還自託微波」看，朱鶴齡注但曰：〈洛神賦〉：「託微波而通辭」。〔註 155〕僅此尚看不出所偏重之性別，但若就〈洛神賦〉查之，其文曰：

> 余情悅其淑美兮，心振蕩而不怡。無良媒以接懽兮，託微波而通辭。願誠素之先達兮，解玉佩以要之。嗟佳人之信脩，羌習禮而明詩，抗瓊珶以和予兮，指潛淵而爲期。〔註 156〕

依〈洛神賦〉此段，明顯是陳思王「託微波而通辭」，並思「解玉珮以要之」，自亦是男性角度，正與「朔雁傳書」之典相同，因而所謂「通體用女子事」已不能成立。劉、余將「峽雲尋不得」加工說成峽雲「尋襄王而不得」亦無必要。

蓋就用典藝術言，有取其形，有取其神者。詩題爲〈離思〉，作者李商隱要傳達者自是其一已之感情，致於此情是否一如程夢星所言：

> 自〈國風〉、〈離騷〉、古樂府所託於婦人女子以爲言，唐人往往效之。如獻主司則曰：「粧罷低聲問夫壻，畫眉深淺入時無？」辭辟聘則曰：「還君明珠淚雙垂，恨不相逢未嫁時。」此類甚多，此詩亦此義也。〔註 157〕

按程夢星此說，前舉獻主司句，見於尤袤《全唐詩話》卷三，題作《閨意》，〔註 158〕其他本作〈近試上張籍水部〉。〔註 159〕而辭辟聘句，則又見於張籍之〈節婦吟〉，一作〈東平李司空師道〉：

> 君知妾有夫，贈妾雙明珠；感君纏綿意，繫在紅羅襦。妾家高樓連苑起，良人執戟明光裏。知君用心如日月，事夫誓擬同生死。還君明珠雙淚垂，恨不相逢未嫁時。〔註 160〕

〔註 155〕見《李商隱詩歌集解》第二冊，765 頁。

〔註 156〕見昭明《文選》，卷 19，255 頁。

〔註 157〕見朱鶴齡《李義山詩集箋注》，卷 2，266 頁。

〔註 158〕見尤袤《全唐詩話》，卷 3，《歷代詩話》，第一冊，151 頁。

〔註 159〕喻守眞《唐詩三百首解析》只作〈節婦吟〉，臺北：台灣中華書局，308 頁。

〔註 160〕見《全唐詩》，第六冊，卷 382，臺北：盤庚出版社，民國 68 年 2 月，4282 頁。

此當注意朱慶餘與張籍之詩，他們除了〈閨意〉、〈節婦吟〉以外，都尚有可以參驗之詩題，如〈近試上張籍水部〉、〈節婦吟寄東平李司空師道〉，則寄託甚爲明確，因此程夢星說此類詩都是「多託於婦人女子以爲言」，自無疑義？且兩詩，以女性角色一貫倒底，絕無男性角色之影子，皆有其純粹性。

然義山此詩，與〈閨意〉中之新嫁娘，〈節婦吟〉中之節婦形象，顯然頗有不同。因爲兩首詩之著力點，均集中在表現一個特定之形象，而義山此詩表面雖然偏於女性，如首句舞女，次句歌女，或者可載歌載舞是同一人。然而峽雲是神女，溝水是指文君，朔雁典雖指蘇武，其實重在「傳書絕」，湘篁句重在「淚多」。何義門曰：「通首是寫離中之思」。〔註 161〕此與「無由見顏色」參看，可以成立。

以是「峽雲尋不得」不是峽雲尋不得襄王，而是義山作此詩是在離途中，正是溝水已東西流之時，故不但是「無由見顏色」，「峽雲」自然也已尋不得，因爲已經分散了。如果還可以「見顏色」，那麼「峽雲」自然也還可尋得。姚培謙說：「寵疑愛奪，無復歌舞情懷，如峽雲之既散，溝水之分流」〔註 162〕。馮浩說此二句「次謂不能追尋，已相離絕」〔註 163〕二氏之說皆貼切。

因此，筆者認爲〈離思〉一詩，亦屬組典成詩之典型。在此組典成詩之典型中，皆可將典故去掉，雖有礙文本之完整性，但卻暫時有助其意脈之釐清。故此詩去典之後，便可剩下：

氣盡、心酸、尋不得、欲如何？傳書絕、染淚多。「無由見顏色，還自託微波」。

類此之詩，可把「獨恨無人作鄭箋」之〈錦瑟〉帶入：

錦瑟無端五十絃，一絃一柱思華年。莊生曉夢迷蝴蝶，望帝春心託杜鵑。滄海月明珠有類，藍田日暖玉生煙。此情

〔註 161〕見何焯《義門讀書記》（下），第 57 卷，1248 頁。
〔註 162〕見《李商隱詩歌集解》第二冊，766 頁。
〔註 163〕見《玉谿生詩集箋注》，卷 1，188 頁。

可待成回憶，只是當時已惘然。

簡化成：

無端五十絃，(引起) 思華年。曉夢迷、春心託。珠有淚、玉生煙，成回憶，已惘然。

則義山近五十而思華年之回憶，便昭然若揭，何必費詞？再看〈離思〉前兩句，「氣盡前溪舞，心酸子夜歌」，到底是詩中主角之演出？抑或是義山一路上回思餞別筵席上聞歌觀舞之心酸回憶？角色便全然不同。若再連結末兩句「無由見顏色，猶自托微波」，則全是用陳思王寫〈洛神賦〉之法，而其中四句之「尋不得」、「欲如何」、「傳書絕」、「染淚多」只是其抒情之技巧，以傳達其遠隔無奈之深情耳。

(四) 馮浩說此詩第六句：「一點明湘中」，與「命斷湘南病渴人」相同。程曰：「五六言己之情思如玉關湘江，柔情繾綣，雁書不至，竹淚偏多」。〔註 164〕張爾田曰：「峽雲」，句指蜀遊失意。「溝水」句指李回赴湖南，已不能從，彼此分流也」。並曰：「湘篁」亦指湖南，言不能復入回幕也。起結寫求援之感，言猶欲藉書通候也。用典無一泛設，眞絕唱也」。〔註 165〕劉學鍇、余恕誠說：「當是義山自桂林北歸途經潭州時向令狐陳情之作」，但馮浩曰：「徐氏謂爲令狐作非也。」劉、余曰：「唯依令狐綯在湖州之日，是年二月綯內召，適值鄭亞貶循，義山罷幕，窮途阻塞，不免有寄書修好之事。」〔註 166〕

從以上數家說，只因詩句有「湘篁染淚多」，於是馮氏、與劉、余皆認爲是義山在湖南之作。而張爾田又因有「峽雲尋不得」，便認爲是「蜀遊失意」。皆就詩中所用地名提出斷案。若如此，就「溝水欲如何」，則此「溝」依原典所指應是「躞蹀御溝上」之「御溝」，不亦應該可指長安嗎？又按朱鶴齡注引《寰宇記》云：「前溪在烏程縣南，東入太湖」，按烏程即浙江之吳興，其曲爲晉車騎將軍沈琉所作。

〔註 164〕見《李商隱詩歌集解》第二冊，766 頁。
〔註 165〕見《李商隱詩歌集解》第二冊，766 頁。
〔註 166〕見《李商隱詩歌集解》第二冊，767 頁。

此詩是否也與吳興有關？因此筆者對此一詩之創作時間、地點，皆持保留之態度，在尚無其他可資明確參驗之證據出現之前，不做無謂之猜測。但筆者認爲，典用女性典，不必然即依女性角色而創作。依女性角色而創作者，如張籍〈節婦吟〉、朱慶餘〈閨意〉亦不必然要用女性典。故義山此詩之「峽女尋不得」，亦並非朝雲尋不得襄王，乃是義山正在遠行途中，人已離散，故寄託其不得相見而已！古人讀詩，所以常不解義山詩者，弱點即因一見女性典故，未經分析，輒逕往情色方向說解。

八、巫山夢醒

在義山之詩集中，有一組曹子建與宓妃有關之詩，如〈代元城吳令暗爲答〉：

> 背闕歸藩路欲分，水邊風日半西曛。荊王枕上元無夢，莫枉陽臺一片雲。

按此詩前二句純依陳思王曹子建之〈洛神賦〉落筆，其賦曰：

> 余從京師，言歸東藩，背伊闕，越轘轅，經通谷，陵景山。日既西傾，車殆馬煩，爾迺稅駕乎蘅皋，秣駟乎藍田，容與乎陽林，流眄乎洛川。〔註167〕

從「言歸東藩，背伊闕」可以見「背闕歸藩路欲分」之典。從「日既西傾」、「流眄乎洛川」可知「水邊風日半西曛」之語源。然而，三四句一轉，何以從〈洛神賦〉轉到〈高唐賦〉？此中或昭文太子編《文選》，本就將〈高唐賦〉、〈神女賦〉、〈登徒子好色賦〉、〈洛神賦〉編在一起，而歸之「情類」。易令人將神女與美女混在一起。然更具體之原因，應是〈洛神賦〉之序曰：

> 黃初三年，余朝京師，還濟洛川，古人有言，斯水之神，名曰宓妃。感宋玉對楚王神女事，遂作斯賦。〔註168〕

〔註167〕見昭明太子《文選》，卷19，254頁。

〔註168〕按所謂「褰餘幬而請禦兮」之「禦」，其意即《詩‧思齊》（疏）：「禦，進也」《左傳襄公二十八年傳》：「禦者知之」之（注）：「謂侍夜勸

可見曹植之所以賦洛神，完全因「感宋玉對楚王神女之事」而作。是以義山由〈洛神〉聯繫到〈高唐〉，實亦順理成章。唯「荊王枕上原無夢，莫枉陽臺一片雲」是何意也？按「荊」字，《說文解字》云：「楚木也」。〔註 169〕又於「楚」字下云：「叢木，一名荊也」。段玉裁注曰：「一名當作一曰，許書之一曰，有謂別一義者，有謂別一名者，上文叢木泛詞，則一曰爲別一義矣。艸部荊下曰：楚木也。此云荊也，是則異名同實，楚國或呼楚、或呼荊，或累呼荊楚。」〔註 170〕由段玉裁之說，知「荊」與「楚」原是「異名同實」，而楚國即可呼爲荊，亦可呼爲楚，亦可連說成荊楚。則義山稱楚王爲荊王，洵有實據。又程夢星引沈佺期〈巫山高〉：「徘徊作行雨，婉孌逐荊王」。〔註 171〕可做爲參證，可知此中之荊王即是楚王。至於此王是懷王或是襄王，若依〈高唐賦序〉實指懷王。若依〈神女賦序〉曰：「其夜王寢，果夢與神女遇，其狀甚麗」，則襄王亦見之，其詳可參看馮浩批駁沈存中《筆談》、姚寬《西溪叢語》之論，其結語曰：「程氏又疑夢皆是懷王，而自古誤作襄王，亦疏也。」〔註 172〕以是此荊王只是泛指楚王而已。至於是懷王或是襄王，實非詩人之所關心。其所欲表現之旨趣，乃在翻荊王有無神女夢之案，如果荊王枕上跟本就無夢，甚至原本就無神女夢之事，那麼後世之人看到巫山之雲，就想到神女，想到朝雲，再推而想甄妃薦枕，由薦枕又想到曹植賦洛神故事：

> 黃初中入朝，帝示植甄后玉鏤金帶枕，植見不覺泣，時已爲郭后讒死，帝意亦尋悟，因令太子留宴飲，仍以枕賚植，植還度轘轅，少許時將息洛水上，思甄后，忽見女來自云，我本託心君王，其心不遂，此枕是我在家時從嫁，前與五

息也。」《禮記內則》：「必與五日爲禦」（注）：「禦者，給與充用之辭」。故可視爲薦枕席以進禦之謂。

〔註 169〕見許愼《說文解字》，37 頁。

〔註 170〕見許愼《說文解字》，274 頁。

〔註 171〕見朱鶴齡《李義山詩集箋注》，卷 2，354 頁。

〔註 172〕見馮浩《玉谿生詩集箋注》，卷 3，628 頁。

> 官中郎將，今與君王，遂用薦枕席，懽情交集。〔註 173〕

就李善此注析之，但云曹「少許時將息洛水上，思甄后，忽見女來自云」。則是醒著恍惚所見，並未作夢。若再就〈洛神賦〉本身看：

> 容與乎陽林，流眄乎洛川，於是精移神駭，忽焉思散，俯則未察，仰以殊觀，睹一麗人，於巖之畔，迺援禦者而告之曰：爾有覿於彼者乎？彼何人斯？若此之艷也。禦者對曰：臣聞河洛之神，名曰宓妃，然則君王所見，無迺是乎！〔註 174〕

則曹植實不曾作夢，只是在「精移神駭」之精神恍惚下見宓妃。且全與甄妃無涉。可見義山之所以寫出「荊王枕上原無夢」，實是受到〈洛神賦〉之啓發。唯詩人之巧妙，乃在於不說「陳王枕上原無夢」，而曰「荊王」，於是此詩便不是詠史，而是用楚王典（詳說見第二章）。因而使得原本將成直敘乏趣之一首詩，變成多重翻用巫山神女夢之案，才使得此詩妙趣無窮。使我們得以再推敲以下三個問題：(一)楚王既然「原無夢」，則神女入夢不是枉說乎？（二）楚王即原本無夢，則神女縱然多情也是枉然。(三）楚王即未曾有夢，則陽臺之雲，便只是一般普遍之雲，何來朝雲暮雨，以代表淫慾乎？

至於義山爲何寫此詩，又題爲〈代元城吳令暗爲答〉，這當然因爲義山在此詩之前已寫了一首〈代魏宮私贈〉：

> 來時西館阻佳期，去後漳河隔夢思。知有宓妃無限意，春松秋菊可同時。

題中〈代魏宮私贈〉，實即指代宓妃私贈，亦即李善注中所謂「將息洛水上，思甄後，忽見女來，自云我本託心君王，其心不遂」云云，此便是「宓妃之無限意」也，至於「春松秋菊」則是直接從〈洛神賦〉中「榮曜秋菊，華茂春松」〔註 175〕剪裁而出。此易事也，唯其言「可

〔註 173〕見《文選》，卷 19，254 頁〈洛神賦〉題下注。

〔註 174〕見《文選》，卷 19，255 頁。

〔註 175〕此說馮注也已引《戊籤》之言爲注，唯〈洛神賦〉在旁，一比便知。見馮浩《玉谿生詩集箋注》，62 頁。《文選》，255 頁。

同時」三字貼黏成句，便可呼應上句「宓妃無限意」，此意劉學鍇、余恕誠二氏曰：

> 可同時，即「何必同時」之意。蓋言雙方果有眞摯愛情，自可越時空、超生死，不必同時。〈洛神賦〉中有「恨人神之道殊」之語，故以春松秋菊何必同時慰之。〔註 176〕

劉、余二氏此解，堪謂甚得義山詩之旨趣。同時也可發現義山寫此二首，正是杜甫〈宗武生日〉詩「熟精文選理」之教〔註 177〕，仇兆鰲注引《呂氏春秋》注曰：「精而熟之，鬼將告之」。此說甚妙，按義山二首代贈代答之詩，皆就古人落筆，其情其意，乃因精熟〈洛神賦〉，於是賦中人物一一在義山心中復活，其情雖似有憑，其事則不必眞。故義山自注云：「黃初三年，已隔存歿，追代其意，何必同時！亦廣〈子夜〉鬼歌之流變。」〔註 178〕眞是如鬼告之也。以是義山作詩之動機已明，馮浩本姚寬之意曰：「蓋以有託而言，原非實錄，不足拘存歿之跡也。」〔註 179〕此種詩，純因一時手癢之作，一般讀書人不能純就文學創作趣味欣賞，一定要謂其出「艷情誣恨，而重疊託意」，〔註 180〕或如胡震亨曰：

> 宋姚寬曰：「詳詩意，甄之贈有情，吳代答無情。豈以質史稱其善處渠家兄弟間，故託之爲子桓解嘲歟？」愚謂甄恨阻隔不得同，宓妃意似妒之，故是情語，吳代答實其非夢宓妃，有不必妒也者，尤深於情之辭，可第云無情哉？必須爲子桓解嘲，子桓當日亦自無贈枕事矣，說得無稍迂乎？

胡氏在此批評姚寬之迂，又能從純文學創作之角度對義山詩刻意表現

〔註 176〕見《李商隱詩歌集解》第五冊，1818 頁。

〔註 177〕見仇兆鰲《杜詩詳注》，卷 17，1478 頁。

〔註 178〕見馮浩《玉谿生詩集箋注》，626 頁。

〔註 179〕見馮浩《玉谿生詩集箋注》，627 頁，又參見《李商隱詩歌集解》，第五冊，1817 頁。

〔註 180〕按此二語，劉、余二氏《李商隱詩歌集解》引馮氏語於此詩之〈箋評〉中見 1818 頁。就馮浩之〈箋注〉，則是箋於另一首〈涉洛川〉，630 頁。

曹植、宓妃子虛無有之事，以傳情語，方是能詩之人也。瞭解此點，則〈東阿王〉一首云：

國事分明屬灌均，西陵魂斷夜來人。君王不得爲天子，半爲當時賦洛神。

與〈涉洛川〉：

通谷陽林不見人，我來遺恨古時春。宓妃漫結無窮恨，不爲君王殺灌均。

前首徐樹穀注曰：

〈東阿王〉作，謂文宗疑安王與賢妃有私而不得立也。〈涉洛川〉作，爲楊賢妃不勸文宗殺仇士良，而反受其害也。二首是一時作。若論故實，則丕爲世子在建安一十二年，植賦〈洛神〉相去十五年矣，歲月懸殊，謂之詠史可乎？〔註181〕

徐氏考據曹植賦〈洛神〉，曹丕早已當了十五年之世子，故「君王不得爲天子，半爲當時賦洛神」，顯與史實不合。因此:「謂之詠史可乎？」故認爲是有感而作。而其創作動機則疑是爲楊賢妃不勸文宗殺仇士良，而反受其害之事。唯馮浩則認爲徐氏此言是「謬說」，並申論曰：

夫安王之不立，由謀於李珏，非文宗有疑於賢妃也。當甘露變後，宦官勢益盛，猜忌益深，妃安能勸文宗殺士良也？閹寺擅權，肆口誣衊，寧復有所隱忍？而史文於安王母事賢妃之外，一無他語也。文宗恭儉之主，雖寵賢妃，仍謀宰輔，其內政克修，毫不聞有倖恣，何可於數千載下妄加揣誣，大傷忠厚哉！〔註182〕

經馮浩如此批駁，徐氏之說確實成謬。然馮浩又推斷前面四首詩，「自有艷情誣恨」，而曰：

宓妃取洛中之地，曰「來時」，曰「去後」，明有往來之，而兩情不得合也。曰「已隔存歿」，「何必同時」，謂一死一生，情不滅而境永隔也。曰「我來遺恨古時春」，是重經洛

〔註181〕見馮浩《玉谿生詩集箋注》，卷3，629頁。
〔註182〕見馮浩《玉谿生詩集箋注》，卷3，630～631頁。

中，追恨舊事也。「灌均」必指府中用事之人而被其指摘者。陳思王則以才華自比，〈可歎篇〉雲「宓妃愁坐其田館，用盡陳王八鬥才」，可以取證也。〔註183〕

然馮浩不明詩人創作，有情筆，有史筆，有閒筆。其情筆如〈無題〉之歎，有史筆，如〈有感〉、〈重有感〉、〈壽安公主降〉之類，有閒筆，則如此四首〈代魏宮私贈〉、〈代元城吳令暗爲答〉、〈東阿王〉、〈涉洛川〉是也。義山對此四首詩明明已註明：「已隔存歿，追代其意」。又云：「荊王枕上元無夢」，又云「我來遺恨古時春」，然而箋注家仍是聽不下去，一定要去翻翻新、舊《唐書》，一定要去尋他一個「艷情誣恨」之事來加強比附一番。於是馮氏就詩分析，詩中有「來時」、「去後」，而曰明有往來之跡。此言若眞，則義山詩中如〈聖女祠〉「星娥一去後，月姊更來無」？是眞有星娥、月姊來去乎？曰：「我來遺恨古時春」，「是重經洛中，追恨舊事也」。而所謂舊事，又牽涉到「灌均必指府中用事之人而被其指摘者。」對「陳思王」則又說是義山以才華自比。馮氏此說如果可以成立，則「西館」、「漳河」、「背闕、歸藩」、「荊王」、「東阿王」、「宓妃」、「神女」一系列典故，放在與陳思王之才華自比中，有那一句可以說得通呢？不知「荊王枕上元無夢」之荊王正是借代東阿王；陽臺、朝雲正借代宓妃，而與〈洛神賦〉所謂「還濟洛川，古人有言，斯水之神，名曰宓妃，感宋玉對楚王神女之事，遂作斯賦」。以是知陳王賦〈洛神〉，正因受宋玉〈賦高唐〉〈神女〉之影響，而義山作〈代魏宮私贈〉等四首，又受宋玉賦〈神女〉、曹植賦〈洛神〉之影響。然宋玉豈見神女？曹植何曾感甄？則義山何曾艷遇？故張爾田亦曰：「此二篇馮氏均斷爲艷情，然宓妃、洛神以比所思可也，安有顯以君王天子自喻者？且柳枝爲東諸侯取去，不聞有讒之者，則灌均何所指？」張氏之反詰不爲無見矣！唯張氏又慣性將之代入令狐當國之說〔註 184〕。則是以此偏反彼偏，兩者

〔註183〕見馮浩《玉谿生詩集箋注》，卷3，631頁。
〔註184〕見《李商隱詩歌集解》，第五冊，1826頁。

皆未爲是。

唯彼從「荊王枕上原無夢」，一直連接到「宓妃漫結無窮恨」，可以追尋出一條詩人用典脈洛。即義山此一系列之洛神、宓妃、神女何以會一一出場？最主要是讀〈洛神賦〉。從〈洛神賦〉引出一連串之文學想像導至即傳承又啓發新思，使得似與詠史有關，又全與史事不相干，一如沈祖棻《唐人七絕詩淺釋》云：

> 細看李商隱這兩首詩，就可以發現無論在立意、用典、措詞各方面，都有許多與事實和傳說矛盾的地方。關於甄后與曹植之間有曖味關係的傳說本來就純屬臆造，但詩人卻又把這個傳說加以改動，將男女雙方互愛，變爲女方單戀，這就與〈洛神賦〉的主題全然無關了，雖然詩中還是沿用了賦中一些語言形象，同樣他也把〈高唐〉、〈神女賦〉中楚懷王與巫山神女故事說成是女方一廂情願。〔註 185〕

由沈氏之說，知道義山寫詩，絕非墨守前人之舊而再改由詩體重述一番，而是在原作之基礎上開發新天地。於是一變原典內涵，男性變成被動，女性變成主動，你可以說他是爲了滿足男性之虛榮心。但也可以說是很先進之女性主義思潮，一如〈紅拂女〉者。

至於義山只是單純之在「批駁那個荒誕的傳說」，抑或是「借題發揮，來紀錄自己生活中一段不適宜於十分公開的經歷。」〔註 186〕則劉、余二氏云「無從考證」，對此無從考證之事，以其猜臆射人，不如從用典之角度歸之〈洛神賦〉之本體與《文選》注周遭資料之古今相感，便可看出所憑於創作之靈感來源，蓋文學家只要有想像力即可，不必萬事必親躬也。不然，王建宮詞之多與妙也，但王建又何嘗曾經入宮過？

由本章看來，神女之來源非一，華山神女似爲義山所不取。而在「神女生涯原是夢，小姑居處本無郎」中，其文本脈絡其實都籠罩在

〔註 185〕見《李商隱詩歌集解》，第五冊，1824 頁。

〔註 186〕見《李商隱詩歌集解》，第五冊，1822 頁。沈祖棻之說。

青溪神女之系統中，但大家還是習慣把神女全推讓給巫山神女，而青溪神女只退守其小姑形象，由主變副。這當然是〈神絃歌〉與《讀齊諧記》之文學聲望抵不過宋玉〈神女賦〉與〈高唐賦〉之原故。

但是由義山使用二十一次神女典看來，除了此〈無題〉之神女有可能是含有青溪神女與巫山神女之複合性。除外就是楚女尚有一些不確定性。其他神女典，可謂皆是巫山神女。唯這個巫山神女，固有宮廷與青樓之雲雨夢，或是西廂式之艷思，但也未嘗沒有雅艷之朝雲形象、思無邪之純美造型，甚至可以隨類賦型，變化多端。因此，何能見到神女便想巫山雲雨事？

第五章　從用典看義山與女道教徒之糾葛

本章要討論者有幾個問題，一是李商隱與道教之接觸，有那些具體之事實與觀念？二是李商隱與女道士之關係，到底有何糾葛？在時間與地點上有無具體證據？三是馮浩說〈燕臺〉詩多女仙典，故知為女冠作，其文本眞相如何？四是〈燕臺〉可能之寄託或象徵是什麼？

第一節　義山學仙玉陽之心態與事實

一、唐朝之道教風氣與義山學仙心態

唐朝自開國之初，就得到一些道教徒之幫助，後來終於奪得天下，因此唐朝之皇帝與道教徒之關係，自是非比尋常。加以道教以李聃為教主，因同是李姓，以是老子一再被追封「太上元元皇帝」、「太聖祖元元皇帝」，至天寶十三年勒封「大聖高上大道金闕元元皇帝」，其地位之崇高莫可言喻，國教之地位成了獨尊，此已是學者普遍之常識〔註1〕。此後又加以法律上之保護，如開元二十九年河南採訪史、

〔註1〕有關唐朝與道教的關係，首先可參看《唐會要》卷50〈尊崇道教〉。其次可參看傅勤家《中國道教史》，第十三章〈唐宋兩朝之道教〉臺灣商務印書館、劉精誠《中國道教史》第四章〈隋唐道教的興盛〉

汴州刺史蕭浣奏凡道士、女冠，包括僧、尼等犯罪，「所由州縣官，不得擅行決罰。」〔註2〕在科舉上，亦有「道舉」之獎勵，將《老子》、《莊子》、《文子》、《列子》列入科舉。於是上至朝廷下至民間皆興起慕道之風。〔註3〕

就李商隱之時代看，其生命雖不長，但是就更替了六個皇帝。查看一下這六個皇帝之〈本紀〉：憲宗以餌食金丹崩，享年才四十三歲；〔註4〕穆宗亦「餌食金石之藥」崩，時年三十歲；〔註5〕敬宗因年紀太輕，對宗教可能尚無多大之興趣，故其死是死於夜捕狐狸回宮後被弒，時年才十八歲，但亦曾以「太清宮道士趙歸眞充兩街道門都教授博士；〔註6〕文宗是較不迷信者，其生日，雖曾聚僧徒、道士講論於麟德殿，但曾謂宰臣曰：「降誕日設齋，起自近代。朕緣相承已久，未可便革。雖置齋會，唯對王源中等暫入殿，至僧道講論，都不臨聽。」〔註7〕可見文宗對佛、道二教皆不信；到了武宗，則信趙歸眞、劉玄靖，〈本紀〉稱其「帝重方士，頗服食修攝，親受法籙，至是藥躁，喜怒失常，疾既篤，旬日不能言」；崩年才三十三歲；〔註8〕到義山晚年之宣宗，曾說：「朕每觀前史，見秦皇、漢武爲方士所惑，常以爲誡。」〔註9〕觀此六帝，因餌食仙丹而崩者一

台北文津出版社、任繼愈《中國道教史》第二編〈隋唐道教〉上海人民出版社、劉希泰《中國道教史》第2卷、第五章、第六章，四川人民出版社、葛兆光《道教與中國文化》，176頁，大陸東華書局。

〔註2〕見宋・王溥《唐會要》，臺北：世界書局，1989年，卷50。

〔註3〕以上見《新唐書》，卷44〈選舉志上〉，與《唐會要》，卷50〈尊崇道教〉。馮浩更引《通典》曰：「開元二十九年，京師置崇玄館，諸州置道學生徒有差，——謂之道舉。舉送課試，與明經同。」見《玉谿生詩集箋注》，71頁。

〔註4〕見《舊唐書・憲宗本紀下》，第一冊，卷15，472頁。

〔註5〕見《舊唐書・穆宗本紀》，第一冊，卷16，503、504頁。

〔註6〕見《舊唐書・敬宗本紀》，第一冊，卷17，521頁。

〔註7〕見《舊唐書・文宗本紀下》，第一冊，卷17，552頁。

〔註8〕見《舊唐書・武宗本紀》，第一冊，卷18，610頁。

〔註9〕見《舊唐書・宣宗本紀下》，第一冊，卷18，640頁。

半。古所謂「上有所好，下更甚焉」。皇帝即如此好道，又加以法律和道舉獎勵，民間之風氣可想而知。馮浩曾舉例曰：

> 韓昌黎〈李素墓志〉曰：素拜河南少尹。呂氏子（煜）棄其妻，著道士衣冠，謝其母曰：「當學仙王屋山。」去數月，間詣公，公使吏卒脱道士衣，給冠帶，送付其母。〈誰氏子詩〉曰：「非癡非狂誰氏子？去入王屋稱道士。或云欲學吹鳳笙，所慕靈妃媲蕭史；又云時俗輕尋常，力行險怪取貴仕。」蓋當時風尚如此，義山學仙亦此情事。〔註10〕

在馮氏看來，當時學道，乃是一種普遍風氣。像呂氏子都不惜拋妻棄母，自己跑去王屋山當道士。而其學道之目的，竟是「所慕靈妃媲蕭史」，動機自非純正。其次是一般士子學道，普遍也是一種「終南捷徑」之心態，故曰：「時俗輕尋常，力行險怪取貴仕」。可見學道與求官，是一種二合一之「險怪」行爲。而義山學道，在馮浩看來也是目的在取貴仕而已，並非眞有志於玄門，故曰：「蓋當時風尚如此，義山學仙亦此情事。」筆者同意馮氏這種看法，不然李商隱就不會說「悲哉墮世網，去之若遺弓」〔註11〕、「皆辭喬木去，遠逐斷蓬飄」〔註12〕，這只要對照他少時寫給令狐楚之〈謝書〉：

> 微意何曾有一毫？空攜筆硯奉龍韜。自蒙半夜傳衣後，不羨王祥得佩刀。

詩中所謂「不羨王祥得佩刀」，馮浩注引《晉中興書》曰：「初，魏徐州刺史呂虔有佩刀，工相之，以爲必三公可服此刀。」後來呂虔以爲王祥有「公輔之量」，因此贈給王祥。王祥臨薨，又以刀贈給弟弟王覽，曰：「汝後必興，足稱此刀。」《晉書・王覽傳》云：「覽後奕世賢才，興與江左矣。」〔註13〕而義山云：「自蒙半夜傳衣後，不羨王祥得佩刀」，其意即暗自以爲：自得令狐楚傳授其駢文學，三公之位

〔註10〕見《玉谿生詩集箋注》，卷1，71頁。
〔註11〕見《玉谿生詩集箋注》，卷1，65頁。
〔註12〕見《玉谿生詩集箋注》，卷1，73頁。
〔註13〕見馮浩《玉谿生詩集箋注》，卷1，19頁。

（至少是高官）自有望焉，不異王祥之得佩刀也。此方爲義山眞正之少志與眞心話。而學道或「習業南山阿」，其實都只是後來不得已才另闢之「終南捷徑」而已。〔註 14〕唯「終南捷徑」也不是每一個人都走得通，就李商隱來說，學道對他不但沒有絲毫幫助，清人卻將之編出一件與女冠天大之豔情案，至今風波未息也。

二、義山學仙玉陽東之事實與時間

（一）時間與地點問題

不論義山學道之本心如何，義山在其詩文中，的確都有慕道之自述和眞實行爲。如其〈上河東公啓〉云：「兼之早歲，志在玄門。及到此都，更敦夙契。」〔註 15〕此啓是他悼亡之後入東川，其幕主柳仲郢有意將一名樂伎張懿仙贈給義山「以備紉補」時，義山推辭，因上此啓表明心志，故而是義山於四十歲回想「早歲」「志在玄門」之言。此外，其寫〈李肱所遺畫松詩兩紙得四十韻〉亦云：「憶昔謝四騎，學仙玉陽東」。〔註 16〕此是義山寫於開成元年，與李肱皆未登第之時之作品，自是比中進士更早之「早歲」。至於這個「早歲」是幾歲？馮浩、錢振倫等都不敢確定，而張爾田《玉谿生年譜會箋》則繫於「太和九年乙卯，義山二十四歲」下云：

> 《邵氏聞見後錄》載義山〈爲鄭州天水公言甘露事表〉，是本年年終，尚在故鄉，學仙玉陽，當亦在此數年。《集》中有〈贈同學彭道士參寥〉、〈寄永道士〉、〈玄微先生〉、〈贈白道者〉諸詩，皆當時往還道侶也。〔註 17〕

又於開成元年丙辰之編年詩中，編入〈東還〉而箋曰：

〔註 14〕有關義山〈安平公詩〉云：「明朝騎馬出城去，送我習業南山阿」，楊柳先生《李商隱評傳》云：「『學仙』就是入道，『習業』就是攻讀，當時士子的『學仙』和『習業』原來就是統一起來的。」台北木鐸出版社，88 頁。

〔註 15〕見《樊南文集》，上冊，卷 4，234 頁。

〔註 16〕見《玉谿生詩集箋注》，卷 1，64 頁。

〔註 17〕見張爾田《玉谿生年譜會箋》，卷 1，38 頁。

> 下第東歸，借學仙寄慨。義山自太和二年應舉，至此將十年矣，故云「十年長夢采華芝」也。〔註 18〕

唯劉學鍇批評張氏之言為「憑虛之說」。〔註 19〕劉氏反駁之理由是（一）在〈李肱所遺畫松詩書兩紙得四十韻〉云：「憶昔謝四騎，學仙玉陽東。」詩作于開成元年，而曰「憶昔學仙」，則學仙玉陽之時間必不在近數年內。（蓋太和九年之隔年既開成元年也）。（二）劉氏舉〈東還〉詩「十年長夢采華芝」，並加括弧云：（猶云十年長憶學道求仙生活）。則此時離求仙學道生活及所謂「舊師」已有近十年時間。」（三）劉氏因下結論曰：

> 然則學仙玉陽之時間，當在父喪既除之后，太和三年謁令狐楚于東都之前。視〈送從翁從東川〉時，「素女」、「秦娥」之句，與集中頗多涉及女冠之艷情詩，學仙時年齡當不至過少，或即在太和元、二年左右。自太和三年干謁求仕至太和九年，首尾已達七年，與「十年長夢采華芝」之語正合。〔註 20〕

劉學鍇此論之要點有三：（1）劉氏認為義山「集中頗多涉及女冠之艷情詩，學仙時年齡當不至過少」。此則是劉氏明確認為李商隱與女冠的確有艷情存在。（2）劉氏因認為義山既與女冠有艷情，則「學仙時年齡當不至過少」，故推定「或即在太和元、二年左右。」而不可能在「太和三年干謁求仕至太和九年」之間。（3）劉學鍇與張爾田所引用之證據，都以〈東還〉詩之「十年長夢采華芝」為主要引據。

按劉氏之（1）要成立之前提，首先要證明義山與女冠之豔情為真。若要反對，也要能提出義山與女冠之豔情為偽之證據與說明。因為義山與女冠之豔情若為真，則年紀太小就實在不合理，但是若其與女冠之豔情為偽，是否就需另當別論？而劉氏之（2）則端視第一點能不能立。而（1）（2）兩點之成立關鍵，又全繫在張爾田與劉學鍇

〔註 18〕見張爾田《玉谿生年譜會箋》，卷 1，42 頁。

〔註 19〕見劉學鍇《李商隱詩歌研究》〈考辨篇〉，167 頁。

〔註 20〕見劉學鍇《李商隱詩歌研究》，168 頁。

之共同證據上，即〈東還〉詩之「十年長夢采華芝」是否爲可靠之主要證據。

按劉氏批駁張氏是依據《會箋》在太和九年下所云：「學仙玉陽，當亦在此數年」，讓劉氏以爲得到把柄。於是劉氏提出「當在父喪既除之后，太和三年謁令狐楚于東都之前。」唯此說張爾田於《年譜》開成元年中亦已曰：

> 義山既除父喪，定居洛下，而時或往來玉陽、王屋之間，故〈畫松詩〉有「學仙玉陽東」及「形魄天壇上」語，濟水出王屋，其地正相接也。〔註 21〕

以是劉學鍇之說，並沒有超出張爾田之看法。但是依筆者看來，兩者都陷入一個「十年長夢」之盲點。〈東還〉詩曰：

> 自有仙才自不知，十年長夢採華芝；秋風動地黃雲暮，歸去嵩陽尋舊師。

按第四句指明是「嵩陽」，而非「玉陽」。玉陽在王屋山，嵩陽則指嵩山。故鄧中龍譯爲「回到嵩山去，重覓當年的仙師」。〔註 22〕此譯不誤。以是地點既不同，是否可以籠統便指爲同一地？同一事？此猶如第三章論之「天臺」與「蓬山」，是可泛用者乎？因此「學仙玉陽東」之年代，與想歸去「嵩陽尋舊師」之年代，如何能混而爲一？兩者若不能混爲一談，又如何可以把思歸「嵩山」之「十年」移到「玉陽山」事件上去？光這一個破綻，兩方就沒有人贏。筆者以爲這個「十年」，當看義山〈上尚書范陽公啓〉云：

> 某幸承舊族，蚤預儒林。鄴下詞人，夙蒙推與，洛陽才子，濫被交遊。而時亨命屯，道泰身否。成名踰於一紀，旅宦過於十年。恩舊彫零，路歧悽愴，荐禰衡之表，空出人間；嘲揚子之書，僅盈天下。〔註 23〕

〔註 21〕見張爾田《玉谿生年譜會箋》，卷 1，40 頁。

〔註 22〕見鄧中龍《李商隱詩譯注》上冊，116 頁。他也主張玉陽學仙應在太和九年，見 115 頁。

〔註 23〕見《樊南文集》，卷 4，215 頁。

此啓，寫於大中三年，是向盧弘止訴苦之文，其中曰：「恩舊彫零」，所指乃是崔戎猝死、令狐楚病故。而「成名踰於一紀」，則是云其中進士已超過十二年。而從吏部考試釋褐，自當秘書省校書郎起，到今年已「旅宦過於十年」。在此十年中，官運是「身否」、「命屯」，一點也不通順。且又有所謂「嘲揚子之書，僅盈天下」，以至「路歧悽愴」，一個人處於此環境中，不心灰意懶者幾稀？故屈復評〈東還〉詩曰：

> 此倦遊之作，半生流落，一事無成，故欲尋師訪道以求長生，亦浮海之嘆耳！〔註24〕

屈氏所謂「半生流落，一事無成」，正是義山所謂「時亨命屯，道泰身否。成名踰於一紀，旅宦過於十年」、「路歧悽愴」之感。故難免有「浮海之歎」。至於程夢星說此詩是「宣宗大中十一年，徵山南西道柳仲郢爲吏部侍郎，義山府罷西歸，乃自東而還也」，則在時間上似乎稍遲。〔註25〕何況程氏又云：「前有與韓瞻詩自注，時欲之東，謂初往東川，則凡東皆川東也。」〔註26〕此是清代箋注家之大病，如馮氏見「柳」字即以爲不是柳仲郢，就是柳枝。而程氏又以爲「凡東皆川東」。果如此，其詩不應題稱〈東還〉，當云〈東去〉也。

而依張爾田《玉谿生年譜會箋》，盧弘止出爲徐州刺史，正是大中三年。並引義山「去年遠從桂梅，來反玉京」之句爲證。並於大中二年下云：

> 二月府貶，留滯荊巴，秋歸洛，冬初還京，選爲盩厔尉。〔註27〕

則義山從桂管歸來，「秋歸洛」，不但正是〈東還〉之確證。尤其詩曰：「秋風動地黃雲暮」，更是秋景。若是進士考試落榜東歸，不是元月、就是二月，何來「秋風動地黃雲暮」？在時序上完全不對。故以其詩迨可確定，其乃義山做官不順遂之感慨，而非中不中舉之

〔註24〕見屈復《玉溪生詩意》，臺北：正大書局，卷7，397頁。
〔註25〕見程夢星刪補朱鶴齡注《李義山詩集箋注》，卷2，361頁。
〔註26〕見程夢星刪補朱鶴齡注《李義山詩集箋注》，卷2，361頁。
〔註27〕見張爾田《玉生年譜會箋》，卷3，135頁。

問題。誤把首句斷章當作義山不中舉之慨，並拿來作爲推算義山學道之年代，更是雙重錯誤。〔註 28〕因此劉學鍇、張爾田對義山學道之推算，亦皆「憑虛之說」也。筆者只能說義山學仙玉陽年代，及其嵩山有舊師之事，目前皆尚乏確證，尚有待繼續努力。

唯義山的確學過仙，此是不爭之事實，只是最後敵不過他「自蒙半夜傳衣後，王羨王祥得佩刀」之仕宦心志，故其〈寄永遠士〉詩云：

> 共上雲山獨下遲，陽臺白道細如絲。君今併倚三珠樹，不記人間落葉時。〔註 29〕

首句既言「共上雲山獨下遲」，次句又點明「陽臺白道」，此陽臺不是前章所說之巫山陽臺，而是指皇家爲司馬承禎所建之陽臺觀。因此可證明永道士是與義山同上王屋山陽臺觀學道之同學。唯義山「中迷鬼道樂，沈爲下土民。」〔註 30〕於是「辭喬木」、「墮世網」，然而永道士則學仙心志堅定，終於成爲一個眞正之道士。故到秋來，一個「併倚三珠樹」，不知「人間人落葉」時；而另一個則歷盡宦海浮沉，不禁感慨「秋風動地黃雲暮」！故義山學道是事實，但是諸家用以推論之〈東還〉詩卻不足爲據，因此大家說他與女冠有感情上之糾葛就更有問題，而此問題之錯綜複雜，就不是三言兩語可以解決，且詳下文。

〔註 28〕認爲李商隱〈東還〉詩是有關考進士落榜東歸之作，尚烈參看余金龍〈李商隱〈東還〉詩考〉，余氏亦認爲「應是開成元年春落第後於長安停留至夏，才開始返回濟源，而途中經鄭州，滯留至出秋，又自鄭州將返濟源時所作。」此說之弱點是其假設義山開成元年春落第後，之所以四月不赴令狐楚興元之徵，云是「很可能於此際適逢其元配夫人之喪。」而證據是由〈上令狐相公狀三〉「自以數奇」一句推想，此是斷章爲說之敝，未見其下文「彼州風物極佳，節候又早，遠聞漢水，已有梅花。」此豈是喪元配人語？且既喪元配，也應早早回家，豈又「於長安停留至夏，才開始返回濟源，而途中經鄭州，滯留至出秋。」始返濟源？個人頗覺不合情理。見《國立僑生大學先修班學報》，第 9 期 214 頁。

〔註 29〕見馮浩《玉谿生詩集箋》，卷 4，551 頁。

〔註 30〕見馮浩《玉谿生詩集箋》，卷 2，335 頁。

（二）義山詩中「入靜」與「存思」之影子

義山學道，到底學到那些高深之道術，筆者尚無力探究。但是從其詩中，似可觀察出其一些「存思」之影子。如其〈戊辰會靜中出貽同志二十韻〉：

> 大道諒無外，會越自登眞。丹元子何索？在己莫問鄰。罐璨玉琳華，翱翔九眞君。戲擲萬里火，聊召六甲旬。瑤簡被靈誥，持符開七門。金鈴攝群魔，絳節何兟兟，吟弄東海若，倚笑扶桑春。三山誠回視，九州揚一塵。……玉管會玄圃，火棗交天姻。科車過故氣，侍香傳靈芬。飄颻被青霓，婀娜佩紫紋。林洞何其微？下仙不與群。丹泥因未控，萬劫猶逡巡。荊蕪既以薙，舟壑永無湮。相期保妙命，騰景侍帝宸。〔註31〕

由題目云「戊辰會靜中出」，朱鶴齡注云道家忌戊辰、戊戌、戊寅之日，不須朝眞。馮浩又加引《登眞隱訣》有入靜法：「燒香入靜朝神，願得正一三氣灌養形神，長生久視，得爲飛仙。」〔註32〕葉蔥奇綜合之曰：

> 朱云：「此詩乃會日遇戊辰，因出靜而作也。」《雲笈七籤》：「入靜，三百日中靜二百日，小靜一百日。」馮注以「戊辰」爲紀年，與下「會靜中出」不能連貫，殊屬非是。〔註33〕

按葉氏依朱氏之說，認爲道教徒「會靜」，逢三戊日必出靜之說最爲有據，其他馮、張、劉、余、鍾諸說，不是牽強便是附會。筆者尚可舉一證以補葉氏之說，如《漢武帝內傳》：

> 元封元年正月甲子，登嵩山，起道宮。帝齋七日，祠訖乃還。至四月戊辰，帝閒居承華殿，東方朔、董仲舒在側。忽見一女子著青衣，美麗非常，帝愕然問之，對曰：我墉宮玉女王子登也，乃若王母所使，從崑崙山來。〔註34〕

〔註31〕見馮浩《玉谿生詩集箋注》，卷2，334頁。
〔註32〕見馮浩《玉谿生詩集箋注》，卷2，336頁。
〔註33〕見葉蔥奇《李商隱詩集疏注》，608頁。
〔註34〕見《魏晉百家短篇小說》，19頁。

此文明載「四月戊辰」，「戊辰」自是忌日。迷信之漢武帝此日自不入靜，也不朝眞，故閒居承華殿，於是乃引來西王母之使者墉宮玉女王子登之出現，接下來就呈現了一段武帝會西王母、上元夫人等諸幻思。此正是義山「出靜」所寫「貽同志二十韻」之原型。義山類此幻思詩，尚有〈寓懷〉：

> 綵鸞餐顥氣，威鳳入卿雲。長養三清境，追隨五帝君。煙波遺汲汲，矰繳任云云。下界圍黃道，前程合紫氛。金書惟是見，玉管不勝聞。草爲迴生種，香緣卻死熏。海明三島見，天迥九江分，騫樹無勞援，神禾豈用耘。鬥龍風結陣，惱鶴露成文。漢嶺霜何早，秦宮日易曛，星機抛密緒，月杵散靈芬，陽烏西南下，相思不及群。〔註35〕

此詩一讀，從「綵鸞餐顥氣」，至「鬥龍鳳結陣，惱鶴露成文」，皆仙氣十足，仙典充斥，馮浩便引《三洞宗玄》、《太眞科》、《武帝內傳》、《黃庭內景經序》、《登眞隱訣》、《十洲記》、《述異記》、《高上太素君》、《詩含神霧》、《眞誥》等等十種相關之書。若對道教經典沒有一點概念，很難聘思成章，尤其此中「草爲迴生種，香緣卻死熏」，與戊辰出皆同一機杼。另外更值得注意者，義山在〈戊辰會靜中出〉詩有一段云：

> 我本玄元胄，稟華由上津。中迷鬼道樂，沉爲下土民。託質屬太陰，鍊形復爲人。誓將覆宮澤，安此眞與神。龜山有慰薦，南眞爲彌綸。

此中典故，「下土民」出《漢武內傳》，「稟華由上津」出《神仙傳》、「鍊形後爲人」出《南岳魏夫人傳》；馮氏注曰：

> 《南岳魏夫人傳》：白日尸解，自是仙矣。若非尸解之例，死經太陰，暫過三官者，肉脫脈散，血沉灰爛，而五藏自生，白骨如玉，七魄營衛，三魂守宅者，或三十年、二十年、十年、三年，血肉再生，復質成形，勝於昔日未死之容。此名鍊形太陰，易貌三官之仙也。天帝云：「太陰鍊成

〔註35〕馮浩《玉谿生詩集箋注》，卷2，342頁。

形，勝服九轉丹」。〔註36〕

此注甚爲得要，且注明西王母則稱「九靈大妙龜山金母」。即用「南岳魏夫人」典與《漢武內傳》頗爲切近。而〈漢武內傳〉，本是神仙家宣教之作，非眞漢武本事。筆者翻檢《雲笈七籤》中〈上清黃庭內景經〉，〈隱藏章第三十五〉云：

> 太上隱環八素瓊，溉益八液腎受精，伏於太陰見我形，揚風三玄出始青，恍惚之間至清雲，坐於飆臺見赤生，逸域熙眞養華榮，內盼沉默鍊五形。〔註37〕

亦有「伏於太陰見我形」、「內盼沉默鍊五形」之語。而在《太上黃庭外景經序》中又曰：「晝夜思之可長存」。其下注曰：「常注意思念，自睹三光，道之至妙近在斗中。」〔註38〕其要在「晝夜思之」、「常注意思念」。此道教所謂「存思」之法也。如《黃庭外景經：「諸神皆會相求索」，注曰：「大道遊戲，眾神合會，交遊徘徊太素中。」此看義山「鑵瑹玉琳華，翺翔九眞君，戲擲萬里火，聊召六甲旬」云云，似亦皆是「存思」之詞。而更明確者，是義山《樊南文集》有〈象江太守〉一文曰：

> 滎陽鄭璠，自象江得怪石六，其三聳而銳，又一，如世間道士存思，圖畫入肺胃肝腎，次第懸絡者。〔註39〕

義山文中曰：「如世間道士存思」云云，於是可以肯定義山了解並熟悉「存思」之道法。而《推誦黃庭內經法》亦云：「當入齋堂之時，先於戶外叩齒三通，閉目想室中有紫雲鬱鬱來冠兆身，玉童侍左，玉女侍右，三光寶芝洞映內外」〔註40〕。由此看義山〈寓懷〉與〈出靜〉二首詩，洵不離「存思」之冥想，故仙氣瀰漫也。且《黃庭內景經》之存思，雖皆冥想於身體內臟中，唯《太清中黃眞經》便可冥思碧空

〔註36〕見馮浩《玉谿生詩集箋注》，卷2，338頁。

〔註37〕見《雲笈七籤》〈隱藏章〉第35，四部叢刊本，臺北：臺灣商務印書館，130頁。

〔註38〕見《雲笈七籤》，卷12，134頁。

〔註39〕見《樊南文集》，卷6，〈雜記〉，485頁。

〔註40〕見《雲笈七籤》，卷13，149頁。

絳闕仙界，如〈太極眞官章〉便曰：

太極眞宮住碧空，絳闕崇臺一萬重。玉樓相行列危峰，瑤殿熒光彩翠濃。紅雲紫氣常擁容，玉壁金梁內玲瓏。鳳舞鸞歌遊詠中，玉饌金漿意任從。九氣其仙位列崇。〔註 41〕

又如其〈九氣眞仙章〉第十四：

九氣眞仙依錦衣，綃縠雲裳蟬帶垂。天冠搖響韻參差，九文花履錦星奇。卻佩霓裳朝太儀，十方彩女執旌麾。百靈引駕玉童隨，前有龍旛後虎旗。〔註 42〕

讀了以上道家資料，再讀義山前二詩，再思《碧城》三首，便覺得有來歷可指矣。類似此類存思之法，在《雲笈七籤》卷四十三、四十四、四十五皆是，此固多內思五藏者多，但卷七十九便有《五嶽眞形神仙圖記》《五嶽眞形圖法并序》《眞形圖》等〔註 43〕。以是陳萬成撰〈孫綽遊天台山賦與道教〉云：

冥想在道教中稱爲「存思」，存思既可以諦想神仙星宿，亦可以內觀五臟六腑。〔註 44〕

將義山作品與道書之《黃庭內景經》、《黃庭外景經》、《太清中黃眞經》等七言相比照，會發現道藏中之詩章「質木無文」，而義山則類一般「遊仙詩」，然又比一般「遊仙詩」來得深沉有味。而終極表現則在《碧城三首》第一首：

碧城十二曲闌干，犀辟塵埃玉辟寒。閬苑有書皆附鶴，女床無樹不棲鸞。星沉海底當窗見，雨過河源隔座看。若是曉珠明又定，一生長對水精盤。

此首猶是道家「存思」之想，一如孫綽〈天台山賦〉，「僅爲神遊，實未嘗親臨其境」，〔註 45〕一切洞天仙境皆是幻思而已。可是到了第二首以下，一如義山「中迷鬼道樂，沉爲下土民」，越來越沉爲下土民

〔註 41〕見《雲笈七籤》，卷 13，〈太極眞宮章〉第 13，164 頁。
〔註 42〕見《雲笈七籤》，卷 13，165 頁。
〔註 43〕見《雲笈七籤》，卷 79，845 頁、850 頁、855 頁、856 頁。
〔註 44〕見陳萬成〈孫綽遊天台山賦與道教〉《大陸雜誌》，86 卷 4 期，45 頁。
〔註 45〕見陳萬成〈孫綽遊天台山賦與道教〉《大陸雜誌》，86 卷 4 期，43 頁。

之詩，故云：

> 對影聞聲已可憐，玉池荷葉正田田。不逢蕭史休回首，莫見洪崖又拍肩。紫鳳放嬌銜楚珮，赤鱗狂舞撥湘絃。鄂君悵望舟中夜，繡被焚香獨自眠。
>
> 七夕來時先有期，洞房簾箔至今垂。玉輪顧兔初生魄，鐵網珊瑚未有枝。檢與神方教駐景，收將鳳紙寫相思。武皇內傳分明在，莫道人間總不知。〔註46〕

此三首，或以爲「詠其時貴主事」，或以爲「一詠楊貴妃入道，一言妃未歸壽邸，一言明星與妃定情」。馮浩駁之曰：「若以武皇爲定指明皇，則楊妃之事，先後詩人彰之篇什，即本集中明譏毒刺不一而足（筆者按：如〈華清宮〉、〈馬嵬〉、〈龍池〉、〈驪山有感〉等），何獨於此而必隱約出之哉？」個人以爲馮氏問得好，但其又說是刺貴主事，則亦無憑。然就〈漢武故事〉與存思之修習，更見義山由仙而凡之跡甚明。

第二節　義山與女冠之豔情與眞相

一、問題之引出

李商隱與道教徒之間關係如何？由於其確實參與過道教活動，同時又以「存思」方式寫了一些迷離恍惚之詩，使讀者增加許多想像的空間，因此了解與誤解難免相伴而生，使得許多專家之說法，頗令讀者疑信參半。如〈燕臺〉四首，馮浩曰：

> 參之柳枝序，則此在前，其爲「學仙玉陽東」時，有所戀於女冠歟？其人先被達官取去京師，又流轉湘中矣。以篇中多引仙女事，故知女冠。〔註47〕

閱馮浩此說，首先會發現其憑以判定〈燕臺〉詩是爲女冠而作之理由，乃因「篇中多引仙女事」，而且基於此一觀點，往後成爲馮氏

〔註46〕見馮浩《玉谿生年譜會箋》，卷3，573、574頁。
〔註47〕見馮浩《玉谿生詩集箋注》，卷3，639頁。

研究義山詩之基礎論點之一。如其在〈送從翁從東川弘農尚書幕〉之注曰：「詩敘隱居學仙，而所引多女仙，凡集中敘學仙事皆可參悟。」〔註 48〕其後又在〈河內詩〉二首注曰：「與〈燕臺〉同意。『學仙玉陽東』，正懷州河內境。」〔註 49〕又於「八桂林邊九芝草」之下注曰：

> 「八桂」、「九芝」，借言仙境。蓋玉陽王屋，本玉眞公主修道之處，必有故院及女冠在焉，玩前後措詞曉然矣。「短襟小鬢」乃晚粧，或當夏令。與〈燕臺〉次章互看。《懷慶府志》曰：九芝嶺在陽臺宮前，八柱嶺在陽臺宮南。余更疑古已有其名，而義山用之，故曰相逢道。《府志》或訛「桂」爲「柱」耳。必非用粤中桂林。〔註 50〕

馮浩在此認爲河內正指懷州，是玉陽與王屋山之所在，而其地早在義山之前一百多年，睿宗之第九個皇女昌隆公主，就曾勅封爲玉眞公主而在玉陽山修道。〔註 51〕於是馮浩判定玉陽山在義山學道時，「必有故院女冠在焉」，而在夏天晚上兩人道路相逢，故言「『短襟小鬢』乃晚粧也，或當夏令」。而這個故院女冠，與義山一相逢，便產生了戀情，故其在箋〈河陽詩〉曰：

> 統觀前後諸詩，似其艶情有二，一爲柳枝而發；一爲學仙玉陽時所歡而發。〈謔柳〉、〈贈柳〉、〈石城〉、〈莫愁〉，皆詠柳枝之入郢中也；〈燕臺〉、〈河陽〉、〈河內〉諸篇，多言湘江，又多引仙事，似昔學仙時所戀者今在湘潭之地，而後又不知何往也。前有〈判春〉，後有〈宮井雙桐〉，大可參觀互證。〔註 52〕

箋中因有「似昔學仙時所戀者今在湘潭」云云，於是開啓了後世一系列江鄉之遊與艶情詩說。

〔註 48〕見馮浩《玉谿生詩集箋注》，卷 1，75 頁。「水接絳河遙」句下注。
〔註 49〕見馮浩《玉谿生詩集箋注》，卷 3，666 頁。
〔註 50〕見《玉谿生詩集箋注》，卷 3，667 頁。
〔註 51〕見楊柳《李商隱評傳》，88 頁。
〔註 52〕見《玉谿生詩集箋注》，卷 3，673 頁。

按馮氏在此論義山豔情有二，若再加上其說〈無題〉二首云：「此二篇定屬豔情，因窺見後房姬妾而作，得毋其中有吳人耶？」〔註53〕則馮氏所指冶遊，與此章同情矣。」〔註54〕則有四種豔情。然其間最多者還是指涉女冠，如〈銀河吹笙〉，馮氏曰：「此必詠女冠，非悼亡矣」〔註55〕、〈中元作〉馮氏亦曰：「此亦爲入道公主作。」並批評曰：「此種殊傷詩品」〔註56〕、於〈嫦娥〉詩則曰：「或爲入道而不耐孤寂者致誚也」、於〈月夜重寄宋華陽姊妹〉云：「『偷桃』是男，『竊藥』是女，昔同賞月，今則相離」〔註57〕、對於〈燒香曲〉更曰：「此詠宮人之入道者」〔註58〕、又於〈碧城〉三首曰：「要惟胡孝轅《戊籤》謂刺入道公主者近之。」〔註59〕

就馮浩一家，其認定義山詩與女冠有關係者，若包括兩首與女冠有關而無感情因素之〈天平公座中呈令狐令公〉、與〈和韓錄事送宮人入道〉，就總共有十六首。而在馮氏看來，其中已不乏「殊傷詩品」之作。從馮浩之箋注後，至一九二七年蘇雪林教授發表《李義山戀愛事跡考》，便將義山戀愛事分爲四種：

甲、女道士

乙、宮人

丙、妻

丁、娼妓〔註60〕

並認爲「〈月夜重寄宋華陽姊妹〉一詩是全部女道士戀愛史的線索，〈錦瑟詩〉是全部宮嬪戀愛史的線索。但前者是明的，而後者卻

〔註53〕見《玉谿生詩集箋注》，卷1，136頁。
〔註54〕見《玉谿生詩集箋注》，卷3，695頁。
〔註55〕見《玉谿生詩集箋注》，卷3，697頁。
〔註56〕見《玉谿生詩集箋注》，卷3，704頁。
〔註57〕見《玉谿生詩集箋注》，卷3，729頁。
〔註58〕見《玉谿生詩集箋注》，卷3，612頁。
〔註59〕見《玉谿生詩集箋注》，卷3，573頁。
〔註60〕見《玉溪詩謎》，5頁。

是暗的」。〔註61〕更提出其考察切入點曰：

> 義山既以典故來代替他當時情史，如果典故用得不切當，事實便會淆亂。所以他對於用典極其用心，可以說是絲毫不苟。〔註62〕

於是他將義山所用之典故，摘要刊表如下：

		宮嬪	女道士
人物	男	燕太子 魏東阿 劉楨 宋玉 襄王 阿侯 秦宮 赤鳳	王子晉 洪崖 蕭史 玉郎 劉武威 崔羅什 東方朔
	女	漢后 盧莫愁 宓妃 鄭櫻桃 趙飛燕 楚女 湘妃	紫府仙人 蕊珠人 杜蘭香 萼綠華 星娥 鳳女 嫦娥 素娥 青女
境地		芝田館 露畹 天泉 龍宮 蓬萊 芙蓉塘 趙后樓 高唐 景陽井 漢苑 楚宮	聖女祠 陽臺 玉山 閬苑 玉女窗 仙人掌 紫府 瑤臺 玉樓 碧城
器用		金釭 玉交杯 金鏤枕 羊車 雲屏 茱萸帳 翡翠衾 芙蓉帳 鴛鴦瓦 雷車 月扇	宓妃襪 雲漿 寶燈 湘瑟 秦蕭 水晶盤 辟塵犀 白燕釵 五銖衣 緱山鐘
密的	代名詞	留枕 偷香 乘槎 解珮 凌波	竊藥 偷桃
人物的	代名詞	楊柳 櫻桃 桃李 鷿 韓蝶 曹蠅 龍 山雞 鸞鳳	彩蟾 三珠樹

蘇雪林教授在列此表之後，他又說：「總之女道士有女道士的典故，宮嬪有宮嬪的典故，一件事也還它一樣說法。讀者如果就謎面的文字去尋謎底，立刻就會水落石出」。同時他又認爲：「義山之與宮嬪

〔註61〕見《玉溪詩謎》，123頁。

〔註62〕見《玉溪詩謎》，121頁。

有情，乃由相識之女道士介紹而來，所以兩件戀愛事件實可歸併到一件。」〔註63〕於是宮女、女冠之戀愛實是二而一。蘇先生把他等同起來。

從馮浩指〈燕臺〉、〈河陽〉、〈河內〉等等乃是義山學仙玉陽東之戀愛詩，至蘇雪林先生之《玉溪詩謎》正式出版，其影響之大，洵不可小覷。雖然也有反對之聲音，如湯翼海曾撰〈平質蘇雪林《玉溪詩謎》〉云：「頗驚作者假設大膽而證據不足。」〔註64〕吳調公也說蘇氏之言「更是一系列的主觀臆測和牽強附會。」〔註65〕而王蒙也說蘇氏之說法：「是在寫小說，不能算是正式的李商隱研究。」〔註66〕張淑香也認爲：

> 有人因爲義山寫了許多愛情詩，遂把他視爲一情場浪子，隨便與女道士，宮嬪戀愛，甚至於竊人後房。這些說法，都是毫無根據的猜測之辭，最爲荒謬。對義山的人格，也是一種誣構。〔註67〕

唯像這樣公然點名反對之文章畢竟少數，有人是採取根本視若無睹之態度，但自從一九二七年蘇先生之〈李義山戀愛事跡考〉發表之後，或明或暗受其影響的更多，如朱偰〈李商隱詩新詮〉：

> 治義山詩者，不下十家，然類多諱言眞情，好作曲解，甚或以依違牛李二黨之間，解無題諸首，讀旖旎深情之詩，不脫高官厚祿之想，所謂以小人之心度君子，宜乎其愈解去題愈遠也。不知義山詩之至佳者，爲無題諸首，而爲無題諸首之樞紐者，則爲女道士宋華陽姊妹，及無名宮女是也。〔註68〕

〔註63〕見《玉溪詩謎》，42頁。
〔註64〕見國立中山大學文學會主編《李商隱詩研究論文集》，1044頁。
〔註65〕見吳調公〈李商隱研究〉，129頁，臺北：明文書局，民國77年9月。
〔註66〕見《文學遺產》1997年第2期。收入王蒙、劉學鍇《李商隱研究論集》，6頁，以代序。
〔註67〕見張淑香《李義山詩析論》，臺北：藝文印書館，民國76年3月、2版，235頁。
〔註68〕見《李商隱和他的詩》朱偰〈自序〉，臺北：學生書局，民國71年2

朱偰在此批評治義山詩者，在解〈無題〉諸詩時，不是依違牛李二黨而立說，就是不脫高官厚祿之想，皆是「以小人之心度君子」。以是知朱氏甚反對馮浩、張爾田等把一些較晦澀難解作品，皆解釋爲向令狐綯告哀與求官之詩。類此看法者，徐復觀先生亦曾曰：

> 馮張都把它（指〈無題〉）解釋爲哀求令狐綯之作。試將義山自述性的詩文，粗讀一遍，義山的人格，會是這樣的嗎？這完全是清代給科舉磨碎了骨頭的舉子心理，於不知不覺中，投射到李義山身上去，所作的解釋。〔註69〕

可見朱、徐二氏同是對張爾田、馮浩說之不滿。但是朱偰在反對求官說之外，其第三章論〈李義山之情〉曰：

> 今就詩論詩，義山無題諸作，皆實有所指，依其時代先後，可分爲四組：(一) 對女道士宋華陽姊妹所發之聖女祠（松篁臺殿蕙香幃、杳靄逢仙跡）；及無題（紫府仙人號寶鐙）；重過聖女祠，(白石巖扉碧鮮（蘚）滋）碧城三首、華師（孤鶴不睡雲無心）；贈華陽宋眞人兼寄清都劉先生、月夜重寄宋華陽姊妹、贈白道者諸詩屬之。宋華陽姊妹，既見於義山詩題，蓋實有其人，據余推測，或即聖女祠之女道士也。〔註70〕

依朱偰所舉有關之女道士之詩，大大與馮浩之說出入，而實與蘇雪林之《玉溪詩謎》所舉者雷同，尤其是〈無題〉與〈聖女祠〉等諸首最爲顯證。而且宮女說，也只見於蘇雪林先生，不見於馮浩。此外，李曰剛在其《中國詩歌流變史》中曾云：

> 今人蘇雪林教授則一翻前人之說，謂其無題艷情之作，篇篇皆爲戀愛本事之眞實紀錄，並無寄託蹤影。旁徵博引，言之鑿鑿，似堪取信。〔註71〕

月，2頁。

〔註69〕見徐復觀《中國文學論集》〈環繞李義山（商隱）〈錦瑟〉詩的諸問題〉，臺北：學生書局，民國74年1月，225頁。

〔註70〕見朱偰等編《李商隱和他的詩》，臺北：學生書局，60頁。

〔註71〕見李曰剛《中國文學流變史》，臺北：文津出版社，民國76年，403頁。

而香港蕭輝楷說其恩師孟志孫先生，在講授中國文學史時，便已指出：李商隱那些朦朧縹緲的作品，主要全是寫他和女道士、宮人間的秘戀本事，並且指明「在蘇雪林女士的《李義山戀愛事跡考》一書早已大致考出了的。」蕭氏接著說：

> 十五年後，我在香港友聯出版社任總編輯時，看到了孫述宇先生交來他的尊人孫甄陶先生研考李商隱詩的大作，深覺內容實不浹於心，遂特意找來蘇雪林先生大著（時已更名《玉溪詩謎》）細讀一遍，認爲當年孟志孫先生的推荐絕對正確，一切誤論義山詩本事或「寄託」之類問題，向不先去正視雪林先生舊作說法：通通是一些「不顧有力說法而只任作主觀臆想」的精神浪費，在學術忠誠原則上通通是深值商榷的；因此，我終於極帶歉意地推拒了孫甄陶先生大作的出版，我認爲這一問題基本上應可視作已有定論的了。〔註 72〕

蕭氏從其師之推荐而獲得一個唐代文學史概念，從此認爲是眞理，可見「先入爲主」的影響力之大，於是當他任總編輯時，先排斥了孫甄陶先生之論述，並認爲一切與蘇雪林先生不同看法的人，通通是「不顧有力說法而只任作主觀臆想」之精神浪費。而在他看來，那些只作主觀臆想之學者，包括汪辟疆、錢鍾書、勞榦、徐復觀等〔註 73〕。於是蕭氏指導其女弟子白冠雲作論文，其結論說蘇雪林先生之解釋，和「地理繞日而行說」一樣的正確。〔註 74〕此師徒二人，可謂是蘇雪林先生之極端信仰者。

此外如陳貽焮也撰〈李商隱戀愛事跡考辨〉。他認爲蘇雪林先生「指出姓宋的女冠與李有舊，這一點很對，其餘則可商榷。」但是陳貽焮之所謂商榷，最主要是把蘇雪林主張之長安永崇里華陽觀，移到

〔註 72〕見白冠雲《李商隱艷情詩之謎》，蕭輝楷〈序〉，臺北：明文出版社，民國 80 年 8 月，19 頁。

〔註 73〕見白冠雲《李商隱艷情詩之謎》，19 頁，蕭輝楷〈序〉。

〔註 74〕見白冠雲《李商隱艷情詩之謎》，126 頁。

玉陽山，因此陳氏說：

在我看來，既然如前所述李學仙玉陽時曾熱戀過那裏的一個女冠，事後仍念念不忘，那末，集中那些寫與女冠相思、相愛的詩篇當與此事有關，如無確證，則無須節外生枝地硬扯到長安的華陽觀中去。其實李與此人戀愛是在玉陽靈都觀，當時她還有個義姊妹出事後她們乃移居長安華陽觀，故稱之爲「宋華陽姊妹」。李與他們在長安相逢并贈詩是以後的事。〔註 75〕

從陳氏之「商榷」看來，幾乎是在爭長安「華陽觀」與玉陽「靈都觀」問題，而二者都只是猜測，也都沒有確據，當然更不知玉陽靈都觀是子虛烏有之事（詳後）。而另外一位支持蘇雪林先生之擁護者是鍾來茵，他說：

李商隱與女冠有艶情，最早作出判斷的是清朝馮浩、程夢星等；五四以後，蘇雪林女士《玉溪詩謎》作了創造性的發揮；最近三十年中不少學者又作了補充，這基本上可以成爲學術界定論了。〔註 76〕

從以上可以看出蘇雪林教授影響力之大。他們都覺得蘇先生之創見是定論，甚至跟哥白尼發現地球繞著太陽跑一樣之可信。

當然信徒不只這些，我們再翻開郁賢皓、朱易安之《李商隱》，他們兩位不也是這樣寫著：

李商隱來到玉陽山後，居住在一個「山連玄圃近，水接絳河遙」的「瓊瑤宮」裡。這裡離靈都觀很近，中間僅隔一條玉溪。李商隱認識了靈都觀裡那些伴隨公主入道的宮女們，並愛上了其中一位精於音律的宋氏女宮人。但他們之間的愛情爲禮教所不容許。〔註 77〕

郁、朱二氏這種說法，將之比對鍾來茵說：

〔註 75〕見王蒙、劉學鍇《李商隱研究論集》，134 頁。

〔註 76〕見鍾來茵《李商隱愛情詩解》前言，5 頁。

〔註 77〕見郁賢皓、朱易安《李商隱》，臺北：群玉堂出版事業股份有限公司，民國 81 年 7 月，國文天地關係企業，18 頁。

「他們的戀愛被人知道，男女雙方都受懲罰，李商隱被趕下山，逐出道觀；宋氏被遣返回宮，大約去作了守陵的宮女。」〔註 78〕

二者之說如出一轍。再閱劉若愚〈李商隱詩評析〉：

至於〈碧城〉三首、〈聖女祠〉先後三首，及有關嫦娥各詩，可能都是指女冠，但作者態度曖昧不明。〔註 79〕

劉氏又說〈無題〉「來是空言」及「颯颯東風」二首：「詩中女主角可能為宮女，但不必硬指飛鸞、輕鳳。（詩中並無同時戀二女之暗示）。〔註 80〕由劉氏二條資料，就可以看出劉若愚也頗受馮浩、蘇雪林先生一系列之影響，只是劉氏語多保留，保持了學術上討論之彈性空間。此外方瑜也說：

李商隱詩中的戀情，不論發生於貴族宅邸、妓院、仙館、道觀，總之都密閉於室內，而帶有纖柔優雅的氣氛。〔註 81〕

方氏若不相信義山與女冠有豔情，自然不會說李商隱詩中的戀情場所抱括「仙館」、「道觀」之語。陳永正亦曰：

義山青年時代曾「學仙玉陽」……義山此時與華陽的宋眞人姊妹相識，彼此傾心。為她們寫的詩可考的有〈月夜寄宋華陽姊妹〉等作，餘〈碧城〉〈聖女祠〉〈燕臺〉等或與此事有關。這些詩的意境頗惝恍迷離，大約有難言之隱。〔註 82〕

基本上，陳永正亦認為義山與玉陽女冠之豔情是存在的，其在解〈碧城〉第一首之前序又曰：「戀愛的對象可能是義山在玉陽學道時認識的女道友——宋眞人姊妹。集中〈聖女祠〉三首，是寫他和女道士戀愛的失敗，〈燕臺〉四首馮浩也認為是『有所戀於女冠』而作。」〔註

〔註 78〕見鍾來茵《李商隱愛情詩解》，3 頁。

〔註 79〕見劉若愚〈李商隱詩評析〉，原刊《清華學報》7 卷 2 期。收入張仁青編《李商隱詩研究論文集》，108 頁。

〔註 80〕見劉若愚〈李商隱詩評析〉，原刊《清華學報》7 卷 2 期。收入張仁青編《李商隱詩研究論文集》，107 頁。

〔註 81〕見方瑜《沾衣花雨・李商隱七律豔體詩的結構與感覺性》，204 頁。

〔註 82〕見陳永正《李商隱詩選・前言》，9 頁。

〔註 83〕見陳永正《李商隱詩選》，43 頁。

83〕而劉學鍇也在其〈本世紀中國大陸李商隱研究述略〉中曰：

> 蘇氏所考證的商隱愛情詩具體本事，由於缺乏可靠的證據，只是就商隱無題諸詩及其他一些詩中本身就很隱約朦朧的詩句進行推演假設，其可信度自然是比較低的。特別是與宮嬪飛鸞、輕鳳戀愛之說，更是無論從事理上、從材料依據上都讓人難以置信。但蘇氏提出的義山兩類不同戀愛對象的詩分別用不同的典故詞語，女道士用仙女、仙境、仙家事物，宮嬪則用帝王、妃后、宮廷建築、宮廷器用以爲區別，不能說毫無道理。認爲商隱與某一女冠有戀情之說，也並非毫無依據。〔註 84〕

劉氏在此文中要點有三：一其指出蘇雪林在採用證據材料上之可信度低，尤其是與宮嬪飛鸞、輕鳳戀愛之說，「無論從事理上、從材料依據上都讓人難以置信」。二是認爲蘇氏「認爲商隱與某一女冠有戀情之說，也並非毫無依據。」此意味劉氏認同商隱與某一女冠的確有戀情。三是認同蘇氏提出對義山兩類不同戀愛對象的詩分別用不同的典故詞語：女道士用仙女、仙境、仙家事物；宮嬪則用帝王、妃后、宮廷建築、宮廷器用以爲區別。此自是劉氏亦認爲義山「用典」處不失爲一個重要的判斷依據，至少是比較有說服力的材料。依以上資料，可見自馮浩以來開闢義山與女冠戀愛之說，至蘇雪林先生〈李義山戀愛事跡考〉發表，到劉學鍇撰〈本世紀中國大陸李商隱研究述略〉，其說影響之大，實不能視而不見。〔註 85〕雖然湯翼海、吳調公、王蒙、張淑香多曾經提出否定之論點，可惜皆未提出具體反證，其態度實亦等同於像蕭輝楷之「深覺內容委實不浹於心」就把別人否定掉。因此，以下就義山用典處爲穴位，加以施針考釋，思提供一些具體之反證，以破解義山與女冠豔情說之不可信。

〔註 84〕見劉學鍇《李商隱詩歌研究·研究史篇》，合肥：：安徽大學出版社，1998 年 5 月，135 頁。

〔註 85〕就正在修改本章之當下，又接到《中華詩學》民國九一年春季號（19 卷 3 期），內刊張仁青之〈李商隱的感情世界〉一文，亦主李商隱的戀愛對象有青衣、女道士、宮女、尼姑四種。8、9 頁。

二、玉陽東之瓊瑤宮考

李商隱在其〈李肱所遺畫松詩書兩紙得四十一韻〉云：

> 惜昔謝四騎，學仙玉陽東，千株盡若此，路入瓊瑤宮。口詠玄雲歌，手把金芙蓉。濃藹深霓袖，色映琅玕中。悲哉墮世網，去之若遺弓。形魄天壇上，海日高曈曈。終期紫鸞歸，持寄扶桑翁。〔註86〕

此段詩中，因有「學仙玉陽東」之句，的確可以證明他曾到玉陽山學過道。這比他在〈上河東公啓〉中自云：「兼之早歲，志在玄門」之說具體。〔註87〕何況他也描繪出當年學當道士時：「口詠玄雲歌，手把金芙蓉」之實際情況。但是從其「形魄天壇上，海日高曈曈」看，便不是玉陽山之景色。依據馮浩注引沈荃纂《河南通志》載：「玉陽山有二，東西對峙。相傳唐睿宗女玉眞公主修道之所。」〔註88〕陳貽焮引喬騰鳳等纂《懷慶府志》云：「九芝嶺，在濟源西九十里陽臺宮前……玉陽山，在濟源西三十里。唐睿宗第九女昌隆公主修道於此，改封玉眞公主。唐玄宗署其門曰靈都觀。」〔註89〕於是鍾來茵組合此兩條資料曰：

> 李商隱二十三歲去河南玉陽山學道。玉陽山上有兩座道觀，一座叫玉陽觀，在玉陽山東峰。另一座叫靈都觀，在玉陽山西峰。靈都觀裡有一位姓宋的女道士。她本是侍奉公主的宮女。〔註90〕

按鍾來茵云：「李商隱二十三歲去河南玉陽山學道。」此是從張爾田之《玉谿生年譜會箋》所得之粗略印象，張氏之說實非如此（已見前節）。且其與馮浩等完全相信《河南通志》與《懷慶府志》之記載，

〔註86〕見馮浩《玉谿生詩集箋注》，卷1，64頁。
〔註87〕見錢振倫、錢振常箋注《樊南文集》，卷4，234頁。
〔註88〕筆者查正，見沈筌《河南通志・續通志》七卷，臺北：華文書局，光緒八年刊本，175頁。
〔註89〕筆者查正，見喬騰鳳等《懷慶府志》三卷，臺北：台灣學生書局，民國57年7月，附圖，247頁。
〔註90〕鍾萊茵《李商隱愛情詩解》，2頁。

卻不知這兩條記載完全是子虛烏有之事也。

按《河南通志》云：「相傳唐睿宗女玉眞公主修道之所。」文用「相傳」兩字，便代表不是很確定，而抱持存疑態度。況筆者查《新唐書・諸帝公主傳》：傳載睿宗十一女，金仙公主於「太極元年，與玉眞公主皆爲道士，築觀京師，以方士史崇玄爲師」。〔註 91〕依此文意，自是金仙與玉眞二公主同日入道，因此「築觀京師」。唯此觀不可能只讓金仙住，而不讓玉眞住，因此若不是同築一觀，就是建兩座道觀，於是再查玉眞公主傳曰：

> 玉眞公主字持盈，始封崇昌縣主。俄進號「上清玄都太洞三景師。天寶三載，上言曰：「先帝許妾捨家，今仍叨主第，食租賦，誠願去公主號，罷邑司，歸之王府。」玄宗不許。又言：「妾，高宗之孫，睿宗之女，陛下之女弟，於天下不爲賤，何必名繫主號，資湯沐，然後爲貴？請入數百家之產，延十年之命。帝知至意，乃許之。薨寶應時。〔註 92〕

從玉眞公主兩次向玄宗上言要去公主號、罷邑司，請入數百家之產，而玄宗不許，便知其一直住在長安。或許有人認爲這只是推理，未必眞實。但續翻檢《舊唐書》，其所出現資料尤爲明確，在〈睿宗本紀〉中載：景雲二年五月「辛丑，改西城公主爲金仙公主，昌隆公主爲玉眞公主，仍置金仙、玉眞兩觀。」〔註 93〕以是確定金仙公主者稱金仙觀、玉眞公主者稱玉眞觀，又加以《新唐書》云「築觀京師」，則知金仙、玉眞兩觀皆在長安。以是玉陽山何來玉陽觀與靈都觀？又如張籍有〈玉眞觀〉詩云：

> 臺殿曾爲貴主家，春風吹盡竹窗紗。院中仙女修香火，不許閒人入看花。〔註 94〕

〔註 91〕見《新唐書》，卷 83，〈諸帝公主傳〉，3656 頁。《全唐書》，第八冊，卷 519，有李遠〈鄰人自金仙觀移竹〉詩一首，其人爲太和進士，可見"金仙觀"至義山時尚存，5939 頁。

〔註 92〕見《新唐書》，卷 83，〈諸帝公主傳〉，3657 頁。

〔註 93〕見《舊唐書》，卷 7，〈睿宗本紀〉，157 頁。

〔註 94〕見《全唐詩》，第六冊，卷 386，4361 頁。

詩中表示長安玉眞觀至張籍時，院中尙有仙女修香火，而且還「不許閒人入看花」，可見門禁之嚴。因此《河南縣志》用「相傳」兩字，可知其愼重。而《懷慶府志》曰：「唐玄宗署其門爲靈都觀」者無據。鍾來茵又加「玉陽觀」更不知何憑？就是蘇雪林先生都沒有提到此名，而只說：「義山所愛女道士或係姓宋而住在華陽觀中的一個人」，其所引之詩是《贈宋華陽眞人兼寄清都劉先生詩》〔註95〕，又說《聖女祠》就是華陽觀〔註96〕。而蘇先生所指之華陽觀地點在長安，也不在玉陽山。可見鍾氏所謂「玉陽山上有兩座道觀，一座叫玉陽觀，在玉陽山東峰。另一座叫靈都觀，在玉陽山西峰。」不是依據不足憑之「懷慶府志」，就是憑空想像而來，全無實據。

若尙不信，可再參看卿希泰主編《中國道教史》第二卷曰：「李旦又大修道觀，並因修金仙、玉眞二觀在朝廷上引起一場風波。」〔註97〕其說有據，可參看右散騎常侍魏知古上疏曰：

> 今陛下爲公主造觀，將樹功德以祈福祐，但兩觀之地，皆百姓之宅，卒然迫逼，令其轉移，扶老攜幼，投竄無所，發剔椽瓦，呼嗟道路。乖人事，違天時，起無用之作，崇不急之務，群心搖搖，眾口籍籍。陛下爲人父母，欲何以安之？〔註98〕

此疏上於景雲二年，起因於睿宗爲金仙、玉眞二公主各造一觀，「雖屬季夏盛暑，尙營作不止」而起。〔註99〕但魏氏之「疏奏不納」，不久其又再進諫也無用。於是引起崔蒞有《諫爲金仙、玉眞二公主造觀疏》〔註100〕、甯原悌有〈論時政疏五篇〉直陳：「伏以公主入道，京城置觀……頃萬資儲，爲福則靡效於于朝，樹怨則取謗于天下。」

〔註95〕見《玉溪詩謎》，16頁。
〔註96〕見《玉溪詩謎》，26頁。
〔註97〕見卿希泰《中國道教史》，第2卷，86頁。
〔註98〕見《舊唐書》，第四冊，卷98，〈魏知古傳〉，3062頁。
〔註99〕見《舊唐書》，第四冊，卷98〈魏知古傳〉，3061頁。
〔註100〕見《全唐文》，第六冊，卷278，臺北：文友書局，民國61年8月，3563頁。

〔註 101〕而《新唐書·裴漼傳》亦載：「睿宗造金仙、玉眞二觀，時旱甚，後不止，漼上言：『……陛下以四方念，宜下明制，令二京營作，和市木石，一切停止。』不報〔註 102〕。此外《舊唐書·辛替否傳》亦有「睿宗即位，又爲金仙、玉眞公主廣營二觀」之記載。辛替否上疏：「伏惟陛下愛兩女，爲造兩觀，燒瓦運木，載土塡坑，道路流言，皆云計用錢百餘萬貫。」〔註 103〕因天下議論紛紛，群臣力諫，最後逼得睿宗不得不下詔言：

> 所欲修營兩觀，外議不識朕心，書奏頻繁，將爲公主所置，其造兩觀並停，其地便充金仙、玉眞公主邑司。」〔註 104〕

但事實上並未停止。故在《唐會要》卷五十又有大理少卿韋奏上言：

> 臣伏見敕停兩觀，以求農時，可謂得矣。今承使司市木仍舊，又太清觀內所費不停……國用將空，未聞天聽，度支一失，天下不安。〔註 105〕

由以上資料，見金仙、玉眞兩觀確實在京。且由玉眞公主上疏玄宗，言「欲罷邑司去公主號」，更「請入數百家之產，延十年之命」，則至老猶在長安。且依楊柳云：玉眞觀在長安輔興坊。〔註 106〕更可見自馮浩以來依清代所修地方志之載爲不可信，而從馮氏所猜測之「蓋玉陽王屋，本玉眞公主修道之處，必有故院及女冠在焉」之虛構，到陳貽焮、鍾來茵之言皆無憑據。

再由二條資料，可以得知《懷慶府志》至誤之由，因爲司馬承禎傳中曾云：「俄又令玉眞公主及光祿卿韋縚至其所居修金籙齋，復加以錫賚。」〔註 107〕依此傳文，則玉眞公主的確曾奉玄宗之命，偕韋

〔註 101〕見《全唐文》，第六冊，卷 278，3565～3566 頁。
〔註 102〕見《新唐書》，第六冊，卷 130，〈裴漼傳〉，4488 頁。
〔註 103〕見《舊唐書》，第四冊，卷 110，〈辛替否傳〉，3160 頁。
〔註 104〕見宋敏求《唐太詔令傳》，卷 180，〈政事·營繕〉，513 頁。其年爲「景雲三年三月」。又收入《全唐文》，第一冊，220 頁。
〔註 105〕見宋·王溥《唐會要》，卷 50，“觀”。
〔註 106〕見楊柳《李商隱評傳》，87 頁。
〔註 107〕見《舊唐書》，第六冊，卷 192，〈隱逸·司馬承禎傳〉，5128 頁。

縚至王屋山陽台觀從司馬承禎受金籙。但卻沒有說玉眞公主從此留在王屋山修道，或在玉陽山別築道觀。而且前舉築金仙、玉眞二觀在當時引起之政治風暴，二觀已甚，豈有又不顧眾議，再別修一觀之理？洵令人難以置信也。

再則當義山云：「形魄天壇上，海日高曈曈」時，當問此詩中之「天壇」指何處？據胡孚琛《中華道教大辭典》〈王屋山洞〉條：

> 「道教十大洞天之道，四回萬里，號曰：小有清虛之天」。屬西城王君治之。即今山西垣曲、河南濟源兩縣間之王屋山，因其山形如王者之屋，故名。主峰天壇山南麓有陽台宮，唐代著名道士司馬承禎曾在此修煉。〔註108〕

以是知李商隱所謂「形魄天壇上」，所指乃是王屋山主峰天壇山。馮浩注引《河南通志》：「王屋山絕頂曰天壇」。又云：「天壇夜分先見日出，唐人有〈登天壇山望海日初出賦〉。」〔註109〕可見李商隱學詩玉陽東，大部分是泛指王屋山，一如張籍有〈送吳鍊師歸王屋〉詩云：

> 玉陽峰下學長生，玉洞仙中已有名。獨戴熊鬚冠暫出，唯將鶴尾扇同行。煉成雲母休炊爨，已得雷公當吏兵。卻到天壇上頭宿，應聞空裏步虛聲。〔註110〕

題目爲「歸王屋」，而詩云「玉陽峰下」、「天壇上頭」。此一如其〈送客歸黃山〉亦云：「蓮花峰下學長生」、「卻到天都上頭宿」，但以黃山實景入詩而已。至於玉陽峰下有何觀？距離又多遠，詩人並不負責計算，以是義山云「學道玉陽東」，事實上是可說成玉陽邊，與玉陽下，在準確度上並沒有多大差別，唯一差別或可確定爲玉陽東邊，唯此玉陽東邊是不是就是指東峰？其實也大有問題，因爲縱使是玉陽東峰也還在「玉陽」範疇內，又何嘗不能說成還在玉陽東峰之東。故詮釋者

〔註108〕胡孚琛編《中華道教大辭典》，北京中國社會科學出版社，1995 年 8 月，1645 頁。其言王屋山洞則見《雲笈七籤》，卷 27〈洞天福地〉，298 頁。

〔註109〕見馮浩《玉谿生詩集箋注》，卷 1，72 頁。

〔註110〕見《全唐詩》，卷 385，4342 頁。

執著玉陽東爲玉陽東峰，然後又在玉陽東鋒揑造一個玉眞公主修道處，又在其「相傳」之處所揑造一個「靈都觀」，而此「觀」是除了清代編纂之《懷慶府志》之外，沒有其他第二條資料可資參驗者。然後又以宋眞人爲宋華陽姊妹之一，甚至又有宮女飛鸞、輕鳳之戀愛說，因此爲李商隱編織了一個女冠豔情案。而眞正有憑有據之史實，是玉眞公主的確曾與韋縚至王屋山陽臺觀，就司馬承禎受籙。其觀是陽臺觀，其後回長安，終老於玉眞觀。至張籍時，玉眞觀還管制森嚴，故有「不許閒人入看花」之句，這才是其中眞「尙有女冠在焉」！然與李商隱何涉？故玉陽「靈都觀」之說，洵以《河南縣志》「相傳」兩字之言，而爲《懷慶府志》所坐實，然馮浩以下諸人不知「假做眞時眞亦假」也。

三、華陽洞穴與華陽道觀問題

義山詩有〈贈華陽宋眞人兼寄清都劉先生〉

> 淪謫千年別帝宸，至今猶識（謝）蕊珠人。但驚茅（盈）許（謐）同仙籍，不道劉盧是世親。玉檢賜書迷鳳篆，金華歸駕冷龍鱗。不因杖屨逢周史，徐甲何曾有此身。

讀這一首詩，有四個關鍵之問題，一是「華陽宋眞人」是男性還是女性？二是這個宋眞人是否就是〈月夜重寄宋華陽姊妹〉之「宋華陽」？三是宋華陽是否又是另一首〈華師〉之主角？四是此詩當如何解？欲解此詩，此詩中之典故算是關鍵穴位之所在。

（一）華師與宋華陽

以上一連串問題，首先因朱鶴齡補注云：「後有〈月夜重寄宋華陽姊妹〉詩，此眞人乃女道士。」〔註 111〕蓋朱氏認爲詩中之宋眞人是女性，且與宋華陽同一人。但是程夢星之《刪補》持不同之看法，他批駁朱氏曰：

> 愚見未然。題有「兼寄清都劉先生」，豈亦女道士乎？況

〔註 111〕見朱鶴齡《李義山詩集箋注》，卷中，413 頁。

詩結句以周史比劉先生，以徐甲自比。至謂因劉而有此身，則義山好道，或從事於熊伸鳥經、卻病延年之術，故于劉先生有此語，而宋眞人自其倫也。考之義山文集，有「志在玄門」是爲明證。若以爲女道士而詩又兼寄與劉，則朋比狎邪，不顧行檢，名教中自有樂地，何至乃爾耶！

〔註 112〕

程氏認爲義山以周史比劉先生，而稱劉先生自是男性，因此「宋眞人自其倫也」，也就是說宋眞人也應是個男性才對。程氏並且認爲若宋眞人是女性，而劉先生是男性，則義山公然寄詩給女道士，又兼寄給一個姓劉之男道士，則是一種「朋比狎邪」行爲，不能見容於名教。因此程氏又說：「後寄宋華陽姊妹者，當是另一情事，不可拘牽。玩兩詩語氣，彼則情致，此乃道心也。」〔註 113〕以上是程氏從兩詩分別作實質鑑定，認爲〈月夜重寄宋華陽姊妹〉一詩，內容重在情致，乃以抒情爲主。而此寄宋眞人之詩，重在道心，全無邪念。是其判然有別處。然而程氏又於〈華師〉一首後曰：

星按：後有〈月夜重寄宋華陽姊妹〉七編，則此〈華師〉當即其人。此詩即初寄之詩。蓋女道士而訪之不遇也。若前贈華陽宋眞人詩，則華陽或觀或地，不可以爲華師也。

〔註 114〕

程氏在此提到「華陽或觀或地」，這是此後極須要釐清之問題。然華師是否即是宋華陽？前面提到朱偰等亦有此看法，然此就詩中之用字用典就可以解決，其詩曰：

孤鶴不睡雲無心，衲衣筇杖來西林。院門晝鎖迴廊靜，秋日當階柿葉陰。

詩中孤鶴閒雲，固可佛、道兩家通用，但是「衲衣」乃佛家專屬，與道家之「緇衣」不同。尤其「西林」乃佛家名寺，如朱注引《高僧傳》

〔註 112〕見朱鶴齡《李義山詩集箋注》，卷中，413 頁。
〔註 113〕見朱鶴齡《李義山詩集箋注》，卷中，413 頁。
〔註 114〕見朱鶴齡《李義山詩集箋注》，卷中，483 頁。

曰：「沙門慧永居於西林，與慧遠同門遊好，遂邀同止。刺史桓伊以學徒日眾，更爲造建東林寺。」而馮注再引《蓮社高賢傳》：「西林法師慧永，太元初至尋陽，乃築廬山舍宅爲西林。」〔註 115〕以是可以確定西林寺乃佛教典，非道教典。且在義山詩中，對和尚皆稱「某師」或「某某師」，如〈同崔八詣藥山訪融禪師〉、〈五月六日夜憶往歲秋與澈師同宿〉、〈送臻師二首〉等，皆以「某某師」或「某師」稱和尚，如〈送臻師二首〉：

> 昔去靈山非拂席，今來滄海欲求珠。楞伽頂上清涼地，善眼仙人憶我無。
>
> 苦海迷途去未因，東方過此幾微塵。何當百億蓮花上，一一蓮花見佛身。

此二詩依馮浩注，則引《史記・大宛傳注》、《妙法蓮華經方便品》、《高僧傳》、《維摩經》、《報恩經》、《楞伽經》、《魏書・釋老志》、《涅槃經》、《大般涅槃經》、《法華經》等十部與佛教有關之經典來箋注。〔註 116〕但只要看「靈山」、「楞伽頂上」、「苦海」、「何當百億蓮華上，一一蓮花見佛身」，便知是佛教典故與佛家辭語。以是「華師」自指佛教徒，程夢星指爲即是「宋華陽」女道士，其誤可知矣！因此劉學鍇亦說：「此華師乃有道高僧，程氏謂指女冠宋華陽，誤。」〔註 117〕更可爲證。因此第三個問題已先解決。

（二）宋華陽與宋真人

次言宋華陽是否就是宋眞人？因爲宋華陽被李商隱稱爲姊妹，如果宋眞人就是宋華陽，那也就等於說宋眞人就是女性。但是這首先違背了一個傳統稱呼的問題。即「華陽」如果是地名，則「華陽宋眞人」是將地名放在姓氏前面，後面再用官名或道號，這是合乎中國傳統習

〔註 115〕見馮浩《玉谿生詩集箋注》，卷 2〈同崔八詣藥山訪融禪師〉：「巖花澗草西林路」注，324 頁。

〔註 116〕見馮浩《玉谿生詩集箋注》，卷 3，584 至 586 頁。

〔註 117〕見《李商隱詩歌集解》，第五冊，1928 頁。

慣。當然也可以放在姓氏下面，而且稱「宋華陽」。惟即採用第二種方式，就不會在姓氏與地望下面加其他尊稱，如孔北海、韓昌黎、韓荊州等。但不會再寫成「孔北海先生」、「韓昌黎先生」、「韓荊州先生」。何況更不會稱尊長為「孔北海兄弟」、「韓荊州兄弟」。何以能稱宋眞人為「宋華陽姊妹」？

至於華陽觀之問題，馮浩引《白香山集・題華陽觀詩》注曰：「觀即華陽公主故宅。」又有〈重到華陽舊居詩〉，云「白公應舉時曾居華陽也」。又引《文粹》有歐陽詹〈玩月於永崇里華陽觀之詩序〉，證明華陽觀在長安永崇里。又引《南部新書》云：「新進士翌日排建福門候謁宰相，時有詩曰：「華陽觀裏鐘聲起，建福門前鼓動時」，則應試者多居觀中可見矣。〔註118〕」按依今之《西安考古圖》，知永崇里之南面便是昭國坊，北鄰永寧，東邊昇平，西邊崚安。〔註119〕朱金城《白居易集箋校》云：「華陽觀舊居，在長安朱雀門街東第三街永崇坊。〔註120〕唯這個華陽公主之華陽觀，其原始命意應與地理名詞有關，而與道教無關。因《新唐書・諸帝公主傳》云：

> 華陽公主，貞懿皇后所生，韶悟過人，帝愛之。視帝所喜，必善遇；所惡，曲全之。大曆七年，以病丐爲道士，號瓊華眞人。〔註121〕

此條傳文有兩個名號，「瓊華眞人」是道士號，而「華陽公主」，應該就如秦之「華陽君」或「華陽夫人」一樣，都以華山之陽之地名為指稱。而此地名起源甚古，首見於《尚書・禹貢》、「浮于洛達于河，華陽黑水惟梁州。」注曰：「東據華山之南，西距黑水。」〔註122〕可見

〔註118〕見馮浩《玉谿生詩集箋注》，卷3，699頁。

〔註119〕見栗斯《唐代長安和政局》，臺北：木鐸出版社，民國74年7月，8頁。唯此書眞正的作者是王署，見其《唐詩故事》因書末有〈授權書〉，臺北：貫雅文化事業有限公司，民國79年4月，第一集，8頁。

〔註120〕見朱金城《白居易集箋校》，卷15，上海古籍出版社，1988年12月，910頁。

〔註121〕見《新唐書》，第五冊，卷83，3663頁。

〔註122〕見《尚書注疏》，《十三經注疏本》，臺北：藝文印書館，卷6，85

在《尚書・禹貢》中，是指華山之陽爲華陽，故《禹貢錐指》舉秦宣太后弟芈戎封華陽君，昭王立太子愛姬爲華陽夫人，皆其地。〔註 123〕今屬陝西省商縣，其地就在長安附近。如沈亞之有〈宿後自華陽行次昭應寄王直方〉詩：

> 重歸能幾日，物意早如春。暖色先驪岫，寒聲別雁群。川光如戲劍，帆態似翔雲。爲報東園蝶，南枝日已曛。〔註 124〕

此詩題稱自華陽行次昭應，而驪岫、川光盡入詩中。且李商隱亦有〈行次昭應縣道上送戶部李郎中充昭義攻討〉。依朱鶴齡注引《唐書、地理志》云：「天寶二年，分新豐、萬年，置會昌縣。七載，省新豐。改會昌爲昭應。治溫泉宮之西北。」〔註 125〕程夢星曰：「題曰行次昭應縣，則去河東而近長安之地。〔註 126〕」張爾田云：「昭應本會昌縣，京兆府屬。」〔註 127〕而李商隱在大中三年曾爲京兆尹參軍，奏署掾曹，令典章奏。〔註 128〕則華山之陽之舊地，與義山關係密切。然宋華陽姊妹既不是像「華陽君」、「華陽夫人」、「華陽公主」之尊貴封號，實在就很難考定。

（三）華陽之另一個地名指稱

朱鶴齡注「華陽」一詞，首引《南史・陶弘景傳》云：「句容句曲山名曰金壇華陽之天。」〔註 129〕查〈陶弘景傳〉，其文曰：

> 於是止于句容之句曲山。恒曰：「此山下是第八洞宮，名金壇華陽之天，周回一百五十里，漢有咸陽三茅君得道來掌此山，故謂之茅山。」乃中山立館，自號華陽陶隱居。〔註 130〕

頁。

〔註 123〕見胡渭《禹貢錐指》，卷 9，臺北：廣學社，民國 64 年。

〔註 124〕見《全唐詩》，第八冊，卷 493，5579 頁。

〔註 125〕見朱鶴齡《李義山詩集箋注》，卷下，601 頁。

〔註 126〕見朱鶴齡《李義山詩集箋注》，卷下，603 頁。

〔註 127〕見劉學鍇、余恕誠《李商隱詩歌集解》，第二冊，424 頁。

〔註 128〕見張爾田《玉谿生年譜會箋》，卷 4，157 頁。

〔註 129〕見朱鶴齡《李義山詩集箋注》，卷中，411 頁。

〔註 130〕見《南史》，第三冊，卷 76，臺北：鼎文書局，1897 頁。

按句曲山在江蘇句容縣東南，又名地肺山。因陶弘景說漢有三茅君得道來掌管此山，以是有茅山之名。又言山下屬道家第八洞宮，名爲金壇華陽之天，於是陶氏自號「華陽陶隱居」。經陶弘景這一宣揚，茅山派之道教勢力幾乎凌駕全唐。如《舊唐書・隱逸傳》載王遠知：「初入茅山，師事陶弘景，傳其道法。」至「貞觀九年，敕潤州於茅山置太受觀，並度道士二十七人。」〔註 131〕於是在唐太宗時，潤州茅山有太受觀，並收新道士二十七人。唐太宗又敕王軌（桐柏先生）就許（許謐・許翽父子）、陶遺址（陶弘景），修葺「華陽觀」。其規模有正殿、三間兩廡，并及講堂壇靖。殿內供倖元始天尊一軀，光趺八尺，左右眞人夾侍。〔註 132〕華陽觀所出之弟子有戴慧恭、包方廣、吳德屛、王元熠等十餘人。故卿希泰說茅山派是「唐代道教主流派」，從王遠知、王軌、潘師正、司馬承禎、吳筠、李白等皆是。尤其到司馬承禎時，北方之嵩山、王屋山和南方之茅山、天台山等，均成爲茅山派傳道之「熱點區域。」〔註 133〕而茅山之「華陽洞」，也由句容擴展到長安，因此與華陽公主之「華陽觀」混而難分。

雖然長安之「華陽觀」與茅山「華陽觀」令人難分，但就義山詩文以析之，義山所提到之「華陽」，幾乎都是指茅山爲多，如其〈鄭州獻從叔舍人褎〉：

> 蓬島煙霞閬苑鐘，三官箋奏附金龍。茅君奕世仙曹貴，許掾全家道氣濃。絳簡尚參黃紙案，丹爐猶用紫泥封。不知他日華陽洞，許上經樓第幾重。

此詩第二聯兩句，亦即「但驚茅許同仙籍」之分用。（且詳後）而末聯兩句，陸昆曾曰：「褎爲義山從叔，故引陶隱居事作結。言不知他日得如華陽弟子，爲之接賓樓下否？」〔註 134〕將曾氏此說，參之馮浩注引《南史・處士傳》曰：「永元初更築三層樓，弘景處其上，弟

〔註 131〕見《舊唐書》，第六冊，卷 142，5125 頁。
〔註 132〕見卿希泰主編《中國道教史》，第 2 卷，128 頁。
〔註 133〕見卿希泰《中國道教史》，第 2 卷，132 頁。
〔註 134〕見陸昆曾《李義山詩解》，53～54 頁。

子居其中，賓客至其下。」〔註 135〕則可以完全確定義山在此詩中之「華陽洞」，是指句曲茅山。所謂「經樓第幾重」，則指茅山陶弘景之三層樓，不得移易他處。第二個證據是李商隱《樊南文集補編》卷二有〈為尚書濮陽公賀鄭相公狀〉云：「地遜蒙穀，更趨方外之神人；洞入華陽，猶認山中之宰相。」〔註 136〕此山中宰相亦即陶弘景，故李商隱所言華陽洞亦指句曲茅山。另外有一條不太確定之旁證，是在《茅山志》中收錄李商隱兩首〈贈茅山高拾遺二首〉：

> 諫獵歸來綺里歌，大茅峰影薄秋波。山齋留客掃紅葉，野徑送僧披綠莎。長覆舊圖碁勢盡，遍添新品藥名多。雲中黃鵠日千里，自宿自飛無網羅。
>
> 一笛迎風萬葉飛，強攜刀筆換征衣。潮寒水國秋砧早，月暗山城曉露遲。岩響遠催行客過，浦深遙送釣船歸。中年未識從軍樂，虛近三茅望少微。〔註 137〕

這兩首詩，是所有李商隱詩集所未收者，且未有人注意及此。此二首若真為李商隱之作品，則將倍增本文以論述之證據力。

在茅山道士中，另外有一個「華陽」之問題，即《續仙傳》中有一個謝自然，他被稱為「華陽女真」。這個所謂「華陽」，即與晉常璩《華陽國志》同指四川成都。而且更須注意一點，是司馬承禎居天台山玉屑峰時，謝自然曾要求投在其門下，但是司馬承禎以：「女真罕傳上法，恐泄漫大道，不肯傳授。」由此可見一般女性在當時投拜名師之難。後來說謝自然告別承禎，去游蓬萊，漂泊海中，登上一山，遇數道士，道士問欲何往，自然說：「蓬萊尋師，求度世法。」道士笑說：「天台山司馬承禎名在丹台，身居赤城，此乃良師也，可以回去。」謝自然乃欣然復往天台，司馬承禎以是方「擇日升壇以度。」〔註 138〕後來謝自然歸蜀，於唐德宗時白日升天，以是蜀華陽出了一

〔註 135〕見馮浩《玉谿生詩集箋注》，卷 1，210 頁。

〔註 136〕見錢振倫、錢振常箋注《樊南文集補編》，卷 2，568 頁。

〔註 137〕見笪蟾光《茅山志》，第二冊，臺北：文海出版社，卷 12，925 頁。

〔註 138〕見卿希泰《中國道教史》，133 頁。

個有名之女道士，但筆者未見有人稱他謝華陽，都直呼謝自然。如劉商有〈謝自然卻還舊居〉詩：

仙侶招邀自有期，九天升降五雲隨。不知辭罷虛皇日，更向人間住幾時。〔註 139〕

施肩吾亦有〈謝自然升仙〉詩：

分明得道謝自然，古來漫說尸解仙。如花年少一女子，身騎白鶴遊青天。〔註 140〕

對這樣一個有名之女道士，詩人都只直呼其名，而不諱為謝華陽。但是詩意都很尊敬，反而與一些無名而被稱為鍊師或道士之詩，大大不同。如劉言史〈贈成鍊師〉四首之三、四：

等閒何處得靈方，丹臉雲鬟日月長。大羅過卻三千歲，更向人間魅阮郎。

曾隨阿母漢宮齋，鳳駕龍輧列玉階。當時白燕無尋處，今日雲鬟見玉釵。〔註 141〕

此中雖多仙氣，然更多艷色，其第一首便曰：「花冠蕊帔色嬋娟」，到第三首更云：「更向人間魅阮郎」。第四首更寫女道姑之裝扮，雲鬟上載有白燕釵。以是可以對照李商隱〈聖女祠〉「松篁臺殿蕙香幃」一詩中：「借問釵頭雙白，燕每朝珠館幾時歸」，此詩寫全是寫女道士之生活。而元稹更就〈劉阮妻〉寫了二首：

仙洞千年一度開，等閒偷入又偷迴。桃花飛盡東風起，何處消沉去不來。

芙蓉脂肉綠雲鬟，罨畫樓臺青黛山。千樹桃花萬年藥，不知何處憶人間。〔註 142〕

元稹此二首女仙詩，與劉言史之女道士詩，皆邪艷之氣十足。以之回想李商隱〈寄惱韓同年二首時韓住蕭洞〉第二首云：

龍山晴雪鳳樓霞，洞裡迷人有幾家？我為傷春心自醉，不

〔註 139〕《全唐詩》中劉商、韓愈等以下多有贈謝自然之詩。
〔註 140〕見《全唐詩》第五冊，卷 304，3460 頁。
〔註 141〕見《全唐詩》第八冊，卷 494，5604 頁。
〔註 142〕見《全唐詩》第六冊，卷 422，4640 頁。

勞君勸石榴花。

雖非寫給女冠，而是羨慕韓瞻正新婚得意，但是也充滿了諧謔之味，與其他〈無題〉所指之劉郎，情意相差何止十萬八千里也！此是本文第三章之另一證也。此外若再就自號爲「華陽眞逸」之顧況，亦詩不稍遜其艷，如其〈尋桃花嶺潘三姑臺〉詩：

桃花嶺上覺天低，人上青山馬隔溪。行到三姑學仙處，還如劉阮二郎迷。〔註 143〕

像這樣以劉晨、阮肇爲典之艷詩，在唐代詩人中，洵不勝其數。尤其是對女道士而言，秦系（一作馬載）〈題女道士居〉亦云：

不餌住雲溪，休丹罷藥畦。杏花虛結子，石髓任成泥。

掃地青牛臥，栽松白鶴棲。共知仙女麗，莫是阮郎妻。〔註 144〕

以上諸詩，詠女冠皆以阮郎妻爲戲謔之筆，這個典故就被稱熟典，也可被譏爲太爛。如章八元就比較聰明，他知道熟典要掩飾一下，於是暗用之，如其〈天台道中示同行〉：

八重巖崿疊晴空，九色煙霞遶洞宮。仙道多因迷路得，莫將心事問樵翁。〔註 145〕

此詩不直言劉晨、阮肇之名或姓，而以其迷路之事暗點，此已和李商隱「洞裏迷人有幾家」一樣高明。唯詩人用典，此雖比明用高明，但終不如不用而避之，如武元衡〈贈道者〉：

麻衣如雪一枝梅，笑掩微妝入夢來。若到越溪逢越女，紅蓮池裏白蓮開。〔註 146〕

此詩看似不用典，「入夢」好像也是尋常事，然而「若到越溪逢越女」，則西施之典不經意就出現，若就池蓮比喻，則西施是紅蓮，而此詩之麻衣女道士，就是池中之白蓮，紅白並美，同是國色天香，又加上入

〔註 143〕見《全唐詩》第四冊，卷 267，2967 頁。
〔註 144〕見《全唐詩》第四冊，卷 260，2895 頁。
〔註 145〕見《全唐詩》第五冊，卷 281，3193 頁。
〔註 146〕見《全唐詩》第五冊，卷 317，3576 頁。

夢來，亦正亦邪，似乎是另一個巫山之夢。就藝術而論，是很成功之文筆。

從以上唐代詩人之詩看來，女道士很少被稱爲眞人，普遍被稱爲鍊師或道士。如果有名有姓，大概只有施肩吾〈贈女道士鄭玉華〉和謝自然二人。以是〈贈華陽宋眞人兼寄清都劉先生〉，便可明確推定爲男性。

從以上之論述，應可確定「華陽宋眞人」絕不是長安之華陽觀之人。因爲在李商隱之詩文集中，用到「華陽」必指茅山，此與白居易集中說「華陽」都指長安華陽觀，是兩人最大之不同處。以是可以察覺，每一個詩人之詩集，不論是遣辭或用典，須就其專集之系統而論，不能因爲甲如此，就武斷乙也應該這樣。但是諸箋注者都以先入爲主之看法，認爲義山與女冠有曖昧關係，又有白居易之華陽觀詩與題可以參考，以是引白居易證李商隱，而不問李商隱詩文集中之「華陽」何所指？而將李商隱之用典系統雜入白居易系統，以至越解越迷。

（四）清都在何處

以下再探「清都劉先生」？馮浩以爲可能是道士劉從政，馮氏引《文粹》云馮宿撰〈劉先生碑銘〉:「先生棲於王屋不啻一紀，其後遷居都下，又至京師，竟遂東還。」並云「清都」「必指居王屋者，劉賓客有〈送家兄歸王屋山隱居詩〉似可取證。」〔註 147〕唯其在〈李肱所遺畫松詩書兩紙得四十一韻〉引《列子》:「化人之宮出雲雨之上，實爲清都紫微。」《茅君內傳》:「王屋山洞，名曰小有清虛天。」〔註 148〕從以上這些資料，馮氏認爲「清都」所指乃是王屋山，唯引劉禹錫（賓客）〈送家兄歸王屋山隱居詩〉云：「似可取證」，然查劉賓客〈送家兄歸王屋山隱居詩〉云：

〔註 147〕見馮浩《玉谿生詩集箋注》，卷 3，699 頁。
〔註 148〕見馮浩《玉谿生詩集箋注》，卷 1，69 頁。

> 洛陽天壇上，依稀似玉京。夜分先見日，月淨遠聞笙。雲路將雞犬，丹台有姓名，古來成道者，兄弟一同行。〔註 149〕

就劉賓客此詩，並無「清都」之語，且「洛陽」兩字，亦不是洛陽城，反而是指王屋山，故其詩並無王屋山既清都之確證。馮浩用「似可取證」，亦足見其矜愼。其又舉義山〈李肱所遺畫松書兩紙得四十韻〉云：「終南與清都，煙雨遙相通」作參考。惟不知此「清都」用《列子》原典，指天帝所居之所。以是查證馮浩以上諸說，皆不能成立。且翻檢《懷慶府志》，王屋山亦全無清都之別名，更全無「清都觀」之記錄，故其說之不可據也明。因此，葉蔥寄之說就顯得可貴，其曰：

> 清都，引《列子》：「清都紫微，鈞天廣樂，上帝之所居。」一爲眞地名（指金壇華陽之天），一爲子書寓言中的地名，這樣的用法似乎從未見過。馮注「華陽」引「《白香山集》〈春題華陽觀〉注云：觀即華陽公主故宅，有舊內人存焉」，說是永崇里的華陽觀，這很確，但是說「清都」是指王屋山，引《茅君內傳》，「王屋山洞名曰『小有清虛之天。』一用觀名，一用山名，也不近理，且「名曰『小有清虛之天』竟改作『清都』，也出於臆造。『清都』很可能也是一道觀名。〔註 150〕

案葉氏此一段論述，有關「華陽」問題，前面已詳述，此不再贅言。但他質疑以《列子》之清都寓言對華陽觀名，則是多疑，古人作對但有典可據既可，其是寓言或實有，則在所不論。但是葉氏懷疑「清都很可能也是一道觀名」？這個懷疑很有價值，經上羅鳳珠先生之網站檢索《全唐詩》，得十個例證如下表：

〔註 149〕見《全唐詩》第六冊，卷 357，4012 頁。此詩題下有注曰：「據道書，王屋山一名洛陽山，一作陽洛山。」

〔註 150〕見葉蔥奇《李商隱詩集疏注》，285 頁。

	作　　者	詩　　題
1	韋應物	清都觀答幼遐
2	韋應物	善福精舍答韓司錄清都觀會宴見憶
3	韋應物	雨夜宿清都觀
4	陸敬（一作凌敬）	遊清都觀尋沈道士得都字
5	趙中虛	遊清都觀尋沈道士得芳字
6	劉孝孫	遊清都觀尋沈道士得仙字
7	許敬宗	遊清都觀尋沈道士得清字
8	元稹	清都夜境（自此至秋夕。并年六至八時詩）
9	元稹	清都春霽寄胡三吳一。
10	李商隱	贈華陽宋眞人兼寄清都劉先生

由許敬宗時已有〈遊清都觀尋沈道士得清字〉詩：

> 幽人蹈箕潁，方士訪蓬瀛。豈若逢眞氣，齊契體無名。既詮眾妙理，聊暢遠遊情。縱心馳貝闕，怡神想玉京。或命餘杭酒，時聽洛濱笙。風衢通閬苑，星使下層城。蕙帳晨飆動，芒房夕露清。方葉棲遲趣，於此聽鐘聲。〔註 151〕

由許詩之內容，實難尋清都觀之地點，唯查許敬宗曾貶洪州之外，幾乎都在京爲官，即其所遺在《全唐詩》之詩，亦皆〈奉和〉、〈應制〉、〈應詔〉之作，而其詩題曰：〈游清都觀尋沈道士得清字〉，參看上表知是集體出遊之作。且其人在隋已爲官，入唐官至中書令、右相。則清都觀在初唐已存在，且應在京師附近。馮氏等謂遠在王屋山，洵有背於史實。近閱鄧中龍《李商隱詩譯注》云：

> 考《長安志》卷七：唐京城一。朱雀街東第二街九坊，永樂坊：「縣東清都觀。隋開皇七年，道士孫昂爲文帝所重，常自問道，特爲之觀，本在永興坊，武德（唐高祖年號）初徒于此。〔註 152〕

〔註 151〕見《全唐詩》第一冊，卷 35，464、465 頁。
〔註 152〕見鄧中龍《李商隱詩譯注》，下冊，1929 頁。

至此，清都觀在長安永樂坊，開皇七年所建原在永興坊，至唐高祖武德初遷移至此。再翻檢楊鴻年《隋唐兩京坊里譜》所載全合。〔註153〕於是證據明確，更證明鍾來茵在其《李商隱愛情詩解》之說完全純是虛構。〔註154〕而劉學鍇、余恕誠云：「清都則指玉陽山道觀，即義山昔日學道之所，宋、劉必昔日與義山同在玉陽學道者。」〔註155〕亦同樣失考。

而葉蔥奇雖猜得「清都很可能也是一個觀名」，但既不知「清都觀」在長安永樂坊，更不知「華陽觀」非長安之觀，乃茅山之觀，因曰：「按華陽既是女道士觀」，則「宋眞人」自當是女道士，不過道士而稱作「眞人」，一定是年事較高入道術湛深的人」，因此「全篇充滿了欽敬之意」。〔註156〕其特別是把一般認爲年輕之女冠，改變成一個年事較高之女道士，然其誤依然。尤其說道士稱「眞人」必定是年事較高之人，更是無據。遍檢《全唐詩》，唯見唐人寫詩，稱「眞人」、「山人」、「道士」、「仙翁」等，普遍是指男道士；稱「尊師」、「鍊師」，則男女兩性通用，而指女道士爲多。女道士而稱「眞人」者只蒐得一例，但不在《全唐詩》，而在《新唐書．諸帝公主》中之「華陽公主」：「大曆七年，以病丐爲道士，號瓊華眞人。」〔註157〕而在魏晉小說與陶宏景《眞誥》中，則普遍稱「夫人」，以是葉氏說稱「眞人」便是老女冠亦不能成立。但是拋開葉先生對「宋眞人」之認知，其〈疏解〉本詩，亦頗有可採者，其文曰：

> 首二句說自己沈淪人世雖已很久，但因爲稍有宿根，所以還能認識仙家。「蕊珠人」指宋和劉。三四二句說只驚歎兩位都有仙風道骨，卻不料兩位還有親戚之誼。五句

〔註153〕見楊鴻年《隋唐兩京坊里譜》，其更詳考「清都觀」在《城坊考》爲「宅都觀」，其他別無更動。上海古籍出版社，1999年9月，50頁。

〔註154〕見鍾來茵《李商隱愛情詩解》，150頁。

〔註155〕見劉學鍇、余恕誠《李商隱詩歌集解》，第五冊，1918頁。

〔註156〕見葉蔥奇《李商隱詩集疏注》，285頁。

〔註157〕見《新唐書》第五冊，卷83，3663頁。

> 說自己當年曾蒙賜書。（實在是指自己少年學道。〈李肱所遺畫松詩書兩紙得四十〉：「憶昔謝四騎，學仙玉陽東。……悲哉墮世網，去之若遺弓。」四語可證。）「迷鳳篆」，是說自己愚蒙，未得深造。六句說劉離開他歸山已久，「冷」字指時間長久。商隱體弱多病，青年時期或偶因疾，曾從劉、宋學靜坐鍊氣而獲痊愈所以末二句這樣說。「周史」比劉，「徐甲」指自己。這定有本事，決非泛加讚揚。〔註158〕

此說大略與胡以梅之說貼近。而屈復云「一宋、二劉。」不知義山在章法上，首句「淪謫千年別帝宸」所以自抑自謙。次句「至今猶識蕊珠人」所以讚頌宋眞人與劉先生。云兩人當下猶是蕊珠宮仙人。至於五、六句，屈又曰：「五劉在清都，六宋歸華陽。」此亦強說，不知三、四句「但驚茅許同仙籍，不道劉盧是世親」，已把「贈」宋眞人，「兼寄」劉先生之意交待清楚。到了五六句如果還在寫劉宋，而且說他們「迷鳳篆」、「冷龍鱗」，豈不變成三四誇他倆一下，五六又貶之？因此葉氏第五是說對了，但是第六句說是「劉離開他歸山已久」，是瑕疵處。唯胡以梅云：

> 五言二君有天書，我塵眼已迷，不能識認。六言欲學皇初起之復證仙班，不可得。「冷」字言此事已作冷局，不可問矣。〔註159〕

胡氏此意正針對首句義山自云淪謫至今之說，確是合乎章法脈絡。末兩句胡氏云：「結言幸遇兩君，如徐甲之逢老子，不然此身何能有？……然宋劉二君，必非常人，所以此詩結句甚尊之。」〔註160〕此說參之葉蔥奇云：「商隱體弱多病說」云云，足以互相補充。而胡以梅云「宋劉二君」，似亦指二者皆男性，則亦與程夢星相呼應，而與余之論證相契合也。

〔註158〕見葉蔥奇《李商隱詩集疏注》，286至287頁。
〔註159〕見劉學鍇、余恕誠《李商隱詩歌集解》，第五冊，1916至1917頁。
〔註160〕見劉學鍇、余恕誠《李商隱詩歌集解》，第五冊，1917頁。

（五）宋華陽姊妹與宋真人不能比

前面論宋眞人，乃詩之主贈者，則義山所寫主要內容都應以宋眞人爲主要對象，因此「至今猶識蕊珠人」，當然主要也是指宋眞人。但因「兼寄清都劉先生」，以是也才兼指「劉先生」。因此「不因杖履逢周史，徐甲何曾有此身？」其主要銘謝或感激之對象，當然也應是宋眞人，至於劉先生或也有幫助，但畢竟是配角，雖或也有一並銘謝之意，蓋主贈與兼寄自應有主、副之分，以是「玉檢賜書」之人，主要者也當推宋眞人，而非劉先生。再說，道教徒，一尊爲「眞人」、一稱「先生」，其間地位之高低，我們但看劉學鍇、余恕誠之《集注》云：

> 《朱注》:《眞誥》「列羽服之上眞。」浩注：仙有太上、上眞、中眞、下眞之別，屢見道經。〔按〕：道教稱修鍊得道者爲眞人。〔註161〕

可知就稱呼來說，「眞人」爲「道教稱修鍊得道者」之尊稱，「先生」則不在其列，可見「眞人」應高於「先生」。唯義山另有〈玄微先生〉一首：

> 仙翁無定數，時入一壺中。夜夜桂露濕，村村桃水香。醉中拋浩劫，宿處起神光。藥裹丹山鳳，碁函白石郎。弄河移砥柱，呑日倚扶桑。龍竹裁輕策，鮫絲熨下裳。樹栽嗤漢帝，橋板笑秦皇。徑欲隨關令，龍沙萬里強。〔註162〕

此玄微先生，在詩中幾乎把他當做「仙翁」來歌詠，則先生之尊稱亦自不低。以之細審〈月夜重寄宋華陽姊妹〉之標題，便覺得用「姊妹」之稱呼，其下「眞人」與「先生」不可以道里計矣。蓋「眞人」與「先生」，至少皆是尊長之敬辭。而稱「姊妹」，自是平輩用語，其輩份

〔註161〕見劉學鍇、余恕誠《李商隱詩歌集解》，第五冊〈同學彭道士參寥〉注2，1919頁。又見葉蔥奇《李商隱詩集疏注》引《雲笈七籤》所載《八素眞經》云：「太上之道有三、上眞之道有七、中眞之道有六，下眞之道有八。」，382頁。

〔註162〕見馮浩《玉谿生詩集箋注》，卷3，554頁。

何異稱「兄弟」、或〈同學彭道士〉而已。因此說「宋華陽」就是「宋眞人」，就憑此一點已見其非，何況前已論述宋眞人應屬茅山華陽觀之男道士，而「宋華陽姊妹」則是女性無疑。兩者除了「華陽」兩字相同，易令人致疑之外，洵不能相混。一如看到前面所提「洛陽」，亦當分辨是洛陽城？還是王屋山之別名？何況「華陽」有四處！即白居易詩中之「華陽」亦不可與李商隱詩中之「華陽」相混淆，何況其他！

至於「宋華陽」之名，或即是其本名。因爲翻檢《全唐詩》，對女道士除有直呼其名者，如施肩吾〈贈女道士鄭玉華〉〔註163〕、〈謝自然升仙〉，〔註164〕，而大部分都稱爲「鍊師」，如楊憑〈贈馬鍊師〉：

> 心嫌碧落更何從？月帔花冠冰雪容。行雨若迷歸處路，近南惟見祝融峰。〔註165〕

又武元衡〈早春送歐陽鍊師歸山〉：

> 雙鶴五雲車，初辭漢帝家。人寰新甲子，天路舊煙霞。羽節臨風駐，霓裳逐雨斜。崑崙有琪樹，相憶寄瑤華。〔註166〕

又如權德輿〈戲贈張鍊師〉：

> 月帔飄飄摘杏花，相邀洞口勸流霞。半酣乍奏雲和曲，疑是龜山阿母家。〔註167〕

其他劉言史尙有〈贈成鍊師四首〉，但舉一首：

> 花冠蕊帔色嬋娟，一曲清霄凌紫煙。不知今日重來意，更住人間幾百年。〔註168〕

也有不名不稱，直題爲女道士者，如秦系〈題女道士居〉。〔註169〕而義山竟然連「道士」、「鍊師」都不稱，而直呼「華陽姊妹」，則對方

〔註163〕見《全唐詩》第八冊，卷894，5599頁。
〔註164〕見《全唐詩》第八冊，卷894，5605頁。
〔註165〕見《全唐詩》第五冊，卷289，3296頁。
〔註166〕見《全唐詩》第五冊，卷316，3552頁。
〔註167〕見《全唐詩》第五冊，卷322，3627頁。
〔註168〕見《全唐詩》第七冊，卷468，5328頁。
〔註169〕見《全唐詩》第四冊，卷245，2895頁。

在義山心目中之地位，自不如施肩吾稱〈贈女道士鄭玉華〉矣。當然換一個角度看，他們也更親切，而且筆下帶有感情，且全異於同代文人輕佻之態。詩云：

偷桃竊藥事難兼，十二城中鎖彩蟾。應共三英同夜賞，玉樓仍是水精簾。

這一首短短二十八字之絕句，首句就用了「偷桃」、「竊藥」兩個典故。二四句合用「玉樓十二」之典，第三句用「三英」。四句四個典，對一首小小之絕句來說，典故已用得相當飽和。朱鶴齡注首句二典云：「偷桃、方朔事。竊藥，嫦娥事。」〔註 170〕而馮浩曰：「偷桃是男，竊藥是女。昔日賞月，今則相離。」〔註 171〕東方朔當然是男性，嫦娥也自然是女性，但關鍵在「事難兼」是何「事」？或許也可以直接回答：想偷桃就不能竊藥，想竊藥就不能偷桃？唯將此說代入詩中，會發現問題依舊，不信先看一下清人如何說？何義門曰：「發端自擬東方生也。」〔註 172〕此意應指「偷桃」是義山自己。但姚培謙云：「謂情愫之難達也。暗用方朔朱鳥牖窺王母事。」〔註 173〕姚氏此說，乃本之《博物志》：

王母降於九華殿，王母索七桃，以五枚與帝，母食二枚，惟母與帝對，坐從者皆不得進。時東方朔竊從殿南廂朱鳥牖中窺母，母顧之，謂帝曰：「北窺牖小兒常三來盜吾此桃。」〔註 174〕。

此說食仙桃七顆事，與《漢武帝內傳》稍異，而偷桃竊藥事，既不見於《漢武帝內傳》，也不見於《東方朔傳》。因此義山用「偷桃」是何

〔註 170〕見朱鶴齡注鄭厚堜輯評本《李義山詩集》，卷中，350 頁。
〔註 171〕見馮浩《玉谿生詩集箋注》，卷 3，729 頁。
〔註 172〕見鄭厚堜輯評本《李義山詩集》卷中，350 頁。又見劉學鍇、余恕誠《李商隱詩歌集解》，第五冊，1921 頁。
〔註 173〕見劉學鍇、余恕誠《李商隱詩歌集解》，第五冊，1921 頁。
〔註 174〕見馮浩《玉谿生詩集箋注》〈聖女祠〉注 16，卷 1，94 頁。資料可比對張華《博物志》，臺北：台灣中華書局，民國 81 年元月，卷 3，1 頁。

義也？屈復謂「偷桃喻求仙。竊藥謂夫婦也。」〔註 175〕依屈氏此意，即是說入道求仙，和與人結爲夫婦，是不可兼得之事。而劉學鍇、余恕誠曰：

> 「偷桃」，猶偷玉桃之東方朔，係男道士之代稱。「竊藥」，猶竊仙藥之嫦娥，係女道士之代稱。首句蓋謂求仙學道之事，男女不得同觀也。或謂「偷桃」指「竊玉偷香」，恐非。〈茂陵〉詩「玉桃偷得憐方朔」，並無憐玉偷香之意可證。「事難兼」，故有不得同賞之憾。〔註 176〕

按劉、余二氏在此文之立論曰：「蓋謂求仙學道之事，男女不得同觀也」，乃一本其：「宋眞人即宋華陽姊妹之一。華陽指華陽觀，在長安，清都則指玉陽山道觀，即義山昔日學道之所。」〔註 177〕然此說本文前論已明宋眞人不等於宋華陽，因用「眞人」之敬辭與用「姊妹」之平輩稱呼相差太遠；且前面也證明清都觀在長安，王屋山也沒有清都觀。不信可查《河南府志》、《懷慶府志》，且《長安志》、《隋唐兩京坊里譜》都明指「清都觀」在長安。故劉、余認爲此詩是義山在王屋清都觀寫給長安華陽觀之宋華陽姊妹，而曰：「男女不得同觀」，純是猜臆之詞。而鍾來茵又云：

> 偷桃句——偷桃，用《漢武帝內傳》東方朔偷食西王母仙桃典，此偷香竊玉之戀愛風流韻事。竊藥，以神話嫦娥竊靈芝仙草而奔月成仙，此喻凡人入道求仙。句謂偷香竊玉與入道求仙很難兩全其美，兼顧周全。〔註 178〕

鍾氏此說，首先有一大錯誤，即東方朔「偷桃」之事，不見於《漢武帝內傳》，而出於《博物志》。第二大錯誤說：「偷桃」是比喻「偷香竊玉之戀愛風流韻事」。其理論云：

> 東方朔偷吃桃，漢武帝西王母「對食桃」，這在《道藏》都

〔註 175〕見屈復《玉溪生詩意》，卷 7，454 頁。
〔註 176〕見劉學鍇、余恕誠《李商隱詩歌集解》，第五冊，1922 頁。
〔註 177〕見劉學鍇、余恕誠《李商隱詩歌集解》，第五冊，1918 頁。
〔註 178〕見鍾來茵《李商隱愛情詩解》，155 頁。

是隱語，隱比男女交合之事，故「偷桃」即偷香竊玉之事。〔註179〕

依鍾氏之說，則「偷吃桃」與「對食桃」皆是《道藏》隱語，皆喻「男女交合之事」。然《道藏》故有許多隱語，如《參同契》者，但詩本來也講究「主文而譎諫」，如〈關雎〉小序云：「樂得淑女以配君子」云云，〔註180〕何必漢以後之《道藏》？且漢武帝與西王母「對食桃」，因是一男一女，姑且依鍾氏之說是暗喻「交合」。然而義山詩所指者乃是東方朔，不是漢武帝。而東方朔「偷桃」是自己吃？還是也跟別人吃？原典可有明載？如果依西王母說：「窺牖小兒常三來盜吾此桃」，而此桃又依《漢武帝內傳》說「此桃三千年一生實」。此東方朔此時至少有九千歲。唯這個「仙桃」有沒有延年益壽之功能？但看原傳曰：「母以四顆與帝（《博物志》說五顆），三顆自食（《博物志》說二顆）。則漢武帝吃了四顆或五顆，結果也沒有活到「萬歲」，甚至連「百歲」都沒有。因此這種仙桃三千年一結實，也只是好吃，似乎不代表任何意義。而東方朔三盜之，似有指其爲神仙中人之意，其實「偷桃」乃喻其「滑稽」而已。因此說東方朔「偷桃」，便指男女交合，鍾氏實在是過度想像。

然義山既用「偷桃」與「竊藥」作當句對，而言其兩難，自不能無義。蓋西王母指東方生偷桃，當下所指東方朔乃是凡人身份，而具神仙性格，不無暗示其以凡人之身份偷仙界之桃，一得手就逃離瑤池而下凡，故義山有〈曼倩辭〉云：

> 十八年來墮世間，瑤池歸夢碧桃問。如何漢殿穿針夜，又向窗中覷阿環。〔註181〕

此詩既用《東方朔傳》：「朔卒後，武帝得此語，即召大王公問之曰：爾知東方朔乎？對曰：不知。公何所能？曰頗善星曆。帝問諸星皆具

〔註179〕見鍾來茵《李商隱愛情詩解》，156頁。

〔註180〕見《詩經・序》十三經注疏本，臺北：台灣藝文印書館，19頁。

〔註181〕見馮浩《玉谿生詩集箋注》，卷3，735頁。

在否？曰諸星具在，獨不見歲星十八年。今復見耳。帝仰天嘆曰：東方朔生在朕旁十八年。而不知是歲星哉！」〔註 182〕而「窺牖」、「偷桃」雖事有別，但乃同一故事之典。然東方生「偷桃」之主要意象是仙桃一偷，便逃離仙界。以是不無「思凡」之義，正如其〈戊辰會靜中出貽同志二十韻〉云：「我本玄元冑，稟華由上津，中迷鬼道樂，沉爲下土民」。〔註 183〕以是錢鍾書認爲有「思凡」之意〔註 184〕。馮浩說「偷桃」指男，何義門說「發端自擬東方生」均是，唯古人言簡，但做結論，不爲分析，使後人依然不明也。

致於嫦娥「竊藥」典，出於《淮南子・覽冥訓》：「譬如羿請不死之藥於西王母，姮娥竊以奔月」。高誘注：「姮娥，羿妻。未及服之，姮娥盜食之，得仙奔入月中，爲月精也。」〔註 185〕情節非常簡單，但是有一個特色，即姮娥一奔月便不復返。若將此典比喻宋華陽入道而不思凡，但看第二句「十二城中鎖彩蟾」，則是切當不移。以是馮浩曰：「竊藥」是女，其說不誤。而屈復云：「竊藥謂夫婦也」則不對。而劉、余二氏謂：「蓋謂求仙學道之事，男女不得同觀也」，亦非；又其所謂「事難兼者」指「不得同賞之憾」亦欠斟酌。蓋實是「下凡」與「不下凡」有別而不得兼也。義山即已思凡而下凡，宋華陽姊妹不想下凡而猶閉「十二城中」，其所謂「彩蟾」即「嫦娥」之別稱，換句話說，嫦娥是因「竊藥」才變成至今鎖在十二城之中彩蟾也。

至於「應共三英同夜賞」，諸注或以爲靈芝三秀，或以爲「三珠樹」、或以爲《詩經》之「三德」。〔註 186〕但馮浩曰：

> 唐人每以三英稱三人，如《李氏三墳記》用三英比兄弟三

〔註 182〕見《魏晉百家短篇小說》卷 1〈東方朔傳〉，北京圖書館，1998 年 1 月，17 頁。

〔註 183〕見馮浩《玉谿生詩集箋注》，卷 2，335 頁。

〔註 184〕見錢鍾書《管錐編》，第二冊，臺北：全國出版社，646 頁。

〔註 185〕見劉安《淮南子・覽冥訓》第 6 卷，四部叢刊本，臺北：臺灣商務印書館，45 頁。

〔註 186〕請參考劉學鍇、余恕誠《李商隱詩歌集解》，第五冊，1920～1921 頁。

人。元微之《長慶集·追封宋若華制》:「若華等伯姊季妹,三英粲兮。」則女人也。此以指宋華陽姊妹。〔註187〕

以是第三四句是說宋華陽姊妹三人,現在仍在十二城之玉樓水晶簾中共同賞月,一如「若華等伯姊季妹,三英粲兮。」不知各位這樣讀來,整首詩有一絲一毫之邪念乎?至於蘇雪林先生把宋華陽姊妹當作二人,再湊上一個永道士而成「三珠樹」,洵不知宋華陽自有姊妹三人也,何必他人去湊數。以是筆者認爲義山與宋華陽三姊妹確是認識,友情也不錯,但一定要說是有戀情,甚至說有私德不見容於宗教,最後被逐出道觀云云!眞令人覺得誣陷古人太甚。

第三節　〈燕臺〉四首之女仙眞相

從前節之論述,但從《河南通志》、《懷慶府志》、《長安志》、《隋唐兩京坊里譜》、《茅山志》等以辨清都、靈都、華陽等道觀之所在,就可以釐清編造義山與女冠豔情說之虛構。再加以對宋眞人與宋華陽姊妹之稱呼與道家身份地位高低之辨,義山與女冠豔情說已批駁大半。以下再檢測虛構案之最初禍因,以做爲本篇之結束。其最初禍因就是〈燕臺〉四首。

此四首分爲春、夏、秋、冬四章,而每章之景,亦適切表現四季之特色。然令人好奇者是:詩人譜遍可用一時之感,或一事之感,或集一生之感來創作,但是在什麼情況下會分寫四時,而成一個〈燕臺〉主題,卻又不見〈燕臺〉是何物?又自馮浩說此四首多用女仙典,以是認定是爲女冠做,於是義山之豔情說喧騰了四百餘年。以下就來看〈燕臺〉到底寫些什麼?究竟有什麼女仙典故?

〈春〉

風光冉冉東西陌,幾日嬌魂尋不得。蜜房羽客類芳心,冶

〔註187〕見劉學鍇、余恕誠《李商隱詩歌集解》,第五冊,1921頁。按劉、余《集解》此文,不見於馮浩《玉谿生詩集箋注》中,意雖與馮注本類同而文不同。

葉倡條徧相識。暖藹輝遲桃樹西，高鬟立共桃鬟齊。雄龍雌鳳杳何許？絮亂絲繁天亦迷。醉起微陽若初曙，映簾夢斷聞殘語，愁將鐵網罥珊瑚，海闊天寬迷處所。衣帶無情有寬窄，春煙自碧秋霜白。研丹擘石天不知，願得天牢鎖冤魂。夾羅委篋單綃起，香肌冷襯琤琤珮。今日東風自不勝，化作幽光入西海。

〈夏〉

前閣雨簾愁不卷，後堂芳樹陰陰見。石城景物類黃泉，夜半行郎空柘彈。綾扇喚風閶闔天，輕帷翠幕波洄旋，蜀魂寂寞有伴未？幾夜瘴花開木棉。桂宮留影光難取，嫣熏蘭破輕輕語。直教銀漢墮懷中，未遣星妃鎮來去。濁水清波何異源？濟河水清黃河渾。安得薄霧起湘裙？手接雲駢呼太君。

〈秋〉

月浪衡天天宇濕，涼蟾落盡疏星入。雲屏不動掩孤嚬，西樓一夜風箏急。欲織相思花寄遠，終日相思卻相怨。但聞北斗聲迴環，不見長河水清淺！金魚鎖斷紅桂春，古時塵滿鴛鴦茵。堪悲小苑作長道，玉樹未憐亡國人。瑤琴愔愔藏楚弄，越羅冷薄金泥重。簾鉤鸚鵡夜驚霜，喚起南雲繞雲夢。雙璫丁丁聯尺素，內記湘川相識處。歌脣一世銜雨看，可憐馨香手中故！

〈冬〉

天東日出天西下，雌鳳孤飛女龍寡。青溪白石不相望，堂中遠見蒼梧野。凍壁霜華交隱起，芳根中斷香心死。浪秉畫舸憶蟾蜍，月娥未必嬋娟子。楚管蠻絃愁一概，空城舞罷腰支在。當時歡向掌中銷，桃葉桃根雙姊妹。破鬟矮墮凌朝寒，白玉燕釵黃金蟬。風車雨馬不持去，蠟燭啼紅怨天曙。

一、義山之寫作對象是何人

這四首總名爲〈燕臺〉詩，原本小標題都標在各詩之後，而曰〈右春〉、〈右夏〉、〈右秋〉、〈右冬〉。現在特意將各小標題放置各詩之前，目的無他，只爲了容易說明。因爲此四首詩，何義門曰：「思致太幽，尋味不出」〔註 188〕，朱彝尊說：

語艷意深，人所曉也。以句求之，十得八九，以篇求之，終難了了。〔註 189〕

而屈復又曰：「讀者望其雲霧，人人謂絕不可解，可歎！可嘆！」〔註 190〕馮浩曰：「總因不肯吐一平直之語，幽咽迷離，或彼或此，忽斷忽續，所謂善於埋沒意緒者。」〔註 191〕總而言之，此四首之意緒難尋，令人讀來頓覺漫天雲霧，故有的感到「語艷意深」、「寄意深遠」〔註 192〕；而有的認爲「詩無深意，但艷曲耳」〔註 193〕、或云「詞太盛、意太淺、味太薄」〔註 194〕。然何以深遠？何以淺薄？可謂褒貶兩極。若馮浩曰：

燕臺，唐人慣以言使府，必使府後房人也。參之〈柳枝序〉，則此在前，其爲「學仙玉陽東」時，有所戀於女冠歟？其人先被達官取去京師，又流轉湘中矣。以篇中多引仙女事，故知女冠。「鐵網珊瑚」，他人取去也。玉陽在東，京師在西，故曰「東風」、「西海」也。〔註 195〕

蓋馮氏猜測此四首詩，是義山「學仙玉陽東」與女冠戀愛之作。而其憑據則是「篇中多引仙女事」。至蘇雪林則云是義山追悼飛鸞、輕鳳

〔註 188〕見何義門《讀書記》（下冊），北京中華書局，1987 年 8 月，1270 頁。

〔註 189〕按此段解釋，馮浩《玉谿生詩集箋注》引爲「錢說」，639 頁。而劉學鍇、余恕誠之《李商隱詩歌集解》，第一冊，91 頁，則云「朱彝尊曰」。並括號云（錢評略同）。

〔註 190〕見屈復《玉溪生詩意》，94 頁。

〔註 191〕見馮浩《玉谿生詩集箋注》，卷 3，639 頁。

〔註 192〕見《李商隱詩歌集解》，第一冊，91 頁，周珽、何義問說，與 92 頁杜庭珠之說。94 頁紀昀亦曰：「以〈燕臺〉爲題，知爲幕府託意之作，非艷詞也。」

〔註 193〕見朱鶴齡《李義山詩集箋注》，621 頁。

〔註 194〕見屈復《玉溪生詩意》，94 頁。

〔註 195〕見馮浩《玉谿生詩集箋注》，卷 3，639 頁。

兩位隨貴主入道觀的宮女〔註 196〕。從此女冠說大爲盛行，如陳貽焮在其〈李商隱戀愛事跡考辨〉曰：〈春〉，「似寫那人離玉陽入宮後的相思幽怨」；〈夏〉：「顯系回憶玉陽往事」；〈秋〉：「寫人去樓空之感」；〈冬〉：「雌鳳，當喻那人，女龍，當喻貴主」；又云：「雌鳳，指所戀女冠」〔註 197〕。而葛曉音撰〈李商隱江鄉之游考辨〉亦主蘇雪林教授之說〔註 198〕；鍾來茵亦說：「義山詠女冠的代表作是〈燕臺四首〉；〔註 199〕楊柳亦云：「義山詩集中那些被認爲最晦澀、最費解的艷情詩篇，如〈燒香曲〉、〈燕臺詩〉、〈河陽〉、〈河內〉……都是描寫入道宮女的曲折遭遇和生活經驗」；〔註 200〕劉學鍇、余恕誠亦曰：「馮氏謂其人曾爲女冠，觀詩中常有雲霧迷離類似道教神話之境界（『如安得薄霧起緗裙，手接雲軿呼太君』），以及多用女仙事，其說不爲無據」；〔註 201〕吳調公也說：「如李詩的〈燕臺詩〉、〈碧城〉、〈聖女祠〉……等，都相當顯著。推本窮源，道教的生活氣氛，道教的意識形態，以及同女道士的交往，對李商隱愛情詩的生活題材、思想內容和藝術風格的一定影響，是不容抹煞的。」〔註 202〕

就以上諸家之論述，考其證據：類不外是從篇中「引女仙事」之現象而爲立說之基礎。以是越說越鑿，竟有飛鸞輕鳳之指涉。而推崇蘇雪林先生最力之鍾來茵，在其撰《李商隱愛情詩解》時，卻把〈燕台四首〉刪除在其第一輯〈李商隱的初戀詩〉之外，而與其論〈唐朝道教與李商隱的愛情詩〉之說矛盾，他或許是一種修正，不是故意矛

〔註 196〕見蘇雪林《玉溪詩謎》，87 頁。蘇氏又曾曰：「義山之與宮嬪有情，乃由相識之女道士介紹而來，所以兩件戀愛事，實在可以歸併到一件。」，42 頁。

〔註 197〕見王蒙、劉學鍇《李商隱研究論集》，151 頁、152 頁、139 頁。

〔註 198〕見王蒙、劉學鍇《李商隱研究論集》，367 頁。

〔註 199〕見王蒙、劉學鍇《李商隱研究論集》〈唐朝道教與李商的愛情詩〉429 頁，又收入其《李商隱愛情詩解》，393 頁。

〔註 200〕楊柳《李商隱評傳》，95 頁。其詳論需再參看其 384 頁、389 頁。

〔註 201〕劉學鍇、余恕誠《李商隱詩歌集解》，第一冊，98 頁。

〔註 202〕見吳調公《李商隱研究》，123 頁。

盾。但這對於沈迷在〈燕臺〉四首是爲女冠作之看法群中，有了一線清醒之機轉。以是筆者仍以此四首之典故爲穴道，循其脈絡而析之，以看眞相如何。

二、〈燕臺〉之〈春〉

首先檢驗〈春〉詩中用了多少女仙之典故？依馮浩《玉谿生詩集箋注》，在其注中是從一到注十二。爲了保存證據之完整性，將其注全部錄出如下：

（1）《班固終南山賦》：碧玉挺其阿，蜜房溜其巓。芳心如蜂，倒句法也。

（2）發端四句，言東西飄蕩不可會合，徒想見其春心撩亂也。

（3）午醉初起，微陽恰如初曉。

（4）見《碧城》。

（5）一作「翻」。

（6）《高唐賦》：雲無處所。田曰：以上總尋不得光景。按：「暖藹」二句，想其貯立凝思；「醉起」二句，想其春夢乍醒，皆芳心之所造也。而好事終迷，杳然何所！分明作二小段。

（7）《古詩》：相去日以遠，衣帶日以緩。徐陵詩：愁來瘦轉劇，衣帶自然寬。

（8）《呂氏春秋》：石可破也，而不可奪堅；丹可磨也，而不可奪赤。

（9）《晉書志：天牢六星在北斗魁下，貴人之牢也。又曰：貫索九星賤人之牢也。一曰天牢。錢曰：「衣帶」句，不自知其消瘦；「春煙」句，景自韶麗，心自悲涼；「研丹」二句，誠極而怨也。按：四句言其含愁漸瘦，春煙自碧，渾如秋霜之白，猶云看春不當春也。下二句則極寫怨恨。

（10）一作「眠」。

（11）暗逼入夏。

（12）四句總言春光暗去也，而上二句衣服姿態，下二句言東風亦若不勝愁恨者，與「天亦迷」同一造意。四章皆點明時景而絕不凝滯，蓋以言情爲主耳。此首大旨，則先謂其被人取去而懷怨恨也。

按姑且不論馮氏注中所引用之典是否正確，但看注一引班固〈終南山賦〉、注六引〈高唐賦〉、注七引〈古詩〉及徐陵〈詩〉、注九引〈晉書・天文志〉、請問何處有「仙女」之縱影？或勉強之，則注六〈高唐賦〉：「雲無處所」似尚可說。但是李商隱之原句是「海闊天寬迷處所」，除了「迷處所」與「無處所」這兩個普遍用語之外，並無「雲」字。以是馮氏引〈高唐賦〉：「雲無處所」是加註爲解，硬牽扯上巫山典。若依義山原句應指海。若就意象之接近，實不如程夢星引孟浩然：「江上空徘徊，天邊迷處所」句較爲貼切。〔註 203〕故實在看不出義山在用高唐典故，所以馮氏說「以篇中多引仙女事，故知女冠」。此語對〈燕臺〉第一首〈春〉便不適用。換句話說，馮氏之立論對第一首詩便站不住腳。

若說能使此詩加多一些「仙氣」者，是「蜜房羽客類芳心」句中的「羽客」。董乃斌曰：

> 把蜜蜂稱作「蜜房羽客」，關鍵在「羽客」這個詞。如無「蜜房」二字限定，它同「羽人」、「羽士」、「羽衣師」等詞一樣，是道士的專稱。道士講究辟穀食丹，嚮往羽化登仙，所以「羽客」實在是一個「仙氣」十足的名詞。妙就妙在李商隱故意制造含混，把昆蟲的羽化成蜂蝶和道士的羽化成仙人扯在一起，使兩種形象模糊地同居一個符號之中，從而造成了可供讀者選擇和擴大聯想的複義語象。〔註 204〕

董氏此說，理性與迷思兼半。首先其亦知「羽客」已被「蜜房」二字限住，不得任意作解。可是其爲了談其語象之妙，故又將其縮合而大

〔註 203〕見劉學鍇、余恕誠《李商隱詩歌集解》，第一冊，83 頁。
〔註 204〕見董乃斌〈李商隱詩的語象〉，王蒙、劉學鍇編《李商隱研究論集》，561 頁。

談其道家仙氣。類此者，陳永正原本亦曰：「羽客：神話中的飛仙，詩中指蜂、蝶之類的有翅昆蟲。」〔註 205〕此注中陳氏雖說「羽客」，指「神話中的飛仙。」但是其理智又使其曰：詩中之「羽客」不是這個意思，而是「詩中指蜂、蝶之類的有翅昆蟲」。換句話說，陳永正亦了解李商隱此〈春〉詩之「羽客」沒有一語雙關之意。於是在董乃斌、陳永正二說中之一點點「飛仙」之「仙氣」也渙散無蹤。

既然「蜜房羽客」與飛仙無關，「海闊天寬迷處所」又與〈高唐賦〉無涉，則唯剩幾個詞彙比較迷離恍惚，如「嬌魂」、「雄龍雌鳳」、「冤魂」。這個「嬌魂」、古來學者皆不注，唯陳永正曰：「指自己所戀的女子。」〔註 206〕鄧中龍《李商隱詩譯注》曰：「此指所思的女子的芳蹤」〔註 207〕、劉學鍇、余恕誠曰：「嬌魂，指所思之女子；蜜房羽客，詩人自指。」〔註 208〕但是以上各家之說法，最令人感疑惑者是：在傳統文化中有把「所思的女子」稱爲「嬌魂」者乎？如果說「嬌女」指「愛女」、「嬌兒」指「愛子」、「嬌客」指「愛婿」、「嬌娃」指「美女」，那「嬌魂」是指什麼？是指美麗的靈魂？還是指美麗的魂魄？古人對所思念之女子可以這樣稱呼嗎？若如此，這個女人是死還是活？或是根本就與女人無關，只是「春」之擬人化而已？

致於「雄龍雌鳳杳何許？」古來亦無注。唯朱彝尊云即「杳不可即。」〔註 209〕陳永正曰：「但是，雄龍和雌鳳，依然兩相分隔，杳遠難期。」又云：「『雄龍』自指。『雌鳳』以喻所戀的人。」〔註 210〕劉學鍇、余恕誠曰：

> 此下即轉入對女方之無窮思念。意謂當日於晴輝暖靄中相

〔註 205〕見陳永正《李商隱詩選》，244 頁。
〔註 206〕見陳永正《李商隱詩選》，244 頁。
〔註 207〕見鄧中龍《李商隱詩譯注》，上冊，61 頁。
〔註 208〕見劉學鍇、余恕誠《李商隱詩歌集解》，第一冊，82 頁。
〔註 209〕見劉學鍇、余恕誠《李商隱詩歌集解》，第一冊，82 頁。
〔註 210〕見陳永正《李商隱詩選》，244 頁、245 頁。

見，桃鬟雲髻，相齊相映；今則雄龍雌鳳，杳不相即，思念之情，如絮亂絲繁，紛擾迷亂，恐天若有情亦爲之迷也。〔註211〕

若不比對李商隱原句，但讀陳、劉、余三氏之說，也覺得頗爲理順。但是若讀原句，再按陳永正云：「雄龍」自指、「雌鳳」喻所戀之人。但依此說問題又起？因爲不論是「杳何許」、「杳不可即」、或「杳遠難期」、或是「杳不相即」。就只能對「雌鳳」說。因爲依陳、余、劉三氏之見，雌鳳代表所戀之女子，是她「杳何許」才對。而「雄龍」既指李商隱自己，則說自己也「杳何許」，就實在說不通。閱李商隱詩原句是「雄龍雌鳳杳何許？絮亂絲繁天亦迷。」從詩句言，李商隱所迷所亂而無處可尋者是「雄龍」與「雌鳳」二者，並不是單一之「雌鳳」。因此與三家之說不能切合。

今就整首詩之經脈推尋。《燕臺》四首詩之題目大標題雖是〈燕臺〉，但四首詩沒有一句特別扣緊燕臺下筆，反而是與小標題之〈春〉、〈夏〉、〈秋〉、〈冬〉關係密切。因此鄧中龍說：「題爲〈燕臺〉，而全詩中並無燕台一詞可以讓讀者去體會。」〔註212〕此說頗確。如〈春〉這一首，全詩內容便不見有任何〈燕臺〉影子。故其穴位應在「嬌魂」二字。前面已提到陳永正、鄧中龍、劉學鍇、余恕誠等認爲是義山所戀之女子。但在傳統文化上，實無把心愛之女人稱爲「嬌魂」之例，或許筆者實在淺陋，至今連一個例子都找不到（當代之流行歌曲或許有之）。以是依淺見，認爲詩中這個「嬌魂」，是指擬人化之「春魂」。它是可感知而難以觸摸得到之物。因此只能透過蜂蝶追尋當作象徵：人走徧了東西陌，羽客也徧識冶葉倡條，暮藹夕陽沉落桃樹西邊，像女子之桃花人面，以示兩者都是嬌魂之化身和象徵。此可參看義山之〈深樹見一顆櫻桃尚在〉：

高桃留晚實，尋得小庭南。矮墮綠雲髻，欹危紅玉簪。惜

〔註211〕見劉學鍇、余恕誠《李商隱詩歌集解》，第一冊，82頁。
〔註212〕見鄧中龍《李商隱詩譯注》，上冊，56頁。

堪充鳳實，痛已被鶯含。越鳥誇香荔，齊名亦未甘。〔註213〕

就整首詩看，義山是在寫櫻桃，大家不容易看錯。但是若有人斷章摘句，把第二聯「矮墮綠雲髻，欹危紅玉簪」單獨摘句，就會容易與〈春〉詩之「暖藹輝遲桃樹西，高鬟立共桃鬟齊」一樣之著迷和誤會，以爲像是眞有一個美人在那裏，不知一是擬人化櫻桃，一是擬人化之桃花也。如果上面之看法大致不差，則以下則嘗試意譯此〈春〉如下：

作者邊尋春邊喝酒，等到醉醒時，「微陽若初曙」，亦即黃昏像早上，耳朵裏好像還殘餘著醉夢中聽到話。可是夢境如海闊天寬，想用鐵網撈夢中珊瑚，已迷茫不知處所。噯！衣帶是無情物，人卻會感到有寬有窄的時候！就像春色如煙，一下子就過去了，秋天馬上會到，霜會變白。但願有一座「天牢」可以鎖住「嬌魂」的「冤魂」，這樣才可以春天永駐。可是這只是空想罷了，你看雙層的夾羅又要收到衣篋中，單薄的綃衣又被拿出來，（因爲夏天到了），因爲單綃衣很薄，佩掛的玉珮冷冷的貼著香肌，原來醉夢中聽到的話是玉珮琤琤響聲！今日東風又無力了，春魂將化作一道幽光隨著微陽沉入西海。

此詩所用大部份是暮春之景語，如「暖藹輝遲桃樹西，高鬟立共桃鬟齊」、「絮亂絲繁天亦迷」、「夾羅委篋單綃起」，因桃花開已是陰曆三月，柳絮迷天也是暮春，夾羅委篋，人穿越輕薄之單衣，當然更與「暖藹輝遲」有關。而且在此中，首句云：「風光冉冉東西陌，幾日嬌魂尋不得」，便是春盡，而「醉起微陽若初曙」，這種情境試與其另外兩首絕句對照〈縣中惱飲席〉：

晚醉題詩贈物華，罷吟還醉忘歸家。若無江氏五色筆，爭奈何陽一縣花。〔註214〕

〈花下醉〉：

尋芳不覺醉流霞，倚樹沉眠日已斜，客散酒醒深夜後，更

〔註213〕見鄧中龍《李商隱詩譯注》，上冊，282頁。
〔註214〕見馮浩《玉谿生詩集箋注》，卷1，234頁。

持紅燭賞殘花。〔註215〕

此二首之內容雖與〈燕臺〉之〈春〉不盡相同，但「尋芳」「晚醉題詩」，情境則相類。筆者寧可認爲是李商隱這個少年在寫尋春之詩，的確是學長吉之作，若將其視爲寫女冠戀愛，或楊嗣復等，筆者均不敢苟同。

三、〈燕臺〉之〈夏〉

其次看〈燕臺〉之〈夏〉馮皓注了那些典故。爲了保存證據之完整，因也全錄如下：

（13）《西京雜記》：長安五陵人以柘木爲彈，眞珠爲丸，以彈鳥雀。梁簡文帝《洛陽道》：遊童初挾彈。此四句皆夜景。「類黃泉」者，雨天昏黑也，非陰寒之義。潘郎挾彈，見河東公樂營置酒，唐詩屢用之。此言夜半何所用之。

（14）一作「淵」，誤。

（15）爾雅：逆流而上曰洄。注曰：旋流也。道源曰：帷幕風動，如旋波之有文。

（16）屢見。

（17）見《李衛公》。又《廣志》：木綿樹赤花，爲房甚繁。四句形容其人之翩然而來矣。「蜀魂」指子規，取春時也，言爾春時寂寞，今樂有伴未？木棉花紅借比炎暑。

（18）一作「留」，誤。

（19）《洛神賦》：含辭未吐，氣若幽蘭。言月光流轉，難見其貌，惟微笑私語，吹氣如蘭。

（20）直欲留之使長在懷抱，則可至秋矣，故無意中逗出。

（21）傅休奕和《秋胡行》：清濁必異源。

（22）《戰國策》：齊有清濟濁河。

（23）《眞誥》：駕風騁雲軿。徐曰：輜軿，婦人車有障蔽者。太

〔註215〕見馮浩《玉谿生詩集箋注》，卷1，235頁。

> 君指仙女。按：此章全是夜深密約，故曰「夜半」，曰「幾夜」，皆寫暗中情景。「濟河」二句，悵異者終不能久同也。結謂那得明明而來，可接之呼之，不再若前此之私會乎？正反託深夜幽歡也。〔註216〕

在馮浩之注中，從注十三到注二三，其引用了《西京雜記》與梁簡文帝〈洛陽道〉詩，以注「夜半行郎空柘彈」。其他引用《爾雅》以注「洄」字、引《廣志》以注木棉。引〈洛神賦〉以注「嫣熏蘭破」、引傅休奕〈和秋胡行〉以注「濁水清波何異源」。引《戰國策》以注「濟河」、引《眞誥》以注「雲軿」。但是「太君」一詞，雖注曰：「太君指仙女」，然並未徵引原典，可見亦是「想當然耳」之說。

從馮浩以上諸注所徵引典故觀察，洵無一注與仙女有關。唯其注末兩句曰：「安得薄霧起湘裙，手接雲駢呼太君。」從「湘裙」、「雲軿」、「太君」一路看來，馮注引徐樹穀語曰：「輜軿，婦人車有障蔽者。」〔註217〕是已把「雲駢」當「輜軿」看，於是又指太君爲仙女，若不細心觀察，粗看來似也順理。故劉學鍇、余恕誠亦曰：

> 馮氏謂其人曾爲女冠，觀詩中常有雲霧迷離類似道教神話之境界（如「安得薄霧起緗裙，手接雲軿呼太君」），以及多用女仙事，其說不爲無據。〔註218〕

劉、余二氏完全認同馮浩之說殆無疑問，唯筆者還是認爲大有問題。問題之一是「緗裙」是否爲女冠之服？問題二是「雲軿」是否等於「輜軿」，且爲女性之專用車？問題三是如何證明「太君」是女仙？按「緗」字，《中文辭源》注爲「淺黃色」。故「緗帙」是淺黃色書套；「緗素」是淺黃色書卷。女冠固爲「黃冠」之一，但不聞女冠亦規定必須著黃裙。此可疑一也。若再追問「緗裙」原典是什麼？遍查一般辭書無此條目，唯《樂府詩集》卷二十八，有〈陌上桑〉（一曰〈艷歌羅敷行〉），

〔註216〕見馮浩《玉谿生詩集箋注》，卷3，631頁。
〔註217〕見馮浩《玉谿生詩集箋注》，卷3，636頁。
〔註218〕見劉學鍇、余恕誠《李商隱詩歌集解》，第一冊，98頁。

描繪羅敷：「緗綺爲下裙，紫綺爲上襦。」〔註 219〕此中之「緗綺爲下裙」應即是義山「緗裙」之所本，以是可以證明「緗裙」不是女冠之特定服裝。而道家衣著，從《佩文韻府》索之：見於《雲笈七籤》者有「丹裙」、「靈裙」、「鸞裙」、「虎裙」、「飛裙」、「綠華裙」等；見於曹唐遊仙詩者有「玉線裙」、「九霞裙」；於《眞人三君內傳》有「青羽裙。」〔註 220〕以是可確定「緗裙」乃只是古代普遍女子之服飾，而與女冠、女仙無必然關係。

其次是「雲軿」是否等於「輜軿」，從徐注知「輜軿」是古代婦女之車，是實有。而「雲軿」依馮浩注引《眞誥》：「駕風騁雲軿」之句，事實上是指神仙能以風爲馬，雲爲軿車之意。若不信請看沈約寫給陶弘景之〈華陽先生登樓不下贈呈〉：

> 側聞上士說，尺水乃騰霄。雲軿不展地，仙居多麗樵。臥待三芝秀，坐對百神朝。銜書必青鳥，嘉客信龍鑣。非止靈桃實，方見大椿凋。〔註 221〕

從「雲軿不展（輾）地」，便知是在天上飛。所以「雲軿」不是「輜軿」，更與乘坐之性別無關，以是徐注亦不足據。

第三是「太君」之名號問題。筆者尚無力遍索《道藏》，但就義山〈題道靖院院在中條山故王顏中丞所置虢州刺史捨官居此今寫眞存焉〉詩，有句曰「褰帷舊貌似元君」，馮浩注云：「太素三元君，道書屢見。」〔註 222〕依此「太素三元君」，其在作詩之剪裁上便可簡稱爲「太君」。但因此詩爲律體，故其句須合「平平仄仄仄平平」之聲律，

〔註 219〕見郭茂倩《樂府詩集》，卷 28，臺北：里仁書局，410 頁。

〔註 220〕以上資料，見康熙御製《佩文韻府》，卷 12、12 文韻，498 頁。其例句爲「紫繡珠帔飛羅丹裙」、「赤珠靈裙華蒨粲」、「身服錦帔鳳光鸞裙」「鬱粲夫人服靈錦虎帔虎裙」、「閒來洞口訪劉君，緩步輕抬玉綿裙」、「白鸞樹下三千女，一色龍綃王雪（線）裙」、「西漢夫人下太虛，九霞裙幅五雲輿」、「南極夫人被錦服，青羽裙。」

〔註 221〕見鬱崗眞隱笪蟾光編《茅山志》（二）卷 12，臺北：文海出版社，902 頁。

〔註 222〕見馮浩《玉谿生詩集箋注》，卷 1，239 頁。

以是把「太素三元君」簡稱爲「元君」。但是如果碰到須用仄聲時，「太素三元君」也可簡稱爲「太君」。這是詩家常法，無甚高明處。而此句「褰帷舊貌似元君」，明顯是在描繪道靖院中王顏中丞之寫眞像，故「元君」自是男性。此外男性神仙可簡稱爲「太君」之神仙甚多，翻檢一下胡孚琛之《中華道教大辭典》，但就南北朝至唐代之道書，便有《太上老君戒經》、《太上老君經律》、《太上老君上七滅罪集福妙經》、《太上老君說消災經》等，如此一個在唐代以前就已普遍流行之「太上老君」之尊稱，在作詩時都可以隨時簡稱爲「太君」〔註 223〕。在《茅山志》卷六有《上清經籙聖師七傳眞系之譜》：在「元始虛皇天尊」底下，有「太上玉晨大道君」。〔註 224〕此玉晨君若也簡稱「太君」也沒有什麼不可以。以是馮浩無憑無據，但一句「太君指仙女」，便易男仙爲女仙，以遷就其「結謂那得明明而來，可接之呼之，不再若前此之私會乎？正反託深夜幽歡」之遐想。〔註 225〕觀其〈玉谿生詩箋註序〉自云其說：「使一無所迷混，余心爲之愜焉」之得意，余不敢信也。

今再依詩之文本經絡尋繹，從首句「前閣雨簾愁不卷」，到第十二句「直教銀漢墮懷中，未遣星妃鎭來去」。皆是寫雨夜之無聊情境，蓋「雨簾不卷」、「芳樹陰陰」，自是夏景。「石城景物類黃泉，夜半行郎空柘彈」自是雨夜之描繪。故馮浩云：「此四句皆夜景，類黃泉者，雨天昏黑也。」〔註 226〕其說不誤。「續扇喚風」以下，陳永正曰：「兩句寫夏夜獨臥，風動帳帷。」〔註 227〕而此風，葉蔥奇說：「按閶闔爲

〔註 223〕以上資料，見胡孚琛《中華道教大辭典》，北京中國社會科學出版社，1995 年 8 月，283 至 288 頁。

〔註 224〕見鬱崗眞隱笪蟾光《茅山志》（二）卷 6，579 頁。太上王晨大道君又可稱「聖師高聖太上玉晨元皇太道君」，又稱「玉晨君」，此亦見馮浩《玉谿生詩集箋注》卷 3，700 頁，引《黃庭內景經》：「太上大道王宸君，閒居蕊珠作七言。」

〔註 225〕見馮浩《玉谿生詩集箋注》，卷 3，636 頁。

〔註 226〕見馮浩《玉谿生詩集箋注》，卷 3，635 頁，註 13。

〔註 227〕見陳永正《李商隱詩選》，247 頁，注 3。

天南門，此言南風之來到。」〔註 228〕夏天自是吹南風，葉氏此說自不謬。而劉學鍇、余恕誠云：「綾扇二句，係抒情主人公想像所思女子現時情景，言値此夏夜，對方想亦寂寥獨處，綾扇輕搖，西南風至，輕帷翠幕，如漩波蕩漾。」〔註 229〕以上諸先生之看法也都認爲是「夏夜」。更河況後面「桂宮流影光難取」、「直教銀漢墮懷中，未遣星妃鎭來去」，無一句不是夏夜之景語。唯「銀漢墮懷」、「星妃來去」，言天將見曉。其〈夏〉因雨後清晨薄霧氤氳，乃借霧縠喚起緗裙之想象，因而冀望太君乘雲輧而下來接其手而去，此固不無神仙汗漫遊之思，然硬要坐實其爲與女冠之戀，洵令人不感苟同。

另外此詩中用到「石城」、「濟河」、「黃河」也引起許多猜想，如「石城」一般注云即是石頭城，又叫金陵。〔註 230〕唯鄧中龍云：「石城：石城有多處，《唐書・音樂志》稱莫愁所居之地在石城，在此乃是借用，不必拘泥。」〔註 231〕筆者以爲鄧氏說「石城只是借用，不必拘泥」爲是。若不然，馮浩、張爾田看到「石城」，就想到「其人爲人取去，必先流經金陵，故以石城點題。」〔註 232〕而陳永正則認爲是「石城……現江蘇南京市。當是詩人所往之地。」〔註 233〕同一個地點，就有二種不同想法，不知「石城」固是石頭所造之城之泛指，不必確指南京之石頭城，此正是白馬非馬也。以是也不能看到濟河、黃河便推想：「玉陽在濟源縣，京師帶以洪河，故曰濁水清波也。」〔註 234〕且看其原句曰：「濁水清波何異源？濟河水清黃河渾」，若不知此亦爲推論之泛言，難道也要認爲詩人眞於此時也跑到黃河與濟河

〔註 228〕見葉葱奇《李商隱詩集疏注》，572 頁。

〔註 229〕見劉學鍇、余恕誠《李商隱詩歌集解》，第一冊，85 頁。

〔註 230〕參見陳永正《李商隱詩選》，246 頁，劉學鍇、余恕誠《李商隱詩歌集解》第一冊，84 頁。葉葱奇《李商隱詩集疏注》，573 頁云：「這裡只是借用莫愁所在之地來指她的寓處。」其意亦指石頭城。

〔註 231〕見鄧中龍《李商隱詩譯注》上冊，65 頁。

〔註 232〕見張爾田《玉谿生年譜會箋》〈李義山詩辨正〉，468 頁。

〔註 233〕參見陳永正《李商隱詩選》，247 頁。

〔註 234〕見馮浩《玉谿生詩集箋注》，卷 3，639 頁。

源頭，去探究其異不異源乎？故在此四首詩中出現之有關地名，是否可以做爲詩人行蹤之判定，實在大有問題。葉嘉瑩先生曾說：

> 在《說李商隱〈燕臺〉四首》一文中，則雖然曾經對於李商隱寫作此四首詩之時、地與人，做了一番探討的工夫，但結果又把這些探討的資料全部加以揚棄，而並未曾用之爲立說之依據。〔註 235〕

從第一首〈春〉之分析，見「嬌魂」實只是〈春〉之擬人化，而此首之「石城」、「濟河」、「黃河」之不足憑，則葉氏云此四詩之時、地與人不可做爲立論之依據，洵大有見地。

四、〈燕臺〉之〈秋〉

再來續看〈燕臺〉之〈秋〉，馮浩又爲他作了那些注？

（24）一作「衝」。

（25）一作「雨」，誤。

（26）徐日：衡字是月光如水而不流，故日衡。朱日：月日金波，故言浪。按：衡、衝二字，古書互用極多，蓋義相近，不第形相似也。

（27）月既落則星光入戶。

（28）吹之牽之，使遠去也。

（29）見《擬意》。言將遠去而相思相怨，但晦明轉換而良會難圖。已逗出寄遠，爲「雙璫」伏脈。

（30）道源日：金魚，魚鑰也。按：《舊書輿服志》：佩魚袋，三品以上用金魚袋。此兼取意，言貴人深貯之也。

（31）茵，褥也。《西京雜記》：昭儀上皇后襚，有鴛鴦被、鴛鴦褥。

（32）重門深閉，茵席生塵，其人已去矣。人既去，則小苑人人

〔註 235〕見葉嘉瑩《迦陵談詩二集・後敘》，臺北：東大圖書公司，民國 74 年 2 月，200 頁。

得至，故曰「作長道」。「玉樹」句謂勝於張、孔之美豔。

（33）一作「瑟」。

（34）稽康《琴賦》：愔愔琴德，不可測兮。《新書禮樂志》：琴工猶傳楚、漢舊聲及清調，蔡邕五弄、楚調四弄，謂之九弄。

（35）陸雲詩：聲播東汜，響溢南雲。餘見《夢澤》。此四句又想其人之夜起彈琴也。「越羅」句，彈琴時之服飾。琴響一傳，而禽爲之驚，雲爲之動矣。其人自湘中遠去而迴憶，故曰「楚弄」，記舊蹟也。曰「南雲」，曰「繞雲夢」，迴繞衡湘也，合之下句「湘川相識」，其爲潭州事益信。

（36）王粲《七釋》：珥照夜之雙璫。《風俗通》：耳珠曰璫。繁欽《定情詩》：何以致區區？耳中雙明珠。按：不必拘珠璫玉璫。

（37）尺素雙璫，詩中屢見，蓋實事也。錢氏謂女郎寄來，或謂義山寄與，未知孰是？有寄必有答，彼此同之矣。曰「記湘川相識處」，是其人先至湘川，及義山抵湘，得一相識，而其人又他往，故屢以此事追慨。

（38）姚曰：銜雨看，應是淚雨。

（39）「歌脣」，必指其人，言將終身銜淚對之，而可惜馨香漸故矣。〔註236〕

依以上十六條注，書名引《舊唐書・輿服志》、《西京雜記》、嵇康〈琴賦〉、《新唐書・禮樂志》、陸雲〈詩〉、王粲〈七釋〉、《風俗通》、繁欽〈定情詩〉等七條。唯《舊唐書・輿服志》、《新唐書・禮樂志》則不在本文論「用典」之例，故眞的稱得上用典者，但五條而已。而後面三典則用來注「雙璫」。其他又只是用來校正版本之字、或作個人詮釋。但可以明確看出，在馮氏所引用之典中，實亦無一典涉及道家或仙女事。反而屢見馮浩許多推測之詞，如曰：

〔註236〕見馮浩《玉谿生詩集箋注》，卷3，634頁。

> 此四句又想其人之夜起彈琴也。「越羅」句，彈琴時之服飾。琴響一傳，而禽爲之驚，雲爲之動矣。其人自湘中遠去而迴憶，故曰「楚弄」，記舊蹟也。曰「南雲」，曰「繞雲夢」，迴繞衡湘也，合之下句「湘川相識」，其爲潭州事益信。

又云：

> 曰「記湘川相識處」，是其人先至湘川，及義山抵湘，得一相識，而其人又他往，故屢以此事追慨。

在下不敏，就李商隱詩之文本經絡推之，實難看出馮氏以上之推論。以是只能再就詩論詩，循其經絡以斷之。蓋此詩之寫作筆法與〈夏〉詩相同，純寫「秋夜」也。試看「月浪衡（橫）天」、「涼蟾」「疏星」、「西樓一夜風箏急」、「但聞北斗聲回環，不見長河水清淺」。「簾鉤鸚鵡夜驚霜」等，皆是秋夜語句。然而詩人在此漫漫秋夜中想些什麼？主要應在「欲織相思花寄遠，終日相思卻相怨」。於是詩中似若出現一位令詩人相思又相怨之對象，這也是一切詮釋和猜測之來源。但是讀者在此不能忽略一個關鍵之詞彙——「相思花」。而且這一朵「相思花」是用「織」的。更重要的是作者只是「欲織」，也就是根本還沒有把「相思花」織出來，因此「相思花」到底是什麼樣態？恐怕連作者也朦朧不清。

接下來從「但聞北斗聲迴環，不見長河水清淺」，直至「歌脣一世銜雨看，可惜馨香手中故！」此眞是學〈騷〉之苗裔，昌谷之嫡傳，要詳作解析，洵是不易。如北斗有聲，作者可以聽得到，你說作者是處於何種精神狀態？可是「不見長河水清淺」，又非常清醒。〔註237〕雖然古人亦不乏把天上銀河當作有波有聲來描繪，如葉蔥奇引杜甫〈同諸公登慈恩寺塔〉：「七星在北戶，河漢聲西流。」〔註238〕如果這樣說，那「但聞北斗聲回環」就如葉氏所說：「北斗銀河相近，河流若有聲，進一步說斗炳的迴旋也似有聲。」〔註239〕則如此之創意，

〔註237〕按「長河」，陳永正說就是「銀河」。見其《李商隱詩選》，249頁。
〔註238〕見葉蔥奇《李商隱詩集疏注》，575頁。
〔註239〕見葉蔥奇《李商隱詩集疏注》，575頁。

也當然只像李賀〈天上謠〉:「天河夜轉漂迴星，銀浦流雲學水聲。」〔註240〕與〈秦王飲酒〉詩:「羲和敲日玻璃聲」，〔註241〕則受李賀影響之痕跡甚明也。

從「金魚鎖斷紅桂春，古時塵滿鴛鴦茵，堪悲小苑作長道，玉樹未憐亡國人。」此四句關鍵在:「玉樹未憐亡國人」之典。此句馮氏不注，唯其在〈陳後宮〉「玉樹塵」下注曰:「《陳書》:「後主使諸貴人及女學士與狎客共賦新詩，被以新聲，其曲有〈玉樹後庭花〉、〈臨春樂〉等。」〔註 242〕以是知〈玉樹〉乃是〈玉樹後庭花〉之簡稱。因曲名太長，故詩人各取所需，如杜牧〈泊秦淮〉詩:「商女不知亡國恨，隔江猶唱後庭花。」〔註243〕因此義山之〈玉樹〉，就是杜牧之〈後庭花〉。則義山此詩所指之「亡國人」與杜牧所言之「亡國恨」，實亦同指陳後主陳叔寶。而義山所謂「玉樹未憐亡國人」，乃言陳後主雖已國破人亡，可是〈玉樹後庭花〉依然有「商女」在唱，故曰「未憐」以反諷之。因此，陳永正說義山詩中之「亡國人，指陳後主。詩中以自喻。」〔註 244〕此說眞不知義山在「自喻」什麼？義山既不姓陳，也無亡國之君身份，何來自喻說？

就因爲「玉樹未憐亡國人」指的是陳後主，於是「堪悲小苑作長道」等以上三句也變得可以理解，因爲陳國被滅，所以「小苑作長道」，陳永正解此曰:「最令人傷悲的是美麗的小苑變成了長路。」〔註245〕這個解釋是很對，簡單說就是破苑成路，亦同溫庭筠「玉樹歌闌海雲黑，花庭忽作青蕪國」之意。〔註 246〕只是苑雖破，然故宮似尚有存

〔註240〕見李賀《李長吉歌詩》〈四部備要本〉，卷1，臺北：台灣中華書局，民國67年4月，14頁。
〔註241〕見李賀《李長吉歌詩》〈四部備要本〉，卷1，16～17頁。
〔註242〕見馮浩《玉谿生詩集箋注》，卷1，13頁。
〔註243〕見邱燮友《新譯唐詩三百首》，377頁。
〔註244〕見陳永正《李商隱詩選》，250頁。
〔註245〕見陳永正《李商隱詩選》，249頁。
〔註246〕見郭茂倩《樂府詩集》，溫庭筠〈春江花月夜〉卷47，679頁。

蹟，故有「金魚鎖斷紅桂春，古時塵滿鴛鴦茵」之句，此與義山另兩首〈陳後宮〉參看，陳朝遺殿至義山時或尚有故殿遺蹟可尋。唯「金魚」一詞，道源曰：「金魚，魚鑰也。」此看義山原句「金魚鎖斷」，乃金魚鎖甚明。唯馮浩加注引《舊唐書・輿服志》：「佩魚袋，三品以上用金魚袋。此兼取意，言貴人深貯之也。」〔註 247〕然「金魚鎖」與「金魚袋」相去何其遠？馮氏類此誤注典故，不勝枚舉，然此是箋注家個人之問題，與原作者無關。

以上四句即通，則接下來四句便將有解。承「玉樹未憐亡國人」之句，陳即已亡國而其曲猶存，甚至還有商女在唱，因此所謂「瑤琴愔愔藏楚弄」，陳國舊殿不是在舊楚地嗎？故〈玉樹後庭花〉不是也可以稱楚弄嗎？「越羅冷薄金泥重」不是商女衣著之打扮嗎？此與杜牧〈泊秦淮〉之聞見有何差異？杜牧詩云：

> 煙籠寒水月籠沙，月泊秦淮近酒家。商女不知亡國恨，隔江猶唱後庭花！

若將義山：「月浪衡天天宇濕，涼蟾落盡疏星入……堪悲小苑作長道，玉樹未憐亡國人。瑤琴愔愔藏楚弄，越羅冷薄金泥重」之意象聯貫一下，應有互相髣彿之感，蓋皆言月夜聞商女彈奏與演唱之情景也。而馮氏見越羅、聽楚弄、見南雲、雲夢，便云「其爲潭州事益信」。不知越羅只是名產，不是只有越人穿。「楚弄」依馮注引《新書・禮樂志》：「琴工猶傳楚、漢舊聲及清調，蔡邕五弄、楚調四弄，謂之九弄。」則「楚弄」乃琴工所傳之楚漢舊聲，非特定人特定事始可彈奏。葉嘉瑩先生之〈舊詩新演〉曰：

> 義山所謂「瑤琴愔愔藏楚弄」者，蓋謂聽其琴音雖外若安柔和美，而實含有憂愁幽怨之思。這種揉雜反襯的句法，寫出了多少人世間外若美好而中含苦痛的境界和心情。至於下面的「越羅」一句，則也同樣是一種揉雜反襯的象喻。姚培謙注引《唐書》云：「越州土貢，花文寶花等羅。」夫

〔註 247〕見馮浩《玉谿生詩集箋注》，卷 3，636 頁。

越地所產之羅，其質地原以輕柔棉薄爲美。質地既薄，自多寒冷之感，故曰「冷薄」。至於「金泥」，則當爲薄羅上以金屑塗飾之花紋。朱鶴齡注引〈錦裙記〉云：「惆悵金泥簇蝶裙。」金之色彩既予人以富麗穠豔之思，金之質地予人沉實凝重之感，而今輕羅之上乃著金泥之塗飾，則金之富麗與羅之淒冷爲一層對比，金之沉重與羅之輕軟爲又一層對比，以彼輕羅之軟，對此金泥之沉重，有多少負荷之感；而以彼輕羅之冷對此金泥之附著，又當有多少親切之情。〔註 248〕

讀葉教授解析〈李義山《燕台》四首〉，實頗見妙賞之語。而其結語曰：「假如像馮浩之《箋注》，必指此二句爲『想其人（只流落湘潭之人）之夜起彈琴』，以及『彈琴時之服飾』，則未免死於句下」。〔註 249〕愚從解析第一首〈春〉之後，便已認爲〈燕臺〉非有眞人眞事，而葉教授之說更深契予心。

再看末六句，「簾鉤鸚鵡夜驚霜，喚起南雲繞雲夢。雙璫丁丁聯尺素，內記湘川相識處。歌唇一世銜雨看，可惜馨香手中故」。雖然寫得有點迷離恍惚，但此六句正是銜接「欲織相思花寄遠，終日相思卻相怨」之主因。而其最直接觸發點則在：「瑤琴愔愔藏楚弄，越羅冷薄金泥重」。因爲透過這些連結，各位便可看到一幅具體意象：有一個穿著越羅泥金（令人看來閃閃發光，非常華麗）之歌女，他在月浪衡天之夜晚正在愔愔彈奏〈玉樹後庭花〉一類的曲子。於是連簾鉤上之鸚鵡都睡不安穩。按此鸚鵡只是裝飾品，因爲義山用之是「簾鉤」而不是「鏈鉤」。故陳永正云：「兩句謂鸚鵡不禁宵寒而啼喚，驚醒自己的綺夢。」〔註 250〕是把假當眞。且義山被驚醒者不是鸚鵡驚霜聲，乃是愔愔瑤琴聲。（聞聲作夢，筆者已在第三章提及，不再贅筆）。於

〔註 248〕見葉嘉瑩《迦陵論詩叢稿》，河北教育出版社，2000 年 12 月，219、220 頁。

〔註 249〕見葉嘉瑩《迦陵論詩叢稿》，220 頁。

〔註 250〕見陳永正《李商隱詩選》，250 頁。

是引起義山一段高唐夢。〔註 251〕既然此六句是夢境一場，則此中之相思相怨、雙璫尺素，甚至所謂「湘川相識處」，就都作不得眞。但是他確有依據來源，唯注家皆未注，其典見隋煬帝〈春江花月夜〉二首之二：

夜露含花氣，春潭瀁月暉。漢水逢遊女，湘川値兩妃。〔註 252〕

詩中所謂「湘川値兩妃」，「値」便是「逢」之意，亦即「相識」之意。而「兩妃」，事實上就是被尊爲湘妃之娥皇、女英姊妹，唯若就這個「姊妹」再與〈冬〉詩之「雌鳳孤飛女龍寡」、「桃葉桃根雙姊妹」合看，便也有一條經絡貫注其間。唯一個穿著「越羅冷薄金泥重」之歌女，其「歌唇」只能在夢中「一世銜雨看」，而一下子就像馨香之花在瞬間會凋謝消失。而此中境地之淒涼悱惻，最能引起同類姊妹之共鳴，這就難怪那位能「調絲擫管，作天海風濤之曲，幽憶怨斷之音」之柳枝小姐，一詠此詩，便驚問「誰人有此？誰人爲是？」並激動得「手斷長帶，結讓山爲贈叔乞詩」！〔註 253〕若不是如此，何以許多大學者至今尚感難解者，而一個泛泛之歌女卻一見傾心至此？而依上之了解若不誤，則此詩又與商女爲主要創作意象，其與女冠何干？

五、〈燕臺〉之〈冬〉

最後再看〈燕臺〉之〈冬〉在寫些什麼？又用了那些仙女典？

(40) 狀冬日之短。

(41)「女龍」，雌龍也。《左傳》：有夏孔甲擾于有帝，帝賜之乘龍，河、漢各二，各有雌雄。

(42) 青溪小姑，見《無題》七律二首。白石郎，見《玄微先生》。

〔註 251〕此處陳永正之注引宋玉〈高唐夢〉，謂楚王曾與神女相會於雲夢之高唐。詩中以收指幽覲之夢。」這是對的。250 頁，故義山在此所謂「南雲」，實即是「朝雲」，所謂「朝爲行雲」是也。

〔註 252〕見郭茂倩《樂府詩集》，卷 47，678 頁。

〔註 253〕見馮浩《玉谿生詩集箋注》，卷 3〈柳枝五首〉義山自序，640 頁。

皆《神弦曲》也。此借比男女不相合。

（43）四句彼此怨曠之情。人既遠去，則此堂中便絕遠耳。

（44）庾信詩：香心未啓蘭。良緣已繼，愁心欲死。

（45）張衡《靈憲》：姮娥託身於月，是爲蟾蜍。此以月娥比其人，謂其人遠去，容光消瘦，未必仍如昔日之美矣。

（46）一作「舞罷」。

（47）管絃雜弄，觸緒生悲，昔日舞腰，何能再睹也！曰「空城」者，謂其人久去也，此倒句法。時義山尚在其地，故下二句遂溯舊事。

（48）見《杏花》與《妓席》。按：《樂府》本詩云：桃葉復桃葉，桃樹連桃根；相憐兩樂事，獨使我殷勤。而後人附會作姊妹也。梁吳均詩曰：倡家女少名桃根。

（49）一作「委」，非。

（50）見《一顆櫻桃》。

（51）屢見。

（52）《樂府詩集》：傅休奕吳楚歌，一作《燕美人歌》：雲爲車兮風爲馬。

（53）一作「明」，誤。

（54）此又想其容飾而憐其愁恨也。不持去者，無能持之去以就所歡。冬夜最長，乃徹夜相思，徒悲天曉矣！

從馮浩注四十至五十四，共十五條。其中馮氏徵引之典故有《左傳》、〈神弦曲〉、庾信〈詩〉、張衡〈靈憲〉、吳均〈詩〉、傅休奕〈吳楚歌〉等，共七個出典。但是從前面〈春〉、〈夏〉、〈秋〉三首看來，馮浩之注眞能派上用場，而對解析〈燕臺〉詩有助益者實在不多。此七個原典對〈冬〉詩之影響又如何？

此詩首兩句「天東日出天西下，雌鳳孤飛女龍寡。」馮浩注「女龍」，曰「雌龍也。」並引《左傳》：「有夏孔甲擾于帝，帝賜之乘龍，河漢各二，各有雌雄」。〔註254〕此典但證明《左傳》有雌龍，以說明女龍之意。有馮氏此注故佳，但若無此注，讀者也不會把女龍說成雄龍。唯陳永正釋之曰：「太陽從天東出來，又在天西沉下去了，雌鳳孤獨地飛翔，女龍也失去了配偶。」並曰：「雌鳳，疑爲雄鳳之誤。鳳凰，古代傳說中之神鳥，雄者曰鳳，雌者曰凰，詩中以雄鳳與女龍（雌龍）相對，猶〈柳枝〉詩之「蜂雄蛺蝶雌。同時不同類，那復更相思？」之意。〔註255〕鄧中龍之注釋卻與此看法相反，鄧氏認爲「雌鳳」、「女龍」之「雌」與「女」字沒有誤用。〔註256〕唯兩者互爲相反意見之判準若何？且留待後面說解。

其三四句曰：「青溪白石不相望，堂中遠甚蒼梧野，凍壁霜華交隱起，芳根中斷香心死」。初看似幽杳譎怪，但意象倒是清析可尋。有關「清溪白石」之典，朱鶴齡注引陳啓源曰：「按《古今樂錄》云〈神絃歌〉十一曲，五曰：〈白石郎〉。六曰〈清溪小姑〉。青溪、白石正指此也。〔註257〕馮浩對此微略引之，但大至意同。而陳永正譯此兩句曰：

> 青溪之句：如同青溪小姑和白石郎那樣兩不相見，她的堂中比蒼梧之野更爲遼遠。〔註258〕

予認爲陳氏此譯語並不恰當，關鍵在「堂中」是青溪小姑與白石郎所共有，而非一人一堂，因此若譯爲「她的堂中比蒼梧之野更遼遠」。則代表白石郎自有一堂，所以青溪小姑才有另一個遼遠之青溪小姑之堂。唯其正確之意應是說：青溪小姑和白石郎，雖然同在一個祠堂中，但因爲彼此不能、或不得相望，於是使得一個小小之廳堂，簡直比蒼梧之野還要遼遠。故鄧中龍曰：

> 「二句之意是說：青溪小姑和白石郎，長相阻隔，咫尺畫

〔註254〕見馮浩《玉谿生詩集箋注》，卷3，638頁。
〔註255〕見陳永正《李商隱詩選》，251頁。
〔註256〕見鄧中龍《李商隱詩譯注》上冊，73頁。
〔註257〕見朱鶴齡《李義山詩集箋注》，卷下，620頁。
〔註258〕見陳永正《李商隱詩選》，251頁。

堂，遠甚于蒼梧之野。」〔註 259〕

雖然鄧氏之譯也尚有語病，但是遠比陳氏貼近。蓋即云「咫尺畫堂」，何來長相阻隔？詩中眞正之意思，是只因爲青溪小姑與白石郎，都是〈神弦曲〉中之神，縱供奉同一畫堂，却不得，也不能相望也。以是在感情上，如凍壁霜花，使得芳根中斷，香心全死，呈現一片冬日之死寂。陳永正說：「凍壁二句……寫冬日嚴寒之景，以喻愛情幻滅，相思無益。」〔註 260〕此說可從。

接下來從「浪乘畫舸憶蟾蜍，月娥未必嬋娟子。楚管蠻絃愁一概，空城舞罷腰支在。當時歡向掌中銷，桃葉桃根雙姊妹。破鬟委墮凌朝寒，白玉燕釵黃金蟬。風車雨馬不持去，蠟燭啼紅怨天曙。」看這十句，似見此中有「嬋娟子」，而這「嬋娟子」不只是一個，而是二個，所謂桃葉、桃根雙姊妹也。她倆善於彈奏音樂和跳舞，故云「楚管蠻絃愁一概」，亦等同於「瑤琴愔愔藏楚弄」。唯其用一「愁」字以表現其音樂之動人。所謂「空城舞罷腰支在」，馮浩認爲此是倒句法，「謂其人久去也。」〔註 261〕，而鄧中龍譯爲：「當年的細腰妙舞，如今早成陳跡，只餘下一座空城。」〔註 262〕兩者雖然同用倒句法，把「空城」調到句末。但兩者之根本差別，是馮浩把詩中之人當作實有，指對女冠之戀情。而鄧中龍則贊成葉迦瑩之說，把他當成「一種在夢幻中的心靈之囈語。」〔註 263〕若依據義山云：「當時歡向掌中消」，自以葉迦瑩說爲是。而且可以與〈秋〉詩「可惜馨香手中故」一樣似眞實卻虛幻。

唯前面有「雌鳳」或「雄鳳」之疑，今看「桃葉桃根雙姊妹」，便知以「雌鳳」爲是，蓋「雌鳳孤飛女龍寡」，正如「桃葉桃根雙姊

〔註 259〕見鄧中龍《李商隱詩譯注》上冊，72 頁。
〔註 260〕見陳永正《李商隱詩選》，251～252 頁。
〔註 261〕見馮浩《玉谿生詩集箋注》，卷 3，638 頁。
〔註 262〕見鄧中龍《李商隱詩譯注》上冊，74 頁。
〔註 263〕見鄧中龍《李商隱詩譯注》上冊，76 頁。而葉嘉瑩之言則見於〈舊詩新演——李義山燕台四首〉《迦陵論詩叢稿》，189 頁。

妹」之皆爲女性姊妹，且愛情同樣雙雙落空，以致委墮鬟破、披頭散髮，對著「蠟燭啼紅怨天曙」。此與杜牧〈贈別〉第二首：「蠟燭有心還惜別，替人垂淚到天明」之意相類，但畢竟不同。因爲義山在此詩中所表現之愛情幻滅，有幾個特色：一是雌鳳女龍皆寡、桃葉桃根皆向掌中銷、手中故。二是青溪小姑與白石郎不是離得很遠，而是同在一個畫堂中，然而卻咫尺千里，同一畫堂卻遠甚蒼梧野，此與杜牧：「唯覺樽前笑不成」之難分難捨之情境不同。三是一旦「芳根中斷香心死」，則月娥也不過是傳說之蟾蜍，豈是什麼嬋娟子？可見男女之間，一旦恩斷情絕，再美之面貌也都不美，這也是紅顏何以多薄命之主要原因。

而詩人會這樣寫，當然是在爲此中之形塑之歌女抱屈，而不是譏諷或幸災樂禍。故當桃葉桃根姊妹成了孤寡之雌鳳女龍，朝寒時刻，但見委墮鬟破，披頭散髮，王釵金蟬閒置，任風雨催殘而不撿拾，獨對蠟燭流淚之景。而柳枝何嘗無此「同是天涯淪落人」的身世之感，因此看了頗能引起共鳴，他之所以欣賞這位少年叔之原因亦在此。此中還有一個重要之因素，是像柳枝這種只粗解文字之人，他們只會單純就文學加以欣賞，不會作過多之聯想與解釋，他們只要依稀感到很美就好，至於眞正體會多少，則無須究詰。故對義山這一類詩反而不隔。而飽學之士，反而容易想得太多，因此解釋反而容易作過當之詮釋，以致作繭自縛。

六、〈燕臺〉詩之荒謬趣味

此〈燕臺〉四首，詮釋者意見頗爲紛紜，有的認爲詩有寄託，如周珽曰：「寄意深遠，情意愴然。」〔註 264〕杜庭珠曰：「寄托深遠，與《離騷》之賦美人、恨蹇修者同一寄興。」〔註 265〕惟到底寄了何興？則未加以討論。而姚培謙、徐武源則透過〈柳枝詩序〉認爲義山

〔註 264〕見劉學鍇、余恕誠《李商隱詩歌集解》，第一冊，91 頁。
〔註 265〕見劉學鍇、余恕誠《李商隱詩歌集解》，第一冊，92 頁。

在表現「幽、憶、怨、斷」。〔註 266〕馮浩、紀昀則從〈燕臺〉之標題推敲，馮浩曰：「柳枝爲東諸侯取去，故以〈燕臺〉之習擬使府者標題，其亦可妄揣歟？」又曰：「燕臺，唐人慣以言使府」。〔註 267〕紀昀《玉溪生詩說》亦曰：「以〈燕臺〉爲題，知爲幕府託意之作，非豔詞也」。〔註 268〕張爾田則認爲「四詩爲楊嗣復作也」。〔註 269〕劉學鍇、余恕誠一則曰：「馮氏謂指使府後房，可信」。又曰：「馮氏謂其人曾爲女冠，觀詩中常有雲霧迷離類似道教神話之境界（如「安得薄霧起湘裙，手接雲軿呼太君」，）以及多用女仙事，其說不爲無據。」〔註 270〕葉嘉瑩則曰：

> 〈燕臺〉四首之主旨，據我在該文之考證，大約可有兩種含意：其一是李商隱對其一生棲遲幕府之身世的悲歌慨；其二則是對其平生未能一得知過哀傷。〔註 271〕

就以上諸家之說，泛言有寄託者是最保險的說法。因爲他們也沒說出寄託些什麼。而馮浩以至劉學鍇等之女冠與使府後房說，由上之分析，知甚爲無稽。而葉嘉瑩之說，則得先否定〈柳枝詩序〉中「此吾里中少年叔耳」之文本。否則所謂「一生棲遲幕府之身世的悲歌慨」、與「平生未能一得知過哀傷」就難以成立。

因此予以爲義山寫〈燕臺〉四首，從第一首〈春〉「幾日嬌魂尋不得」，一般詮釋者把他看成是義山所戀之人。但是有誰會把心愛之人稱爲「嬌魂」？而且詩中還有「願得天牢鎖冤魄」，則此詩中之主角不是「魂」，就是「魄」，而且不但「嬌」，更是「冤」，最後還與「暖藹」、「微陽」在詩人「醉起」時「化作幽光入西海」。可見義山純就春光作擬人化之摹寫，故曰：「風光冉冉東西陌，幾日嬌魂尋不得」。

〔註 266〕見劉學鍇、余恕誠《李商隱詩歌集解》，第一冊，92、93 頁。
〔註 267〕見劉學鍇、余恕誠《李商隱詩歌集解》，第一冊，93 頁。
〔註 268〕見劉學鍇、余恕誠《李商隱詩歌集解》，第一冊，94 頁。
〔註 269〕見劉學鍇、余恕誠《李商隱詩歌集解》，第一冊，96 頁。
〔註 270〕見劉學鍇、余恕誠《李商隱詩歌集解》，第一冊，98 頁。
〔註 271〕見葉嘉瑩《迦陵談詩二集》，201 頁。

而終結於春盡。因不願其春盡如魄散，故云「願得天牢鎖冤魄」，此是冀望於萬一之想，非眞願也。但最後還是「今日東風自不勝，化作幽光入西海。」也就是春天還是消失得無影無蹤。而從「夾羅委篋」，「單綃」被拿出來穿，就把暗線通到第二首〈夏〉天詩了。

除了第一首「暖藹輝遲桃樹西」之擬人化，易令人致迷之外。其他「醉起微陽若初曙」、「化作幽光入西海」皆是寫黃昏景象。而與〈夏〉、〈秋〉、〈冬〉三首幾乎都是在晚上創作者不同，此在前面已詳說。但基本上作者都扣緊〈春〉、〈夏〉、〈秋〉、〈冬〉四季之景落筆，如〈春〉景便有「冶葉倡條」、「桃樹」、「桃鬟」、「絮亂絲繁」、「春煙」、「東風」等。到了〈夏〉，便有「前閣雨簾愁不卷，後堂芳樹陰陰見」、「綾扇喚風閶闔天」等。〈秋〉則云：「月浪衡天」、「涼蟾落盡」、「西樓一夜風箏急」、「簾鉤鸚鵡夜驚霜」等。〈冬〉詩則有：「凍壁霜華交隱起，芳根中斷香心死」、「破鬟委墮凌朝寒」等。此中透露一個訊息，義山此四首連章之〈燕臺〉詩，是一組刻意之創作，與他之〈有感二首〉（九服歸元化）、〈重有感〉、〈有感〉（中路因循）等，因「情動於中而發於言」者不同。他首先並無主題對象，只是就春、夏、秋、冬一路寫來，故寫完之後，四季分明，而我們卻看不到〈燕臺〉之影子何在。不要說臺，連一隻燕子也沒有！故程夢星曰：

> 星按：四詩乃子夜四時歌之義而變其格調者，詩無深意，但艷曲耳，其格調與河內詩皆取法于長吉。〔註 272〕

程氏此說洵有體會，蓋李商隱這〈燕臺〉四首，還有一個現象，就是他雖分春、夏、秋、冬四章，而且每一章對景致之描寫，也都適切扣緊四季之特色，唯最感奇怪者是，這四首讀完，總標題〈燕臺〉這個主角看不見。不論它是指燕昭王之黃金臺，或是唐朝幕府之通稱，只能證明此四首之創作場所實與使府、幕府有關，但因尚在「少年叔」之少年階段。而熟悉義山身世者，皆知此時是義山被各幕主賞識最多的時代、不論是令狐楚，或是崔戎等。因此劉學鍇、余恕誠《李商隱

〔註 272〕見朱鶴齡《李義山詩集箋注》程夢星刪補。卷下，621 頁。

詩歌集解》編〈燕臺〉四首於第一冊，認爲是早年之作，此是正確的。而程夢星言其「詩無深意，但艷曲耳」。亦是正確之解讀，蓋義山少作，如〈謝書〉、〈天平公座中呈令狐令公〉、〈牡丹〉、〈聖女祠〉（杳靄逢仙跡）等，皆感慨未深。而此〈燕臺〉四首，其中雖亦有些許愁悵處，但實無感人至深如本文第三章所舉諸〈無題〉者。故予以爲此四首〈燕臺〉，更像二十世紀五十年代才從法國發展起來之「荒謬劇」意味，如尤乃斯柯（EugeneIonesco）之《禿頭女高音》、《等待哥多（一作「果陀」）》等。此類現代《荒謬劇》之特色，馬森先生曾這樣說：

> 記得我第一次看西方的現代劇，是在拉丁區所謂的「口袋劇院」裡。時間好像是一九六一年的夏天……那家劇院是專演尤乃斯柯的戲的；而且導演尤乃斯柯的兩個獨幕劇：《禿頭女高音》（La Cantantrice Chauve）與《教訓》（La Leson）。那時已經不停歇地演了五年了。演員也早換了好幾批。戲一開幕，是一對英國夫妻坐在客廳裡閒聊，說些個莫名其妙的話。聊呀聊地，既沒有其他動作，也不見其他演員，我跟我的朋友都焦灼地等著戲中的主角禿頭女高音出場，一直互相詢問著：「怎麼禿頭女高音還不出來呀？」然而直到閉幕，不但不見禿頭女高音，連女高音也沒有，禿頭的也不見。當觀眾掌聲雷動的時候，我直覺得奇怪，莫非巴黎人都有點神經？〔註273〕

馬先生說《禿頭女高音》看完了，「不但不見禿頭女高音，連女高音也沒有，禿頭的也不見。」當你讀完〈燕臺〉四首之後，是否也一樣要問〈燕臺〉在那裡？有什麼「臺」？就連一隻燕子都不見。更不要問女仙在何處？連女仙都沒有，又如何與女道士有關？但是若能體會「荒謬劇」之文學趣味，則李商隱早了西方一千一百多年。當然這樣說，不是說李商隱當年在創作〈燕臺〉詩時有西方的「荒謬劇」概念，而是說其作意有相通處而已。

〔註273〕見馬森《腳色》〈文學與戲劇〉，臺北：書林出版有限公司，民國85年3月，23～24頁。

第六章　結　論

一

本文「以典故爲穴位，以文本爲經絡」之法，經過一連串之懷疑、追問、求證，至此要提出幾點結論。在第一章緒論中，認爲在晚唐詩人三種組合：溫李、小李杜、三十六體中。段成式固不足論矣！溫李並稱，宋朝范溫已言乃「俗學」之見，並指出李商隱之「高情遠意」爲溫庭筠所不及。只有小李杜最爲大家所認同，然顧隨判決李商隱爲全才，杜牧只是「半邊俏」，筆者經過一翻驗證，因肯定其說。

唯研究李商隱詩，前人箋注之功甚大，但是同時也疑誤重重。故除了一些有關政治與交遊詩，比較有史實可稽者外，對於一些內容比較朦朧隱晦之無題與類無題，一般不是臆說向令狐綯告哀；不然就說是覬覦他人後房姬妾；甚而說是與女道士之感情糾葛。筆者發現其爭論之焦點，不外是典故與文本之詮釋出了問題，因此謀求對症下藥之方法，乃採用中醫傳統理論，以典故爲穴位，以文本爲經絡。首先以李商隱字義山爲模擬入手之實驗，再以〈富平少侯〉、〈陳後宮〉作爲類似醫學上人體之眞實操鍼。結果發現，〈富平少侯〉既非在比附令狐陶，更與唐敬宗、唐武宗無關。縱如《漢書・五行志》云：漢成帝出遊，與「張放俱稱富平侯家人」，就整首詩看，眞實成分少，編造成分多，目的只是鎔鑄某些歷史人物特徵，以提供鑑戒耳。

至於〈陳後宮〉二首，本文依典搜尋，引史比對。發現第一首「玄武開新苑」皆切《宋書》《陳書》《陳書・江總傳》，而學者有以爲是義山用來諷喻唐敬宗者，惟此說在證據上取一遺七，就是僅剩一樣龍舟事也是兩者所共有。因此持此見者其證據幾等於零。雖然說「賦詩必此詩，定非知詩人」，但是烏臺詩案不知東坡認罪否？

至於第二首〈陳後宮〉，朱鶴齡注舊版，分在中卷並不與前首前後並列。經依典核史，發現從第一句到第六句，皆是南齊後主之事。惟其中三、四句是南、北齊後主所共有。而七、八句則是北齊後主之事。經此觀察，於是大膽認爲第二首〈陳後宮〉應是〈齊後宮〉之誤，因其是合南、北齊之後主而詠之。其詩固不爲無義，然歷朝昏君多矣，何必定是敬宗？且敬宗之罪狀固多至十八條，卻無一條與好酒好色有關，奈何？蓋虛歲十六爲帝，十八被弒，對打夜狐、看泛龍舟等尚有興趣，對酒與色似乎尚非所好也，硬指義山在諷喻敬宗，不亦誣乎？

二

在第二章之研究中，作五點結論如下：

（一）本章經過一翻對「用典」之溯源，認爲其詞最早見於馮浩《玉谿生詩集箋詩》卷 1，〈昭肅皇帝挽歌辭〉三首馮浩之箋昌：「武帝大有武功，篤信仙術，絕類西漢武帝。三詩用典，大半取之。」而張爾田《玉谿生年譜會箋》卷首附錄《唐才子傳》云義山「每喜用典」則不可信。並認爲「用典」與「用事」應有所區隔。因爲「用事」之最始意義是指祭祀、主政、陰陽節氣之事，全與文學無涉。及至劉勰、鍾嶸、顏之推等方引於文學理論。故「用事」一詞只有四分之一與文學有關而已。

沿波至唐，言「用事」之事，其時間上下可包含上古、中古、近代，甚至是眼前當下之事。更有甚者，如《詩式》指萬物可爲比者亦曰「用事」。此與漢朝許愼以至孔穎達等學者，認爲經典當尙古之觀念有距離，且與五四前後所探討之用典理論，專指經史子集等古籍所載之古事古語不同。另外古人言用事，常與詠史混，如一般稱杜甫爲「詩史」者，事實上便因其多詠安史之事也。而一般會說杜甫善使事或用事，實亦因「用事」之「事」；與「詠史」之「史」，在時間斷限上難以區別，以致幾乎混「事」爲「史」。蓋典故與史事又有許多重疊處，爲了說明方便，不得不提出一個判準，就分別處看：就一史事而興感，或直賦、或比興，便是詠史；若因行文作詩而思及古人，因獲我心而引入，便是用典。故詠史也可以用典，但是詠史並不等於用典。且詠史而用典，應與作他類詩相同，用典至少當以前朝事爲限。如唐人可用陳、隋之典。若義山屢詠明皇、楊貴妃之事，但可稱詠史，不可稱爲用典。以是筆者尤不同意啓功說「演播室」之當代語爲典，蓋新詞新名日出而不窮，如此將不勝其繁而難以界定也。

（二）在用典之文化意義上，認爲用典乃是中國文化上之「集體潛意識」，可溯源自《詩經》，在〈綠衣〉中之「我思古人，實獲我心」始露出冰山一角。再經孔子「好古」與「博學」之教育，至劉勰、顏之推等之推闡，以是集體意識堅實磐固，從《皇覽》、《類苑》、《藝文類聚》、《北堂書鈔》、《初學記》以至李商隱之《金鑰》之編輯，可觀察出乃是由潛而顯之集體意識作用。以是能歷經五四前後論戰之炮火而無恙，其猶存活在你我日常用語中者，蓋其來有自矣！

（三）在義山個人學養與獺祭魚之探討上，初認爲「獺祭魚」之說甚爲可疑，因爲所有記載李商隱之傳記資料，都說義山「博學強記，下筆不能自休」。如此才學兼備之人，《五總志》《唐才子傳》云其：「每屬綴多檢閱史冊，左右鱗次，號獺祭魚。」試想一個唐宋名家，每作一首詩、寫一篇文章，都須要靠檢閱史冊，獺祭一番，其是幾流人物？尚可稱爲才子乎？何況義山之幕主——令狐楚、盧弘止、鄭亞、柳仲郢等各個才學縱橫，豈會欣賞一位獺祭之幕僚？而一般把「獺祭魚」之說託於楊億《譚苑》，然除了清代各箋注本陳陳相因轉相抄錄之外，沒有其他證據，就是曾棗莊、周益忠之有關西崑專論亦未見引用。〔註 1〕尤其楊億出身神童，詩賦下筆立就，史傳昭然，豈屑獺祭者？故筆者論定「獺祭魚」之說，不但厚誣義山，亦貶楊億。難怪薛雪云：「後人以獺祭魚毀之，何其愚也！試觀獺祭者，能作得半句玉溪詩？」眞是大哉問！故筆者又考義山之學養以證明其誣。

（四）就馮浩《玉谿生詩集箋注》，統計馮氏徵引以注李商隱之典故，雖箋家不無逞博之嫌，不一定即義山之所用，然足以作爲參考：

（1）引《經部》三五六次、其中《左傳》八七次最多；其次《詩經》七九次；再次《禮記》四九次。再次《書經》三九次、《周禮》三十次；《易經》二一次，《公羊傳》八次。其他不贅。

（2）引《史》總共一二二○次。其中《漢書》二六六次最多，其次《史記》二○二次。《晉書》一六○次；《後漢書》一五七次；其餘詳見附表。

（3）引《子部》（含小說）共五二一次。以《莊子》六六次爲首；其次《西京雜記》四二次；《淮南子》四二次，《漢武內傳》二五次、《世說新語》二二次；《拾遺記》十七次；《古今注》十六次；《呂氏春秋》十五次，餘詳附錄。

（4）引《別集類》總共六八○次。以《楚辭》七十次爲首，《樂府》二七次，其他〈兩都賦〉十六次；〈洛神賦〉十五次；〈蜀都賦〉十三次。此類最雜，詳附表。

（5）引道教經典共一二一次。以陶宏景《眞誥》二四次居首；其次葛洪《抱朴子》十四；其次《黃庭經》、《神仙傳》、《列仙

〔註 1〕筆者在檢索「獺祭魚」，因閱及有關楊億與西崑資料，發現不論是曾棗莊的《論西崑體》（高雄：麗文文事業有限公司，1993 年 10 月）、或是周益忠的《西崑研究論集》（臺灣學生書集，1999 年 3 月。）對「西崑」一詞，皆尚作猜測性之解釋。不知其典正出於李商隱所親撰〈太尉衛國公李德裕會昌一品制集序〉云：「公乃觀東序之圖，按西崑之謀」，（見《樊南文集》卷 7，424 頁。）偶然發現，姑志於此。

傳》皆各十次；《登眞隱訣》六次。其他詳附錄。

（6）引佛教經典共七十次。以《妙法蓮華經》、《法苑珠林》各九次最多；其次《維摩經》八次；再次、《楞嚴經》、《涅槃經》各四次。其餘詳附錄。

由上觀之，用《史》之典最多，共一二二〇次居冠，其次用《集部》之典六八〇次，再次用《子部》五二一次，再次《經》之典三五六次。而用道教典不過一二一次，用佛典七十次。以是云義山專用一些僻典以穿穴異文，可以有公論矣，何況尚須扣除箋注家逞博之成份，義山用典原不如斯之甚也。

三

（一）在第三章之分析中，首先確定吳王苑內不只一朵花，而且女兒也應該可以稱爲花，當然也應該是養在苑內。故〈無題〉二首中之「吳王苑內花」，應是指吳王之女兒紫玉，而非西施。此穴位筆者將之比爲「經外奇穴」。再由此「經外奇穴」可貫通紫玉等於綵鳳，而綵鳳又等於萼綠華之經絡，證明其爲三合一。因此從以判定，「誰知一夜秦樓客，偷看吳王苑內花」一首，的確是寫新婚之夜之驚喜，唯是當夜寫，或事後回憶作，不敢武斷。若是事後回憶之作，則在時間上與前首比較接近。因爲「嗟余聽鼓應官去，走馬蘭臺類轉蓬」，是義山婚後離涇原，孤身到長安上任，清晨聞鐘騎馬上朝，一路上回味：「身無綵鳳雙飛翼，心有靈犀一點通」之重逢乍見之喜悅、與共飲春酒，玩藏鉤遊戲之樂，因此兩首〈無題〉幾乎充滿了王小姐之影子。

（二）上面討論兩首回味與新婚有關之〈無題〉。見其得王小姐爲妻之喜悅，以是再以「蓬山」典爲穴位，串聯兩首〈無題〉，追問李商隱何以忽而感到「劉郎已恨蓬山遠，更隔蓬山一萬重」，隨後又感到「蓬山此去無多路」？經過一翻探索論證，結論是：劉郎絕不可能是劉晨。就動機而言，劉晨、阮肇入天台是誤入，飽享艷福後思歸，全不念情。再說劉阮二人從漢明帝永平五年（西元 62 年）入山，吃了仙桃瓊實，直活到晉孝武帝太元八年（西元 383 年），其入山年齡不可知，但依西元 62 年到西元 383 年至少有 322 年。若再約略加個 20 歲，則劉、阮二人至少活 342 歲以上。他們兩位豈復爲凡人？兩人若再入天台，豈還會迷路？故主劉晨說絕不可取。

再對漢武帝來說，其思蓬萊之最原始動機只是爲了求仙，卻永不可得，此後再加上對其李夫人之思念，於是由《史記·漢武本紀》、《漢書·李夫人傳》、〈漢武帝故事〉、《拾遺記·李夫人》、陳鴻〈長恨歌傳〉、白居易〈長恨歌〉一路正史、小說、詩歌之演化，至李商隱〈漢宮〉:「王母不來方朔去，更須重見李夫人」，其所代表皆是丈夫懷念亡妻之情，使「蓬山」變成死後天堂之象徵。以是可以確定李商隱之所以初恨「蓬山遠」，是因其妻初亡、義山之虛歲才三十九或四十，正是雄壯之齡，一時那會想到與死相鄰？故自覺距死尚遠，乃有「更隔蓬山一萬重」之感。而至「蓬山此去無多路」時，已發現自己春蠶將死，蠟炬將灰，來日無多矣，是以頓感蓬山不遠，與亡妻相見之日亦近矣。此種生死不渝之眞情，令人讀來悽惻纏綿，感動千古。

（三）再次，因爲蓬山之遠近，透顯出李商隱與夫人生死不渝之愛情。以是爲了更呈現義山之愛情全貌，除去第三章中之「萼綠華」與「吳王苑內花」之外，尚可並聯參看另外兩個女性典故，一個是賈氏、一個是宓妃。因爲這二個女人，李商隱被黃白山罵爲:「文人無行，至此極矣」。可是黃氏也自招:「不明所指」，但他與一般人之看法無異，臆想「大要是主人姬妾之類」之詩。但是若未經分析，單憑印象與直覺作斷語，實不負責任，以是就全詩文本，發現其痛點在「才」與「少」兩字，其穴位則在賈氏與宓妃二典，而其令人錯亂誤判之經絡則在「金蟾齧鎖燒香入，玉虎牽絲汲井迴」兩句。前人說解之可笑可歎者，已見本論之中矣。不知義山香爐句乃象徵感情像香爐裡之火在悶燒，以喻心焦不已。玉虎牽絲乃喻心如古井上之水桶，七上八下，忐忑難安。而說解者千辭萬言指向不倫之艷情，不知此乃少年渴望愛情之焦慮心情。故整首詩是在表現義山已有心上人，只是八字尚無一撇，因此才自恨自怨無韓壽之貌、曹氏之才。這個心上人初覺難以確指，然若就「韓掾」正指韓壽爲幕僚身份，而賈氏是賈充之女兒，正喻幕主與千金。以是筆者謹慎以爲，這不是指王茂元之女兒，還有誰？由是而推敲此詩乃在等待那隻綵鳳首肯之焦慮心情也。

（四）再從萼綠華並聯看三首〈聖女祠〉，首先發現古代稱爲聖女就有三個，除了詩中之聖女外，另一個是「齊宿瘤女」，另一個是漢之孝元皇后（王莽之姑）。因此啓示，又發現「神女」也有好幾個，並非只有巫山才有。唯在三首〈聖女祠〉中，聖女在義山之筆下，可分爲即景直賦之聖女，與作爲暗喻諷刺對象之女冠。意義內涵與形象、情感皆有所差異，不能混一而看。尤其〈聖女祠〉中之萼綠華，又與〈無題〉中之萼綠華不同，在無題中之萼綠華是暗喻王小姐美如仙女，且是主角。在〈聖女祠〉只是與杜蘭香同象徵自由逍遙之仙伴，以對照不得自由，不得逍遙之秦岡山聖女石像，因而只是配角。此時一改少不更事之前作，已視之爲「同是天涯淪落人」矣，因而充滿了同情與悲憫。知此〈重過聖女祠〉乃義山已歷經滄桑之詩。由是而知義山筆下用典，雖同一古人也，不是點鬼簿與編事，而是隨類賦形，因意各賦於不同之藝術身份，尤非劉勰「據事以類義，引古以證今」之說教形式可比。至於「松篁臺殿蕙香幃」一首，若不能解析「人間定有崔羅什，天上應無劉武威」之意，乃諷之而非妒之，第望文生意，隨意作解，以至覺得「慢神乃爾」，或更以爲是義山與女冠之偷情詩，那就令人不敢恭維了。且因析此三首〈聖女祠〉，首先發現馮浩注之不可信者，如〈聖女祠〉「從騎裁寒竹」，其本來引《後漢書・方術傳》壺公、費長房典爲是，然其爲證成其令狐綯說，於是又引《禮記・喪服小記》，而使竹杖變爲苴杖，成了哭喪棒。再注到「方朔是狂夫」時，所引《博物志》一百多字，卻只見「小兒」兩字。蓋其加注旁引之目的，無非欲令人墜入其成見中耳。

四

（一）在第四章首先發現李商隱用典時，對典故之處理有中性化之傾向，亦即當一典故被取用入詩，作者但取其義以寄託其情，而遺其形貌與性別。如「鳳尾香羅薄幾重」與「重幃深下莫愁」，初看來不無女性化之傾向，以是頗有「假女子以爲詞」之見。然而若參看〈爲有〉:「爲有雲屏無限嬌」，與〈常娥〉「雲母屏風燭影深」，亦有相似情味。其中，「雲母屏風」簡言之即「雲屏」也。而「雲母屏風」中之人，在〈爲有〉詩中從頭到尾皆是「假女子以爲詞」。而〈常娥〉中前二句是作者本人，第三句才使用「應悔」二字，以推想常娥之心境。此若不知，則難以判別〈無題〉二首中，躺臥鳳尾香羅中之主角亦是男性。以「碧文圓頂夜深縫」與「重幃深下莫愁堂」象徵其坐困愁城。而「扇裁月魄羞難掩，車走雷聲語未通」，是其臥困愁帳中之回憶，「神女生涯元是夢，小姑居處本無郎」是其自比。而兩首之末四句皆是義山自我抒發之感慨。尤其義山借西南風之轉向於暗中翻用典故，將女變男，此是不經分析不得知者。因此知「用典」以抒情，但取其義以寄情而已，至於其典是女性或男性，則在所不論。如「雁字」自是男性典，女性何嘗不可用？〈雙鯉〉本是女性典，而「魚雁往返」則男女何嘗不可通用也？至若其詩中之性別，則須依文本而定調，不能以爲某詩多女性典，便以爲是芳草美人之作。

本章原本只想解決「鳳尾香羅」與「重幃深下」兩首〈無題〉之問題，但是因爲牽扯到神女生涯到底是什麼夢？「小姑居處本無郎」之小姑，與上句之神女是一還是二？於是開始統計義山所用之神女典，共二十一次。經過分析，發現義山對「神女」之典故，可分爲原型與化用兩大類。且神女有複合性之神女，一如義山詠〈陳後宮〉卻綜合南北齊之後主而爲詠也；亦有隨類賦型之神女，在義山筆下共可分爲八類，其神女有清純者、有純美感造型者、有寄託者、也有西廂式之豔情、有雲雨夢之荒淫批判、更有「荊上枕上原無夢」之覺醒。奈何某些讀詩者，見到神女便想到「巫山雲雨」，甚至但見一個「雨」

字便作非非之想，實亦過矣。

五

（一）在第五章本文所企圖解決者，是李商隱與女冠之豔情案。因而首先追問義山學仙玉陽之事實。於是先破解〈東還〉詩乃進士落榜之說，而確定乃大中二年桂管歸來宦途失意之作，故不可據以推算義山學仙之年代。順便帶出義山學道之「入靜」與「存思」問題，因論〈碧城〉與〈寓懷〉與〈戊辰會靜中出貽同志二十韻〉中皆是存思之道法。

（二）其次看《河南通志》載「相傳」唐睿宗女玉眞公主曾至玉陽山修道，而《懷慶府志》便說「唐睿宗第九女昌隆公主修道於此，改封玉眞公主。唐玄宗署其門曰靈都觀。」兩書之差異乃由「相傳」變成「眞實」。於是馮浩、陳貽焮、鍾來茵皆深信不疑。唯經筆者查證，以上皆屬子虛烏有之事。因玉眞、金仙兩公主築觀京師，是當時最受爭議之政治事件。睿宗爲二女築兩觀，已引起臣民之不滿，以是曾下令停工，何敢又在玉陽另起宮觀？且從史實看，玉眞至老皆在長安，雖曾短暫至王屋山拜謁司馬承禎和受籙，但絕無築靈都觀之事，鍾氏再加玉陽觀之名，更是無稽之說。

（三）筆者又論證，華陽宋眞人與宋華陽姊妹是二而非一，更與另一位僧侶華師無涉。前人又臆指「清都」爲王屋山，葉蔥奇已駁其非。鄧中龍更引《長安志》證明清都在長安永樂坊。以是清都劉先生非王屋山道士明矣！再詳析〈月夜重寄宋華陽姊妹〉詩，發現一般見「姊妹」二字，但知有姊姊，有妹妹爲二人。不知「姊妹」合稱可以指二人以上，甚至七仙女都有。故義山「應與三英同共賞」，筆者採馮浩注〈李氏三墳記〉之說，宋華陽應有三姊妹也。故其詩只不過是一首「下凡」與「不下凡」之對照與感慨。義山因思凡而下凡矣，而宋華陽姊妹因不思凡，故猶閉鎖十二城中，因有不得月夜共賞之憾。兩者自是相識者，但一定指稱是李商隱與女道士之間有曖昧關係，何異於文字獄然？

（四）最後因馮浩說〈燕臺〉四首，是義山學仙玉陽東時，與女冠戀愛之作，其證言是「以篇中多引仙女事，故知女冠。」此言可以說是開啓義山豔情案之先聲，因此本文以全錄存證之方法，以檢驗其說，結果發現四首中，唯一句「高鬟立共桃鬟齊」有女人形影，而「手接雲軿呼太君」較像道家典故耳；但箋注家又把「湘裙」當「湘君」；不知湘裙但指淺黃色裙子，一般女子如羅敷者皆可穿著，並不是道家制服。而「雲軿」非「輜軿」；「太君」亦非「雲中君」或「湘君」。不知道家所謂「太君」不是指「太上李老君」，便是「太上玉宸君」，以是古今人所舉之義山與女冠豔情說之最初證據不能成立。

惟〈燕臺〉四首到底何解，筆者贊成程夢星云是「長吉體」，「詩無深意，但豔曲耳」。然其寫〈燕臺〉不見燕臺，其趣味當如西方「荒謬劇」，如《禿頭女高音》、或《等待歌多》者。馬森先生說他看完了《禿頭女高音》，卻「不但不見禿頭女高音，連女高音也沒有，禿頭也不見。」而當吾人讀完〈燕臺〉四首之後，不也是不但未見燕臺爲何物？甚且連什麼是臺？什麼是燕也沒看到！若然，則此種西方流行之荒謬趣味，李商隱早了一千一百多年。

（五）總結言之，如果〈燕臺〉四首，由上面之論證看來，無一典可以指是女仙典，則云其爲女冠作，便是無稽之論。若宋華陽姊妹本是三姊妹，故用三英典，則又全與永道士無涉，何能誣指義山不倫之戀？再說清都觀本在長安，亦非指王屋，則清都劉先生與華陽宋眞人，雖其與義山眞正之交往不可考，但絕不能即指與義山學仙王屋山之事有關。何況華陽宋眞人不等於宋華陽姊妹，而〈聖女祠〉之聖女亦不專指女冠，唯「松篁臺殿」一首是，然又是刺而非妒。以茲種種；言義山與女冠有違反宗教之戀情者，洵全不可信也。

六

本文至此可以正式釐清：蓬山雖是道教之仙界，唯在義山之「劉郎已恨蓬山遠，更隔蓬山一萬重」，與「蓬山此去無多路，青鳥殷勤爲探看」，其所代表乃是死後之天堂，並可由義山生命力之旺與弱而測知其距離之遠近。同時亦可觀察知義山對王小姐生死不渝之戀情。因此往前可以考知閶門萼綠華與吳王苑內花都是綵鳳之化身。再往上溯，可以觀察出「金蟾齧鎖燒香入」之「悶燒」以喻內心非常焦慮之心境，與「玉虎牽絲汲井迴」之喻「似古井上的水桶七上八下」之待婚心情。且從「韓掾」可以透顯其爲幕僚身份，以賈氏暗示其爲幕主千金，以是其詩與義可以認定在王茂元幕府等待王家俯允親事之心情。而說者將「偷看吳王苑內花」與「賈氏窺簾韓掾少」皆釋爲偷看他人姬妾之不倫情欲，其厚誣古人莫此爲甚也。

再就神女之典觀察，神女在義山筆下「神女生涯原是夢」固是寄託，唯其他尚有八種變化，有託寓、有諷刺、有純美、有描寫西廂式之艷情者，有翻「神王荊上原無夢、莫枉陽台一片雲」之案者，解者常執一端以論義山，以爲義山用二十一次神女典，皆只「巫山雲雨」一義，以至自我想入非非，反指義山無格，假道學莫此爲甚。

胡以梅曾耽心後人對李商隱詩「必曲爲之解」，使「到處皆成疑團渾沌，血脈梗塞，茫無條貫，詩神面目，竟無洗發之日，……」。而今筆者藉〈黃帝內經靈樞〉之學以「典故爲穴位，以文本爲經絡」，以筆爲鍼以刺之，雖詩神面目尚未全露，但對其疑團之揭露、血脈之通暢，可證實有相當之治療效果矣。

附錄　馮浩注徵引典故統計表

（一）經部（356 次）

書　名	次　　數
《左傳》	87 次（加：杜預序 1 次）
《詩經》	79 次（加：韓詩外傳 6 次、詩含神霧 1 次）
《禮記》	49 次
《書經》	39 次（加：尚書大傳 3 次、尚書中候 3 次、尚書考靈曜 2 次、禹貢錐指 1 次、尚書序 1 次、尚書緯 1 次）
《周禮》	30 次（加：禮斗威儀 2 次）
《易經》	21 次（加：易林 1 次、易通卦驗 2 次）
《公羊傳》	8 次
《春秋經》	4 次（加：序 1 次、春秋運斗樞 3 次、春秋元命苞 3 次、春秋感精符 1 次、春秋演孔圖 1 次、春秋後語 1 次）
《儀禮》	2 次（加：盧公範《饋飾儀》1 次）
《穀梁傳》	2 次

（二）史部（含地理類）（1220 次）

書　　名	次　　數
《漢書》	266 次（加：荀悅漢記 1 次、東觀漢記 3 次）
《史記》	202 次
《晉書》	160 次（加：王隱晉書 1 次、臧榮緒晉書 1 次、曹嘉之晉紀 1 次、孫盛晉春秋 1 次、晉四王故事 1 次、咸康起居注 2 次、御覽引晉書 1 次、晉中興書 2 次、晉東宮舊事 1 次。）

書　　名	次　　數
《後漢書》	157 次（加：蔡質（或作應劭）漢官儀 8 次、衛宏（或作胡廣）漢舊儀 4 次）
《南史》	58 次
《水經注》	48 次（史部、地理類。後魏酈道元撰）
《魏志》	30 次（加：魏略 7 次）
《戰國策》	25 次
《山海經》	23 次（後魏酈道元）
《三輔黃圖》	23 次（《四庫全書總目》云是唐肅宗以後人所作、382 頁）
《北史》	18 次
《隋書》	18 次
《宋書》	16 次
《蜀志》	15 次（加：常璩蜀志 1 次、蜀記 1 次）
《國語》	13 次
《本草》	12 次（內含本草圖經、本草釋名）
《吳越春秋》	11 次（趙煜撰、史部、載記類）
《華陽國志》	9 次（史部、載記類）
《吳志》	9 次
《梁書》	9 次
《陳書》	7 次
《周書》	6 次
《越絕書》	6 次
《北齊書》	5 次
《列女傳》	5 次（劉向）
《南齊書》	4 次
《荊楚歲時記》	4 次（史部、地理類。舊本題梁人宗懍撰。紀昀以爲《書錄解題》作梁人爲是、398 頁）
《帝王世紀》	4 次
《洛陽伽藍記》	3 次（史部、地理類。後魏楊衒之）

書　名	次　數
《齊書》	2次
《渚宮故事》	2次（一名《渚宮舊事》唐余知古撰。文宗時人。《四庫全書總目》301頁）
《嶺表錄異》	2次（史部、地理類。唐劉恂）
《三國志》	1次
《十六國春秋》	1次（史部、載記類、舊本題魏崔鴻撰。）
《南方草木狀》	1次（史部、地理類。晉嵇含撰）
《吳地記》	1次（史部、地理類。唐陸廣微撰）
《外國傳》	1次
《成都記》	1次
《翰林志》	1次（唐李肇撰）
《典略》	1次（魚豢）
《臆乘》	1次
《通俗》	1次（服虔）
《竹書》	1次
《七錄》	1次（劉向）

（三）子部（含小說）（521次）

書　名	次　數
《莊子》	66次
《西京雜記》	42次（小說類、葛洪）
《淮南子》	31次（西漢劉安）
《漢武帝內傳》	25次（小說類、舊題東漢班固）
《世說新語》	22次（宋劉義慶撰、梁劉孝標注。小說類）
《拾遺記》	17次（秦王嘉撰。《四庫全書總目》:「梁蕭綺搜羅補綴…其言荒誕，證以史傳皆不合，如皇娥讌歌之事，趙高登仙之說。或上誣古聖，或下獎賊臣，尤爲乖迕。綺錄亦附會其詞，無所糾正。然歷代詞人取材不竭，亦劉勰所謂事豐奇偉，辭賦膏腴。無益經典，而有助文章者歟！」756頁）
《述異記》	16次

書　名	次　數
《古今注》	16次（晉崔豹撰、《四庫》列在雜家類）
《呂氏春秋》	15次（呂不韋）
《家語》	14次
《列子》	13次（列禦寇）
《穆天子傳》	12次（小說類、戰國時人）（魏晉百家小說、1頁）
《老子》	11次（李耳）
《十洲記》	11次（舊題東方朔撰、小說類）
《韓非子》	9次（韓非）
《異苑》	8次（劉宋、劉敬叔）
《漢武故事》	7次（舊題班固撰、小說類）
《說苑》	6次（西漢、劉向）
《搜神記》	5次（舊本題晉干寶撰）
《辛氏三秦記》	5次
《安祿山事蹟》	5次（唐、姚汝能）
《文子》	4次
《風俗通義》	4次（應邵）
《晏子春秋》	4次（晏嬰）
《高士傳》	4次（晉皇甫謐撰。《四庫全書總目》335頁）
《鄴中記》	4次（晉陸翽）
《續齊諧記》	4次（梁吳均）
《鹽鐵論》	4次
《三輔故事》	3次
《玉燭寶典》	3次（隋、杜臺卿）
《吳錄》	3次
《酉陽雜俎》	3次（唐、段成式）
《洞冥記》	3次（引御覽一次）（《漢武洞冥記》舊本題後漢郭憲撰，《四庫全書總目》云：「至於此書所載，皆怪誕不根之談，未必眞出憲手。又詞句縟豔，亦迥異東京，或六朝人依託爲之。然所爲影娥池事，唐上官儀用以入詩，時稱博洽。後代文人詞賦引用尤多，蓋以字句妍華，足供採摭，至今不廢，良以是耳。」756頁）

書　　名	次　　數
《神異經》	3次（小說類、舊題西漢東方朔）
《唐輦下歲時記》	3次
《梁公四記》	3次（唐、張說）
〈揚子・法言・太玄〉	3次（揚雄）
〈湘中記〉	3次（甄烈）（一云晉羅今有湘中記）
《靈憲》	3次（張衡）
《三輔決錄》	2次
《玄中記》	2次
《列異傳》	2次
《西征記》	2次（註：戴延之。宋盧襄有同名之書367頁）
《別錄》	2次（劉向）
《南州異物志》	2次
《風土記》	2次（周處、古注引）
《飛燕外傳》	2次（西京雜記引、西漢伶玄）
《搜神後記》	2次（托名陶潛，《四庫全書總目》云：「知今所傳刻，猶古本矣！其中丁令威化鶴、阿香雷車諸事，唐宋詞人，並遞相援引承用。至今題陶潛撰者，固妄。要不可非六代遺書也。756頁）
《聖賢冢墓記》	2次
《論衡》	2次（王充）
《獨異志》	2次（唐李冗，一作李亢）
《錄異傳》	2次（前蜀、杜光庭）
《雜五行書》	2次
《十道記》	1次
《三齊略記》	1次
《尸子》	1次
《山堂肆考》	1次
《丹陽記》	1次
《五星經》	1次
《天竺記》	1次
《天寶亂離記》	1次

書　名	次　數
《太公六韜》	1次
《太玄》	1次（揚雄）
《北征記》	1次（伏滔、四庫全書總目《編珠》引715頁）
《古今藝術圖》	1次
《外國雜傳》	1次
《永嘉郡記》	1次
《玉函方》	1次
《白虎通》	1次
《安祿山事蹟》	1次（唐姚汝能）
《汝南先賢行狀》	1次
《江表傳》	1次
《江湖記聞》	1次
《竹林七賢論》	1次
《竹譜》	1次（晉戴凱之）
《老子傳》	1次（師覺授）
《別錄》	1次（劉向）
《宋齊語》	1次
《典略》	1次
《幸蜀記》	1次
《東方朔別傳》	1次
《東城父老傳》	1次
《金陵圖》	1次
《長恨傳》	1次（陳鴻）
《前秦錄》	1次（崔鴻）
《幽求新書》	1次（杜夷）
《後秦錄》	1次
《洞覽》	1次
《洛陽記》	1次（華延）
《洛陽記》	1次（楊龍驤）
《孫子》	1次
《晉太康地道記》	1次

書　　名	次　　數
《書史會要》	1次
《書斷》	1次（唐張懷瓘）
《海內先賢傳》	1次
《益部（都）耆舊傳》	1次
《神農經》	1次
《商子》	1次
《曹毗神女杜蘭香傳》	1次
《渚宮故事》	1次
《麻姑仙壇記》	1次
《開元遺事》	1次（唐、王仁裕）
《開河記》	1次（唐·闕名）
《新序》	1次（劉向）
《新書》	1次（賈誼）
《新語》	1次（陸賈）
《新論》	1次
《會稽典錄》	1次
《楊子》	1次
《禽經》	1次
《演繁露》	1次（程泰之）
《趙國先賢傳》	1次
《羯鼓錄》	1次（唐南卓）
《論林》	1次
《論衡》	1次（張衡）
《燕丹子》	1次（燕太子丹之門下客）
《獨斷》	1次（蔡邕）
《鄴都故事》	1次
《隨遺書》	1次
《顏氏家訓》	1次（顏之推）
《魏晉世語》	1次（郭頒）
《關令尹喜內傳》	1次
《關輔古語》	1次（楊震）

書　名	次　數
《關輔記》	1次
《鶡冠子》	1次
《續述征記》	1次
《續晉陽秋》	1次
《蘭亭記》	1次（唐何延之）
《鬻子》	1次

（四）集部（680次）

書　名	次　數
《楚辭》	75次（加：〈招隱士〉（劉安）2次、〈九思〉（王逸）1次、〈惜誓〉（賈誼）1次）
《樂府》	2次
〈兩都賦〉（班固）	16次
〈洛神賦〉（曹植）	15次
〈蜀都賦〉（左思）	13次
《古樂府》	11次
〈吳都賦〉（左思）	11次
詩（謝朓）	10次
〈西京賦〉（張衡）	9次
〈哀江南賦〉（庾信）	9次
詩（江淹）	9次
詩（庾信）	9次
詩（梁簡文帝）	9次
〈上林賦〉（司馬相如）	8次
《古今樂錄》	8次
〈風賦〉（宋玉）	8次
《陶潛詩》	8次
〈南都賦〉（張衡）	7次
〈雪賦〉（謝惠連）	7次
詩（鮑照）	7次

書　名	次　數
〈魯靈光殿賦〉（王延壽）	7 次
《文選・古詩》	6 次
〈甘泉賦〉（揚雄）	6 次
〈恨賦〉（梁簡文帝）	6 次
〈登徒子好色賦〉（宋玉）	6 次
詩（江淹）	6 次
詩（謝靈運）	6 次
〈大人賦〉（司馬相如）	5 次
《白帖》（類書）	5 次
〈高唐賦〉（宋玉）	5 次
詩（陸機）	5 次
〈舞鶴賦〉（鮑照）	5 次
〈七命〉（張協）	4 次
《文選古詩》	4 次
〈四愁〉（張衡）	4 次
〈江賦〉（郭璞）	4 次
〈神女賦〉（宋玉）	4 次
〈悼亡詩〉（潘岳）	4 次
詩（何遜）	4 次
詩（沈約）	4 次
詩（辛延年）	4 次
詩（曹植）	4 次
詩（梁元帝）	4 次
詩（梁武帝）	4 次
〈對楚王問〉（宋玉）	4 次
〈蕪城賦〉（鮑照）	4 次
〈七發〉（枚乘）	3 次
〈天臺山賦〉（孫綽）	3 次
〈月賦〉（謝莊）	3 次

書　名	次　數
〈北山移文〉（孔德璋）	3次
〈古詩〉	3次
〈長門賦〉（司馬相如）	3次
〈恨賦〉（江淹）	3次
〈海賦〉（木華）	3次
詩（吳均）	3次
詩（阮籍）	3次
詩（郭璞）	3次
詩（魏武帝）	3次
〈論書表〉（虞龢）	3次
〈七命〉（張協）	2次
〈七諫〉（東方朔）	2次
〈子虛賦〉（司馬相如）	2次
〈山公啓事〉（山濤）	2次
〈山居賦〉（謝靈運）	2次
〈古雜詩〉	2次
《玉臺新詠》（徐陵編）	2次
〈白馬篇〉（曹植）	2次
〈西京賦〉（張衡）	2次
〈西征賦〉（潘岳）	2次
〈東京賦〉（張衡）	2次
〈怨歌行〉（班婕妤）	2次
〈秋興賦〉（潘岳）	2次
〈美女篇〉（曹植）	2次
〈朔風詩〉（曹植）	2次
〈笙賦〉（潘岳）	2次
〈終南山賦〉	2次
〈琴賦〉（嵇康）	2次
〈琴操〉（蔡邕）	2次

書　名	次　數
〈登樓賦〉（王粲）	2次
〈週天大象賦〉（張衡）	2次
詩（左思）	2次
詩（江總）	2次
詩（徐君蒨）	2次
詩（徐陵）	2次
詩（庾肩吾）	2次
詩（曹丕）	2次
詩（嵇康）	2次
詩（隋煬帝）	2次
詩（應璩）	2次
〈對燭賦〉（庾信）	2次
〈與楊德祖書〉（曹植）	2次
〈與竇憲箋〉（崔駰）	2次
〈廣絕交論〉（劉峻（孝標））	次
《樂苑》	2次
〈養生論〉（嵇康）	2次
〈謝道蘊〉	2次（馮浩曰：用謝道蘊事屢見。）
〈籍田賦〉（潘岳）	2次
〈雜詩〉（張協）	2次
〈魏都賦〉（左思）	2次
〈丁都護歌〉	1次
〈七啓〉（曹植）	1次
〈七徵〉（陸機）	1次
〈七辨〉（張衡）	1次
〈七釋〉（王粲）	1次
〈九曲歌〉（傅休奕）	1次
〈九愍〉（陸雲）	1次
〈上秦王書〉	1次（見（李斯）《文選》）

書　名	次　數
〈山居營室詩〉（劉峻）	1次
〈山賦〉（張正見）	1次
〈丹陽孟珠歌〉	1次
〈五君詠〉（顏延年）	1次
〈反招隱詩〉（王康琚）	1次
〈文章流別論〉（摯虞）	1次
〈文賦〉（陸機）	1次
《文選》	1次
〈文選・古辭〉	1次
〈文選・策秀才文〉	1次（永明十一年）
《文選註》	1次
〈月賦〉（公孫乘）	1次
〈王明君辭序〉（石季倫）	1次
〈古前溪曲〉	1次
〈古猛虎行〉	1次
〈古絕句〉（漢人）	1次
〈古詞蘇小小歌〉	1次
〈四子講德論〉（王褒）	1次
〈白頭吟〉（卓文君）	1次
〈名都篇〉（曹植）	1次
《安天論》（虞喜）	1次
〈江南曲〉（柳惲）	1次
〈別蘇武詩〉（李陵）	1次
《決疑要注》（摯虞）	1次
〈典論〉（魏文帝）	1次
〈定情詩〉（繁欽）	1次
〈東方朔畫贊序〉（見（夏侯湛））	1次
〈東平賦〉（阮籍）	1次
〈松酒賦〉（袁山）	1次

書　　名	次　　數
〈穹天論〉（虞昺）	1 次
〈芳樹篇〉（何承天）	1 次
〈芙蓉池詩〉（魏文帝）	1 次
〈表〉（徐陵）	1 次
〈長相思〉（陳後主）	1 次
〈長楊賦〉（揚雄）	1 次
〈南征賦〉（張纘）	1 次
〈南越木槿賦〉（江總）	1 次
〈奏吳王書〉（枚乘）	1 次
〈怨歌行〉（傅休奕）	1 次
〈怨曉月賦〉（謝靈運）	1 次
〈春遊賦〉（謝萬）	1 次
〈春賦〉（庾信）	1 次
〈枯樹賦〉（庾信）	1 次
〈柳花賦〉（伍緝之）	1 次
〈柳賦〉（魏文帝）	1 次
《洞天香錄》	1 次
〈相風賦〉（傅休奕）	1 次
〈秋胡行〉（傅休奕）	1 次
〈秋風辭〉（漢武帝）	1 次
《軍讖》	1 次
〈述行賦〉（曹植）	1 次
〈郊祀歌〉（漢）	1 次
〈射雉賦〉（潘岳）	1 次
〈射雉賦〉（謝靈運）	1 次
〈捉搦歌〉	1 次
〈書品序〉（庾肩吾）	1 次
〈桃花源記〉（陶潛）	1 次
〈桃賦〉（傅休奕）	1 次

書　　名	次　　數
〈納涼賦〉（盧思道）	1次
〈酒德頌〉（劉伶）	1次
〈酒賦〉（曹植）	1次
〈馬瑙勒賦序〉（魏文帝）	1次
〈鬥雞篇〉（劉孝威）	1次
〈祭冥漠君文〉（謝惠連）	1次
〈郭有道碑〉（蔡邕）	1次
〈笳賦〉（傅休奕）	1次
〈博山香爐賦〉（梁昭明太子）	1次
〈景福殿賦〉（何晏）	1次
〈殘燈詩〉（紀少瑜）	1次
〈琴歌〉（司馬相如）	1次
〈琴歌〉（杞梁妻）	1次
〈答張纘文〉（梁元帝）	1次
〈答陶隱居書〉（梁武帝）	1次
〈絕交書〉	1次（見（嵇康）《文選》）
〈菊花賦〉（鍾會）	1次
〈詠博山香爐詩〉（齊劉繪）	1次
〈閒居賦〉（潘岳）	1次
〈閒情賦〉（陶潛）	1次
〈隋王牋〉（謝朓）	1次
〈陽春發和氣詩〉（梁費）	1次
〈雲賦〉（陸機）	1次
〈園葵賦〉（鮑照）	1次
〈嵩高山記〉	1次
〈瑞雪篇〉（劉庭琦）	1次
《虞翻別傳》	1次
詩（吳融）	1次
詩（見（謝混）《文選》）	1次

書　名	次　數
詩（崔駰）	1次
詩（張協）	1次
詩（梁昭明太子）	1次
詩（梁徐悱妻劉氏）	1次
詩（陸倕）	1次
詩（裴秀）	1次
詩（劉孝綽）	1次
詩（劉楨）	1次
詩（盧思道）	1次
詩（盧諶）	1次
詩（蘇武）	1次
〈團扇賦〉（徐幹）	1次
歌（蔡琰）	1次
〈漏水轉渾天儀制〉（張衡）	1次
〈漢費鳳碑〉	1次
〈與王僧辯書〉（徐陵）	1次
〈與吳質書〉（曹植）	1次
〈與吳質書〉（魏文帝）	1次
〈與弟雲書〉（陸機）	1次
〈與婦徐淑書〉（秦嘉）	1次
〈與從弟君苗君胄書〉（應休璉）	1次
〈與陳伯之書〉（丘遲）	1次
〈與楊彪書〉（魏武帝）	1次
〈與鍾繇謝玉玦書〉	1次
〈與魏文帝箋〉（繁欽）	1次
〈舞賦〉（傅毅）	1次
〈輕薄篇〉（張華）	1次
〈餅賦〉（束晳）	1次
〈樂府古題要解〉（唐吳兢）	1次

書　名	次　數
《樂府解題》	1次
《樂府廣題》	1次
《樂錄》	1次
〈論書〉(徐浩)	1次
賦(崔駰)	1次
賦(庾信)	1次
賦(張衡)	1次
賦(曹植)	1次
賦(梁武帝)	1次
〈螢火賦〉(傅咸)	1次
〈諫獵書〉(司馬相如)	1次
〈鴛鴦賦〉(梁武帝)	1次
〈應詔〉(陸機)	1次
〈擬古詩〉(劉鑠)	1次
〈擬騷〉(劉安)	1次
《襄陽記》(習鑿齒)	1次
〈歸去來辭〉(陶潛)	1次
〈歸耕操〉(曾子)	1次
〈歸魂賦〉(沈炯)	1次
〈薦盧播書〉(阮籍)	1次
〈懷舊賦〉(潘岳)	1次
〈關山月〉(周王褒)	1次
〈關中記〉(潘岳)	1次
〈難蜀父老〉(司馬相如)	1次
〈鵩鳥賦〉(賈誼)	1次
〈饒歌〉(漢)	1次
〈饒歌鼓吹曲〉(漢)	1次
〈讀曲歌〉	1次
〈顯志賦〉(馮衍)	1次

書　　名	次　　數
〈觀舞賦〉（張衡）	1 次
〈豔歌〉（張正見）	1 次
〈鸚鵡賦〉（禰衡）	1 次
〈鸞鳥詩序〉（范泰）	1 次

（五）道教經典（121 次）

書　　名	次　　數
《眞誥》（陶宏景）	24 次
《抱朴子》（葛洪）	14 次
《列仙傳》（劉向）	10 次
《神仙傳》（葛洪）	10 次
《黄庭經》	10 次
《登眞隱訣》（陶宏景）	6 次
《南岳夫人傳》	3 次
《集仙錄》	3 次（《集仙傳》）
《太眞科》	2 次
《枕中記》	2 次（舊本題葛洪撰。考隋唐宋藝文志，但有墨子《枕中記》及《枕中素書》。其出後人僞撰。《四庫全書總目》788 頁）
《度人經》	2 次
《茅君內傳》	2 次
《孫氏瑞應圖》	2 次
《陶隱居集》	2 次
《黃帝泰階六符經》	2 次
《黃庭內景經》	2 次
《遁甲開山圖》	2 次
《九皇上經注》	1 次
《九眞中經》	1 次

書　名	次　數
《八道秘言》	1次
《三洞宗玄》	1次
《上原經》	1次
《上清源流經目註序》	1次
《上清經》	1次
《太上飛行九神玉經》	1次
《太上飛行羽書》	1次
《太平經》	1次
《太清中經》	1次
《易參同契》	1次
《金根經》	1次
《洞仙傳》	1次
《神仙服食經》	1次
《神仙感遇傳》	1次
《素問》	1次
《高上太素經》	1次
《陰符經》	1次（舊本題黃帝撰。集仙傳始稱爲唐李筌於嵩山得此書。《四庫全書總目》777頁）
《集仙傳》	1次
《黃籙簡文經》	1次
《道德指歸論》	1次

（六）佛教經典（共70次）

書　名	次　數
法華經	9次
唐釋道世《法苑珠林》	9次
《維摩經》	8次
《涅槃經》	4次

書　名	次　數
《楞伽經》	4 次
《楞嚴經》	4 次
《高僧傳》（釋道宣）	3 次
《蓮社高賢傳》（釋道世）	3 次
《大涅槃經》	2 次
《因果經》	2 次
《佛說海八德經》	2 次
《金剛般若經》	2 次
《報恩經》	2 次
《菩薩本起經》	2 次
《大方等陀羅尼經》	1 次
《四十二章經》	1 次
《西域記》	1 次
《佛說法海經》	1 次
《佛藏經》	1 次
《阿含經》	1 次
《阿難問事經》	1 次
《修行本起經》	1 次
《菩薩本行經》	1 次
《傳法正宗記》	1 次
《圓覺經》	1 次
《嵩山記》	1 次
《僧伽經》	1 次

後　記

本文因尚有許多爭議，故口試委員決議囑作後記。首先是陳文華教授認爲初稿題目與內容不太相稱，方瑜教授也說像義山〈無題〉，廖美玉教授也認爲須改，今將原《李商隱用典析論》改爲《李商隱用典析疑》。

再來是「以典故爲穴位，以文本爲經絡」之研究方法，除了獲梁師冰枏先生之認同外，羅師宗濤先生曰：「李商隱詩特多回穴，而其用典，即其中關鍵性問題。吳君榮富浸淫義山詩多年，每有創獲，今就此重大問題作重點探討，並疏通脈絡，乃深造有得之學術論著。」並指出若干缺點，經已一一改進。

方瑜教授曰：「作者認爲前人注李商隱詩多囿於成見、陳說，未能通解詩意，因此提出『以典故爲穴位，以文本爲經絡』的觀點，主張先解明詩中所用典故之眞義，再貫通全詩，不囿於舊說，確有參考價值。」而缺點是：「作者解詩，心有定見，頗多新解，對歷來箋注，多有針砭，也因作者深愛義山，維護之情，溢於言表，因此不免有障。」其障如：一、將〈無題〉「相見時難別亦難」解爲悼亡、「鳳尾香羅薄幾重」落實解爲義山自寫對妻子之戀慕，恐有未安。二、認爲〈牡丹〉七律「繡被猶堆越鄂君」，如細按原典，則「鄂君舉繡被覆之」者，恐怕是美麗的划船女，而非鄂君自己。三、全書是爲初稿，錯別字甚多，甚至有段落跳漏，字句脫落者。對於方教授其他之審查意見，本文大部分都已參酌改進或補說，唯「鳳尾香羅」與「重幃深下」兩首〈無題〉尚在思考中。

陳文華教授曰：「本論文之最大特色及成就，乃是藉義山詩中之典故，串聯其文本結構，以詮解作品之意涵。作者『以典故爲穴位，以文本爲經絡』之研究方法，確實對若干首義山詩之內蘊，探討出異於前人之結論，較諸清人以來動輒以令狐恩怨或戀情詩來理解義山詩者，有更爲可信之說法，足供研究義山詩者參考，書中對所涉論題相關資料之掌握十分豐富，分析亦頗細膩」。而缺點是：一、本文只是在透過用典之途徑以探尋詩義而已，換言之，其所關懷的是詮釋方法的問題，並從實際批評上舉證其有效性，而不是「用典」本身之研究，因此不免令人致疑其題目與內容是否相稱。二、論文架構缺少有機性的安排。三、作者能洞見前賢之病，卻似乎也不免於此失，如考義山初見王茂元女之時間，是在開成二年進士放榜遊曲江時，即不免於附會。解「昨夜星辰」、「颯颯東南」等詩，其本質與馮浩、張爾田、蘇雪林、鍾來茵並無差異，只是附會之嚴重性程度不同，附會之內容有別而已，此是筆者於古人窠臼未脫盡處，其他有具體指疵而經筆者改進者尚不少。

在口試委員中，廖美玉教授除了認爲題目有問題之外，也反對用「以典故爲穴位，以文本爲經絡」之研究法，並建議至少不要列爲標目。對「劉郎」之看法，廖教授認爲是劉晨而非劉徹，且對「吳王苑內花」之三問也認爲多餘，其他尚多不同意之處。是日也雷雨交加，南下飛機誤點，愚亦如逢驚濤駭浪，然獲益實多。唯從上午十時至下午二時，諸先生枵腹口試，又各抱飢而回，弟子至今歉意實多，謹爲之記。

參考書目

一、主要參考專著（依姓氏筆劃排列）

1. 《李商隱研究論集》，王蒙、劉學鍇，桂林：廣西師範大學出版社，1998 年。
2. 《李商隱豔情詩之謎》，白冠雲，臺北：明文書局，1991 年。
3. 《李商隱和他的詩》，朱偰等著，臺北：臺灣學生書局，1987 年。
4. 《李義山詩集》，（清）朱鶴齡箋注、沈厚塽輯評，臺北：臺灣學生書局，1967 年。
5. 《李義山詩集箋注》，（清）朱鶴齡箋注、程夢星刪補，臺北：廣文書局，1981 年。
6. 《西崑發微》，（清）吳喬選箋，臺北：廣文書局，1973 年。
7. 《李商隱研究》，吳調公著，臺北：明文書局，1988 年。
8. 《詩學十論》，沈秋雄，臺北：文史哲出版社，1993 年。
9. 《李商隱詩歌賞析集》，周振甫主編，成都：巴蜀書社，1996 年。
10. 《玉谿生詩意》，（清）屈復箋注，臺北：正大印書館，1974 年。
11. 《李商隱》，郁賢皓、朱易安著，臺北：國文天地，1973 年。
12. 《李義山詩選》，高劍華，香港：實學書店，無。
13. 《李商隱詩研究論文集》，國立臺灣中山大學中文學會主編，臺北：天工書局，1984 年。
14. 《李商隱詩研究論文集》，張仁青，臺北：天工書局，1995 年。
15. 《李義山詩析論》，張淑香著，臺北：藝文印書館，1987 年。
16. 《玉谿生年譜會箋》，張爾田著，臺北：中華書局，1979 年。

17. 《李義山詩辨正》（與玉谿生年譜會箋合刊），張爾田撰著，臺北：中華書局，1979 年。
18. 《李商隱詩選》，陳永正選注，臺北：木鐸出版社，1987 年。
19. 《李商隱詩選注》，陳伯海，上海古籍出版社，1982 年。
20. 《李義山詩解》，（清）陸昆曾選箋，臺北：學海書局，1986 年。
21. 《樊南文集》，（清）馮浩注、錢振常注、（清）錢振倫箋，上海古籍出版社，1988 年。
22. 《玉谿生詩集箋注》，（清）馮浩箋注，臺北：里仁書局，1981 年。
23. 《李義山詩偶評》，黃侃選評，臺北：學海書局，1974 年。
24. 《李義山詩研究》，黃盛雄著，臺北：文史哲出版社，1987 年。
25. 《李商隱評傳》，楊柳著，臺北：木鐸出版社，1985 年。
26. 《李商隱詩集疏注》，葉蔥奇疏注，臺北：里仁書局，1987 年。
27. 《李商隱資料彙編》，劉學鍇、余恕誠、黃世中，北京：中華書局，2001 年。
28. 《李商隱詩歌集解》，劉學鍇、余恕誠編著，北京：中華書局，1988 年。
29. 《李商隱詩選》，劉學鍇、余恕誠選注，北京：人民文學出版社，1997 年。
30. 《李商隱詩歌研究》，劉學鍇著，合肥：安徽大學出版社，1998 年。
31. 《匯評本李商隱詩》，劉學鍇著，上海社會科學院出版社，2002 年。
32. 《李商隱抒情詩藝術透視》，劉靜生著，北京：中國華僑出版公司，1990 年。
33. 《李商隱詩譯注》，鄧中龍，湖南：岳麓書社，2000 年。
34. 《李商隱詩集今注》，鄭在瀛，湖北：武漢大學出版社，2001 年。
35. 《李商隱愛情詩解》，鍾來茵，上海：學林出版社，1997 年。
36. 《李商隱詩論稿》，藍于著，香港：中華書局，1983 年。
37. 《李商隱詩箋釋方法論》，顏崑陽著，臺北：臺灣學生書局，1991 年。
38. 《滄海月明珠有淚》，顏崑陽選析，臺北：偉文書局，1981 年。
39. 《玉谿詩謎正續合編》，蘇雪林著，臺北：臺灣商務印書館，1988 年。
40. 《李商隱評論》，顧翊群著，臺北：中華詩苑，1958 年。

二、古籍（依姓氏筆劃排列）

1. 《搜神記》，（晉）干寶撰，臺北：木鐸出版社，1985年。
2. 《杜詩詳注》，（清）仇兆鰲箋注，臺北：漢京文化事業有限公司，1984年。
3. 《元稹集》，（唐）元稹、冀勤點校，北京：中華書局，2000年。
4. 《尚書》，（漢）孔安國傳、（唐）孔穎達等正義，臺北：藝文印書館，1982年。
5. 《全唐詩話》，（宋）尤袤，臺北：漢京文化事業有限公司，1983年。
6. 《瀛奎律髓》，（元）方回，上海古籍出版社，1993年。
7. 《毛詩》，毛公傳、（漢）鄭玄箋、（唐）孔穎達等正義，臺北：藝文印書館，1982年。
8. 《漁洋精華錄》，（清）王士禎著，濟南：齊魯書社，1999年。
9. 《薑齋詩話箋注》，（清）王夫之著、戴鴻森注，臺北：木鐸出版社，1988年。
10. 《藝苑卮言》，（明）王世貞著，臺北：木鐸出版社，1983年。
11. 《荀子集解》，（清）王先謙集解，臺北：世界書局，1974年。
12. 《唐摭言》，（唐）王定保，臺北：世界書局，1967年。
13. 《周易》，（魏）王弼、韓康作注、（唐）孔穎達等正義，臺北：藝文印書館，1982年。
14. 《李長吉歌詩彙解》，（清）王琦箋注，臺北：中華書局，1978年。
15. 《唐會要》，（宋）王溥，臺北：世界書局，1989年。
16. 《拾遺記》，（漢）王嘉，臺北：木鐸出版社，1982年。
17. 《史記》，（漢）司馬遷著，臺北：鼎文書局，1991年。
18. 《國語》，（春秋）左丘明著，臺北：九思出版社，1978年。
19. 《春秋左傳會箋》，（春秋）左丘明著、（日本）竹添光鴻會箋，臺北：鳳凰城出版社，1977年。
20. 《白居易集箋校》，（唐）白居易著、朱金城箋校，上海古籍出版社，1988年。
21. 《皇宋類苑》，（宋）江少虞，臺北：文海出版社，無年。
22. 《春秋公羊傳》，（漢）何休注、（唐）徐彥疏，臺北：藝文印書館，1982年。
23. 《論語》，（魏）何晏等注、（宋）邢昺疏，臺北：藝文印書館，1982

年。
24. 《義門讀書記》,(清) 何焯，北京：中華書局，1987年。
25. 《宋人百家短篇小說》,(明) 佚名，北京：北京圖書館出版社，1998年。
26. 《唐人百家短篇小說》,(明) 佚名，北京：北京圖書館出版社，1998年。
27. 《魏晉百家短篇小說》,(明) 佚名，北京：北京圖書館出版社，1998年。
28. 《逃禪詩話》,(清) 吳喬著，臺北：廣文書局，1973年。
29. 《圍爐詩話》,(清) 吳喬著，臺北：廣文書局，1973年。
30. 《呂氏春秋》(四部叢刊正編),(秦) 呂不韋著、陳奇猷校注，臺北：臺灣商務印書館，無年。
31. 《新唐書》,(宋) 宋祁、歐陽脩著，臺北：鼎文書局，1991年。
32. 《唐大詔令集》,(宋) 宋敏求編，上海：學林出版社，1992年。
33. 《李白集校注》,(唐) 李白、(清) 王琦輯注，臺北：偉豐書局，1984年。
34. 《北齊書》,(唐) 李百藥撰，臺北：鼎文書局，1991年。
35. 《南史》,(唐) 李延壽撰，臺北：鼎文書局，1991年。
36. 《太平廣記・神仙》,(宋) 李昉，臺北：文史哲出版社，1987年。
37. 《松窗雜錄》,(唐) 李濬，臺北：木鐸出版社，1982年。
38. 《松窗雜記》(叢書集成續編),(唐) 杜荀鶴，出版地不詳，1971年。
39. 《中晚唐詩叩彈集》,(清) 杜紫綸、杜詒穀撰，北京：中國書店，1984年。
40. 《春秋左傳正義》,(晉) 杜預注、(唐) 孔穎達等正義，臺北：藝文印書館，1982年。
41. 《河南通志・續通志》,(清) 沈荃，臺北：華文書局，光緒8年年。
42. 《唐詩別裁集》,(清) 沈德潛著，上海古籍出版社，1979年。
43. 《說詩晬語》,(清) 沈德潛著，臺北：木鐸出版社，1988年。
44. 《詩學纂聞》,(清) 汪師韓著，臺北：木鐸出版社，1988年。
45. 《唐才子傳》,(元) 辛元房，臺北：金楓出版社，1986年。
46. 《本事詩》,(唐) 孟棨著，臺北：木鐸出版社，1983年。
47. 《荊楚歲時記》(歲時習俗資料彙編),(梁) 宗懍，臺北：藝文印書館，1970 年。

48. 《文鏡秘府論校注》，（日僧）空海著、王利器校注，臺北：貫雅文化事業有限公司，1991 年。
49. 《陳書》，（唐）姚察、魏徵、姚思廉合撰，臺北：鼎文書局，1991 年。
50. 《文選》，（梁）昭明太子，台南：北一出版社，1974 年。
51. 《鍼炙甲乙經》，（晉）皇甫謐撰，叢書集成，北京：中華書局，無。
52. 《苕溪漁隱叢話》，（宋）胡仔著，臺北：長安出版社，1978 年。
53. 《唐音癸籤》，（明）胡震亨著，臺北：木鐸出版社，1982 年。
54. 《詩藪》（明詩話全篇），（明）胡應麟，江蘇古籍出版社，1997 年。
55. 《對床夜話》，（宋）范晞文著，臺北：木鐸出版社，1983 年。
56. 《春秋穀梁傳》，（晉）范寧集解，臺北：龍泉出版社，1977 年。
57. 《後漢書》，（劉宋）范曄著，臺北：鼎文書局，1991 年。
58. 《宋本大唐六典》，（唐）唐玄宗御撰、李林甫等奉敕注，北京：中華書局，1991 年。
59. 《而庵詩話》，（清）徐增著，臺北：木鐸出版社，1988 年。
60. 《讀杜心解》，（清）浦起龍箋注，臺北：里仁書局，1979 年。
61. 《漢書》，（漢）班固著，臺北：鼎文書局，1991 年。
62. 《石洲詩話》（清詩話續編），（清）翁方綱，臺北：木鐸出版社，1983 年。
63. 《越絕書》，（東漢）袁康、吳平輯錄，臺灣古籍出版有限公司，2001 年。
64. 《賓賓錄》（全宋詩全編），（宋）馬永易，江蘇古籍出版社，1999 年。
65. 《淮南子》（四部叢刊正編），（漢）高誘注，臺北：臺灣商務印書館，無年。
66. 《唐詩品彙》，（明）高棅，上海古籍出版社，1979 年。
67. 《雲笈七籤》（四部叢刊正編），（宋）張君房，臺北：臺灣商務印書館，無年。
68. 《歲寒堂詩話》，（宋）張戒著，臺北：漢京文化事業有限公司，1983 年。
69. 《詩人主客圖》，（唐）張爲，臺北：木鐸出版社，1983 年。
70. 《博物志》（叢書集成初編），（晉）張華，北京：中華書局，1985

年。

71. 《賞心樂事》(叢書集成初編),(宋) 張鑑,北京:中華書局,1985年。
72. 《劇談錄》(叢書集成初編),(宋) 康駢,北京:中華書局,1991年。
73. 《茅山志》,(清) 笪蟾光,臺北:文海出版社,光緒丁丑年。
74. 《全唐詩》,(清) 清聖祖御編,臺北:盤庚出版社,1979年。
75. 《宋史》,(元) 脱脱撰,臺北:鼎文書局,1991年。
76. 《說文解字注》,(漢) 許愼著、(清) 段玉裁注,臺北:蘭臺書局,1974年。
77. 《詩源辯體》(明詩話全篇),(明) 許學夷,江蘇古籍出版社,1997年。
78. 《彥周詩話》,(宋) 許顗,臺北:漢京文化事業有限公司,1983年。
79. 《樂府詩集》,(宋) 郭茂倩編撰,臺北:里仁書局,1984年。
80. 《莊子集釋》,(清) 郭慶藩集釋,臺北:華正書局,1980年。
81. 《穆天子傳》,(晉) 郭璞註,臺北:廣文書局,1981年。
82. 《三國志》,(晉) 陳壽撰,臺北:鼎文書局,1991年。
83. 《眞誥》,(梁) 陶宏景,臺北:廣文書局,1989年。
84. 《搜神後記》,(晉) 陶淵明撰,臺北:木鐸出版社,1985年。
85. 《文史通義》,(清) 章學誠著,臺北:華世出版社,1980年。
86. 《懷慶府志》,(清) 喬騰,臺北:臺灣學生書局,1968年。
87. 《載酒園詩話》,(清) 賀裳著,臺北:木鐸出版社,1983年。
88. 《野鴻詩的》(清詩話),(清) 黃子雲,臺北:木鐸出版社,1988年。
89. 《唐詩評三種》,(清) 黃生等、何慶善點校,安徽古籍叢書編審委員會,1995年。
90. 《砦溪詩話》,(宋) 黃徹著,臺北:木鐸出版社,1983年。
91. 《升庵詩話》,(明) 楊愼著,臺北:木鐸出版社,1983年。
92. 《詩法家數》,(元) 楊載著,臺北:漢京文化事業有限公司,1983年。
93. 《石林詩話》,(宋) 葉少蘊著,臺北:漢京文化事業有限公司,1983年。

94. 《原詩》,(清) 葉燮著,臺北:木鐸出版社,1988 年。
95. 《韻語陽秋》,(宋) 葛立方著,臺北:漢京文化事業有限公司,1983 年。
96. 《西京雜記》,(晉) 葛洪撰,臺北:廣文書局,1981 年。
97. 《神仙傳》,(晉) 葛洪撰,天津:百花文藝出版社,1996 年。
98. 《法苑珠林》(四部叢刊正編),(唐) 釋道世,臺北:臺灣商務印書館,無。
99. 《風騷旨格》,(唐僧) 齊己著,臺北:木鐸出版社,1983 年。
100. 《孟子》,(漢) 趙岐注、(宋) 孫奭疏,臺北:藝文印書館,1982 年。
101. 《列仙傳》,(漢) 劉向撰,天津:百花文藝出版社,1996 年。
102. 《評林古今列女傳》,(漢) 劉向撰,臺北:廣文書局,1981 年。
103. 《楚辭注六種》,(漢) 劉向編、王逸章句、(宋) 洪興祖補注,臺北:世界書局,1978 年。
104. 《史通通釋》,(唐) 劉知幾著、(清) 浦起龍釋,臺北:世界書局,1980 年。
105. 《舊唐書》,(五代) 劉昫著,臺北:鼎文書局,1991 年。
106. 《世說新語箋疏》,(南朝宋) 劉義慶、余嘉錫箋疏,臺北:華正書局,1989 年。
107. 《文心雕龍》,(梁) 劉勰著,臺南:東海出版社,1974 年。
108. 《文心雕龍通解》,(梁) 劉勰著、王禮卿解,臺北:黎明文化事業有限公司,1986 年。
109. 《黃帝內經靈樞》(叢書集成),撰人不詳,北京:中華書局,無。
110. 《補注黃帝內經素問》(叢書集成),撰人不詳,北京:中華書局,無。
111. 《六一詩話》,(宋) 歐陽脩著,臺北:漢京文化事業有限公司,1983 年。
112. 《禮記》,(漢) 鄭玄注、(唐) 孔穎達等正義,臺北:藝文印書館,1982 年。
113. 《周禮》,(漢) 鄭玄注、(唐) 賈公彥疏,臺北:藝文印書館,1982 年。
114. 《南齊書》,(梁) 蕭子顯撰,臺北:鼎文書局,1991 年。
115. 《唐詩鼓吹評注》,錢牧齋、(清) 何義門,河北大學出版社,2000 年。

116. 《一瓢詩話》，（清）薛雪著，臺北：木鐸出版社，1988 年。
117. 《詩品》，（梁）鍾嶸著，臺北：漢京文化事業有限公司，1983 年。
118. 《韓非子》（四部叢刊正編），（戰國）韓非著、陳奇猷校注，臺北：臺灣商務印書館，無。
119. 《顏氏家訓》，（北齊）顏之推著、王利器集解，北京：中華書局，1993 年。
120. 《隋書》，（唐）魏徵撰，臺北：鼎文書局，1991 年。
121. 《滄浪詩話》，（宋）嚴羽著，臺北：漢京文化事業有限公司，1983 年。
122. 《水經注》，（後魏）酈道元撰、（清）戴震校，臺北：世界書局，1970 年。

三、今著（依姓氏筆劃排列）

1. 《元好問八百年誕辰紀念集》（元好問研究資料彙編），臺北：文史哲出版社，1991 年。
2. 《唐詩風騷》，方杰選編，江西教育出版社，1999 年。
3. 《傳統文學與類書之關係》，方師鐸，台中東海大學，1971 年。
4. 《沾衣花雨》，方瑜，臺北：遠景出版社，1982 年。
5. 《論中國詩》，日本小川環樹著、譚汝謙等譯，香港：中文大學出版社，1986 年。
6. 《敦煌類書》，王三慶，高雄：麗文文化事業有限公司，1993 年。
7. 《文心雕龍讀本》，王更生，臺北：文史哲出版社，1984 年。
8. 《古典小說考論》，王枝忠著，寧夏人民出版社，1992 年。
9. 《人間詞話》，王國維著，臺南：北一出版社，1969 年。
10. 《唐詩故事》，王署，臺北：貫雅文化事業有限公司，1990 年。
11. 《古典文學論探索》，王夢鷗著，臺北：正中書局，1984 年。
12. 《學術文化隨筆》，王蒙編，北京：中國青年出版社，1996 年。
13. 《百種詩話類編》，臺靜農編，臺北：藝文印書館，1974 年。
14. 《精神分析引論》，弗洛伊特著、高覺敷譯，臺北：志文出版社，1969 年。
15. 《經學歷史》，皮錫瑞，臺北：藝文印書館，1987 年。
16. 《中國道教史》，任繼愈主編，上海人民出版社，1990 年。
17. 《道藏提要》，任繼愈主編，北京中國社會科學出版社，1991 年。

18. 《中國詩史》，（日本）吉川幸次郎著、劉向仁譯，臺北：明文書局，1983 年。
19. 《戲劇美學》，朱棟霖、王文英著，江蘇文藝出版社，1991 年。
20. 《道經總論》，朱越利著、張岱年主編，臺北：洪葉文化事業有限公司，1993 年。
21. 《道教通論》，牟鍾鑒、胡孚琛等，山東：齊魯書社，1991 年。
22. 《唐詩精華評譯》，羊春秋著，湖南：岳麓書社，1997 年。
23. 《古典詩詞藝術探幽》，艾治平，臺北：學海出版社，1984 年。
24. 《宋詩話全編》，吳文治，江蘇古籍出版社，1998 年。
25. 《明詩話全編》，吳文治，江蘇古籍出版社，1997 年。
26. 《唐人絕句藝術談》，吳代芳、李培坤著，陝西人民教育出版社，1993 年。
27. 《唐代美學史》，吳功正著，陝西師範大學出版社，1999 年。
28. 《唐代文學史》，吳庚舜、董乃斌著，北京：人民文學出版社，1995 年。
29. 《唐詩論文選集》，呂正惠，臺北：長安出版社，1985 年。
30. 《唐代情詩精萃》，李小梅選注，陝西人民出版社，1993 年。
31. 《中國詩歌流變史》，李曰剛著，臺北：文津出版社，1987 年。
32. 《甲骨文字集釋》，李孝定編，臺北：中央研究院歷史語言研究所專刊，1982 年。
33. 《唐代文苑風尚》，李志慧，臺北：文津出版社，1998 年。
34. 《古今辭格及範例》，李庚元、李治中編，湖南出版社，1997 年。
35. 《文心雕龍譯釋》，李蓁非，江西人民出版社，1993 年。
36. 《汪辟疆文集》，汪辟疆，上海古籍出版社，1988 年。
37. 《唐人小說》，汪辟疆校錄，臺北：河洛圖書公司，1974 年。
38. 《全唐詩重出誤收考》，佟培基編撰，陝西人民教育出版社，1996 年。
39. 《煌煌 1997 唐韻》，周建國著，北京：中華書局，1997 年。
40. 《詩文淺釋》，周振甫，臺北：木鐸出版社，1987 年。
41. 《談藝錄導讀》，周振甫、冀功，臺北：洪葉文化事業有限公司，1995 年。
42. 《西崑研究論集》，周益忠，臺北：臺灣學生書局，1999 年。
43. 《隋唐五代文論選》，周祖譔編選，北京：人民文學出版社，1990

年。
44. 《晚唐詩譯釋》，尚作恩、李孝堂等編，黑龍江：人民出版社，1997年。
45. 《中國詩歌原理》，(日本) 松浦友久、孫昌武、鄭天剛譯，臺北：洪葉文化事業有限公司，1993年。
46. 《新譯四書讀本》，邱燮友，臺北：三民書局，1973年。
47. 《新譯唐詩三百首》，邱燮友，臺北：三民書局，1988年。
48. 《唐詩三百首新注》，金性堯，臺北：里仁書局，1990年。
49. 《美的範疇論》，姚一葦著，臺北：開明書局，1985年。
50. 《藝術的奧秘》，姚一葦著，臺北：開明書局，1985年。
51. 《朦朧的七種類型》，(英) 威廉·燕卜蓀著，杭州中國美術學院出版社，1997年。
52. 《唐詩百話》，施蟄存，臺北：文史哲出版社，1994年。
53. 《中國文學批評年選》，柯慶明，臺北：巨人出版社，1976年。
54. 《唐詩論考》，柳晟俊著，北京：中國文學出版社，1994年。
55. 《唐詩研究》，胡雲翼著，臺北：臺灣商務印書館，1987年。
56. 《五四新文學論戰集彙編》，胡適編，臺北：長歌出版社，1976年。
57. 《唐風館雜稿》，郁賢皓，遼寧大學出版社，1999年。
58. 《中國道教史》，卿希泰主編，四川人民出版社，1992年。
59. 《莫愁女及莫愁文學》，夏振明、胡鳳英著，江蘇古籍出版社，1992年。
60. 《唐詩五律精品》，孫琴安著，上海社會科學院出版，1991年。
61. 《漢語古文字字形表》，徐中舒主編，臺北：文史哲出版社，1988年。
62. 《中國文學論正續編》，徐復觀，臺北：臺灣學生書局，1985年。
63. 《漢魏六朝小說選注》，徐震堮選注，臺北：洪氏出版社，1977年。
64. 《唐代長安和政局》，栗斯，臺北：木鐸出版社，1985年。
65. 《中國詩歌藝術研究》，袁行霈著，臺北：五南圖書公司，1989年。
66. 《隋唐中樞體制的發展演變》，袁剛著，臺北：文津出版社，1984年。
67. 《文學與戲劇》，馬森，臺北：書林出版有限公司，1996年。
68. 《唐宋詩舉要》，高步瀛，臺北：學海出版社，1975年。
69. 《古書修辭例》，張文治著，北京：中華書局，1996年。

70. 《中國詩學的基本觀念》，張方著，北京：東方出版社，1999年。
71. 《全唐五代詩格校考》，張伯偉，陝西人民教育出版社，1996年。
72. 《唐代詩歌》，張步雲，安徽教育出版社，1994年。
73. 《隋唐五代詩歌史論》，張松如編，吉林教育出版社，1995年。
74. 《唐代政治制度研究論集》，張國剛著，臺北：文津出版社，1984年。
75. 《飲冰室文集》，梁啓超，上海：中華書局，無。
76. 《神女之探尋》，莫礪鋒編，上海古籍出版社，1994年。
77. 《現代獨幕劇選》，許國衡譯，臺南：新風出版社，1972年。
78. 《宋詩話輯佚》，郭少虞，臺北：文泉閣出版社，1778年。
79. 《唐詩美學意味》，陳允鋒著，北京：新華出版社，2000年。
80. 《唐詩彙評》，陳伯海主編，浙江教育出版社，1995年。
81. 《唐代文學叢考》，陳尚君著，北京中國社會科學出版社，1997年。
82. 《全唐詩補編》，陳尚君輯校，北京：中華書局，1992年。
83. 《道藏源流考》，陳國符，臺北：古亭書屋，1975年。
84. 《修辭學發凡》，陳望道著，香港：大光出版社，1964年。
85. 《修辭理據探索》，陳煉強著，北京：首教師範大學出版社，1994年。
86. 《全唐詩人名考校》，陳敏編選，陝西人民教育出版社，1996年。
87. 《唐代詩人叢考》，傅璇琮，北京：中華書局，1996年。
88. 《唐五代文學編年史》，傅璇琮主編，瀋陽：遼海出版社，1998年。
89. 《全宋詩》，傅璇琮等主編，北京：北京大學出版社，1992年。
90. 《唐詩論學叢稿》，傅璇琮著，北京：京華出版社，1999年。
91. 《唐人選唐詩新編》，傅璇琮編，陝西人民教育出版社，1996年。
92. 《牛李黨爭與唐代文學》，傅錫壬，臺北：東大圖書公司，1984年。
93. 《唐詩三百首詳析》，喻守眞，臺北：中華書局，1990年。
94. 《論西崑體》，曾棗莊，高雄：麗文文化公司，1993年。
95. 《美學基本原理》，無，臺北：麥芽文化，1984年。
96. 《唐帝國的精神文明》，程薔、董乃斌著，北京中國社會科學出版社，1996年。
97. 《唐詩三百首鑑賞》，黃永武、張高評，臺北：尚友書局，1983年。
98. 《中國詩學》，黃永武著，臺北：巨流圖書公司，1976年。

99. 《中國文學理論史》，黃保眞、成復旺等，臺北：洪葉文化事業有限公司，1993 年。
100. 《中國詩學縱橫論》，黃維樑著，臺北：洪範書店，1986 年。
101. 《修辭學》，黃慶萱著，臺北：三民書局，1983 年。
102. 《先秦漢魏晉南北朝詩》，逯欽立輯校，臺北：學海出版社，1984 年。
103. 《唐詩史》，楊世明，重慶出版社，1996 年。
104. 《全唐詩「一作」校證集稿》，楊建國編著，山東教育出版社，1997 年。
105. 《唐代律詩賞析》，楊福生，安徽文藝出版社，1999 年。
106. 《隋唐兩京坊里譜》，楊鴻年，上海古籍出版社，1999 年。
107. 《現代美學體系》，葉朗著，臺北：書林出版社，1996 年。
108. 《中國古典詩歌評論集》，葉嘉瑩著，臺北：純眞出版社，無。
109. 《迦陵說詩講稿》，葉嘉瑩著，臺北：桂冠圖書公司，2000 年。
110. 《迦陵談詩二集》，葉嘉瑩著，臺北：東大圖書公司，1985 年。
111. 《迦陵論詩叢稿》，葉嘉瑩著，河北教育出版社，2001 年。
112. 《中國文學史》，葉慶炳著，臺北：臺灣學生書局，1983 年。
113. 《漢魏六朝小說選》，葉慶炳著，臺北：弘道文化事業有限公司，1977 年。
114. 《漢唐文學的嬗變》，葛曉音著，北京：北京大學出版社，1990 年。
115. 《十九、二十世紀中國文學研究論集》，解志熙等編，河南大學出版社，1997 年。
116. 《中古文學理論範疇》，詹福瑞著，河北大學出版社，1997 年。
117. 《唐詩》，臺北：玉堂出版事業有限公司，1979 年。
118. 《唐七律藝術史》，趙謙著，臺北：文津出版社，1982 年。
119. 《中國文學發展史》，劉大杰著，臺北：華正書局，1977 年。
120. 《中國文學理論》，劉若愚著、杜國清譯，臺北：聯經出版事業公司，1981 年。
121. 《中國詩學》，劉若愚著、杜國清譯，臺北：幼獅出版社，1979 年。
122. 《榮格自傳》，劉國彬、楊德友合譯，臺北：張老師文化事業股份有限公司，1997 年。
123. 《唐詩通論》，劉開揚著，成都：巴蜀書店，1998 年。
124. 《中國道教史》，劉精誠著，臺北：文津出版社，1993 年。

125. 《海外中國研究叢書》，樂黛雲、陳珏編選，江蘇人民出版社，1996年。
126. 《中國修辭學通史》，鄭子瑜、宗延虎主編，吉林教育出版社，1998年。
127. 《西崑酬唱集箋注》，鄭再時，山東：齊魯書社，1986 年。
128. 《唐代文學的文化精神》，鄧小軍，臺北：文津出版社，1983 年。
129. 《古小説鈎沉》，魯迅校錄，山東：齊魯書社，1997 年。
130. 《戰國策正解》，（日）橫田惟孝，臺北：河洛圖書出版，1976 年。
131. 《三李神話詩歌之研究》，盧明瑜，臺北：國立臺灣大學出版社委員會，1990 年。
132. 《唐詩鑒賞辭典》，蕭滌非、程千帆、馬茂元等，上海辭書出版社，1983 年。
133. 《中國詩歌美學》，蕭馳，北京：北京大學出版社，1986 年。
134. 《中國灸法治療學》，蕭少卿、陶航，銀川：寧夏人民出版社，1996年。
135. 《韓昌黎詩繫年集釋》，錢仲聯集釋，臺北：學海出版社，1985 年。
136. 《唐代美學思潮》，霍然著，長春市：長春出版社，1997 年。
137. 《唐詩散論》，繆鉞著，臺北：臺灣開明書店，1982 年。
138. 《古典詩文論叢》，顏崑陽著，臺北：漢光文化公司，1983 年。
139. 《隋唐五代文學史》，羅宗強、郝世峰著，北京：高等教育出版社，1994 年。
140. 《唐代文學論集》，羅聯添，臺北：臺灣學生書局，1989 年。
141. 《唐詩概論》，蘇雪林著，臺北：臺灣商務印書館，1988 年。
142. 《顧隨詩文叢論》，顧之京整理，天津人民出版社，1995 年。
143. 《文學批評的視野》，龔鵬程，臺北：大安出版社，1990 年。

四、單篇論文（依姓氏筆劃排列）

1. 〈成語典故箋釋問題散論〉，尹禹一，《齊魯學刊》1992 年 4 期。
2. 〈李商隱的詠史詩〉，方瑜，《中外文學》第 5 卷 11、12 期。
3. 〈李商隱與柳仲郢〉，毛水清，《唐代文學研究》第七輯 1998 年 10月。
4. 〈辭書與書證〉，王光漢，《安徽大學學報》1995 年 6 期。
5. 〈關於文學的語言問題〉，王汶成，《江海學刊》1994 年 5 期。

6. 〈李商隱〈無題〉詩探微〉，王拾遺，《寧夏大學學報》1990 年 4 期。
7. 〈研治古典詩學的體會〉，王英志，《文學知識》1995 年 1 期。
8. 〈李商隱的挑戰〉，王蒙，《文學遺產》1997 年 2 期。
9. 〈李商隱卒年新考〉，王輝斌，《山西師大學報》1994 年 1 期。
10. 〈繪有限之象，蘊不盡之意〉，王澤文，《文史知識》1994 年 8 期。
11. 〈評吳調公〈李商隱研究〉〉，白堅，《文學評論》1984 年 1 期。
12. 〈朝過三清又拜佛〉，亦明，《文史知識》1990 年 3 期。
13. 〈典故簡論〉，朱宏達，《杭州大學學報》1983 年 9 月。
14. 〈李義山詩評論的分析〉，衣若芬，《中國文學研究》第三輯。
15. 〈李商隱〈聖女祠〉三首解釋初探〉，何林天，《山西師院學報》1980 年 2 期。
16. 〈李商隱〈碧城三首〉試解〉，何林天，《山西師院學報》1981 年 2 期。
17. 〈李商隱生平探討〉，何林天，《山西師院學報》1982 年 2 期。
18. 〈李商隱愛情詩解釋辨正〉，何林天，《山西師院學報》1993 年 3 期。
19. 〈關于李義山幾首〈無題〉詩解釋辨正〉，何林天，《山西師院學報》1979 年 1 期。
20. 〈李商隱〈東還〉詩考〉，余金龍，《國立僑生大學先修班學報》2001 年 9 期。
21. 〈李商隱詩歌的多義性及其對心靈世界的表現〉，余恕誠，《文學遺產》1997 年 2 期。
22. 〈象徵派詩、朦朧詩異同論〉，吳晟，《江西師範大學學報》1990 年 1 期。
23. 〈李商隱〈初食筍呈座中〉詩釋〉，吳慧，《天津師大學報》1990 年 1 期。
24. 〈李商隱南游江鄉辨〉，吳調公，《陰山學刊》1988 年 1 期。
25. 〈怎樣做李商隱的解人〉，吳調公，《文史知識》1983 年 4 期。
26. 〈玉谿生年譜會箋平質〉，岑仲勉，《中央研究院歷史語言研究所集刊》15 卷。
27. 〈詩歌用典的功能和技巧〉，李文沛，《徐州師範學院學報》1982 年 1 期。

28. 〈李商隱〈碧城〉管窺〉，李殿奎，《遼寧師範大學學報》1988 年 4 期。
29. 〈李商隱無題詩再探〉，李殿奎，《遼寧師範大學學報》1992 年 6 期。
30. 〈唐人葵花詩與道教女冠〉，李豐楙，《中外文學》16 卷 6 期。
31. 〈李商隱的墓址與籍貫〉，杜定國，《中州學刊》1997 年 2 期。
32. 〈朦朧詩與模糊學〉，沈永銀，《徐州師範學院學報》1989 年 4 期。
33. 〈新聲清綺晚唐詩〉（詩李商隱、杜牧、溫庭筠），汪中，《孔孟月刊》第 19 卷第 11 期。
34. 〈李商隱無題詩構思特點〉，周先民，《文學評論》1984 年 2 期。
35. 〈李商隱無題詩、寄托詩考辨舉隅〉，周建國，《唐代文學研究》1990 年 10 月。
36. 〈李商隱〈無題〉初探〉，周振甫，《山西師院學報》1981 年 2 期。
37. 〈李商隱七絕論略〉，房日晰，《西北大學學報》1990 年 2 期。
38. 〈溫李詩比較〉，林邦鈞，《西南師範學院》1982 年 4 期。
39. 〈用事論〉，祁志祥，《上海大學學報》1993 年 2 期。
40. 〈成語與成詞〉，姜昆武，《社會科學戰線》1979 年 4 期。
41. 〈釋李商隱的「嫦娥」〉，姚一葦，《作品》4 卷 4 期。
42. 〈「旁通」與「寄託」——兩種解讀詩詞的特殊方式〉，施逢雨，《清華學報》23 卷 1 期。
43. 〈由反用典角度探索義山詩的藝術特色〉，胡仲權，《中華文化復興月刊》22 卷 6 期。
44. 〈晚唐傑出詩人李商隱〉，郁賢皓，《文史知識》1983 年 11 期。
45. 〈詩文用典論〉，徐達，《貴州大學學報》1991 年 4 期。
46. 〈李商隱詩歌中的反傳統傾向〉，荀運昌，《西南師範學院學報》1982 年 4 期。
47. 〈古代「藏勾」游戲的幾種形式〉，張仁善，《文史知識》1995 年 9 期。
48. 〈李商隱無題詩研究綜述〉，張明非，《文學遺產》1997 年 2 期。
49. 〈論李商隱的比興風騷〉，張明非，《唐代文學研究》第五輯 1996 年 9 月。
50. 〈李商隱黃陵晤別劉蕡地、時、背景考辨〉，張明非，《唐代文學研究》第五輯 1996 年 9 月。

51. 〈李義山評傳〉，張振珮，《學風》5 卷 7、8、9 期。
52. 〈李商隱詠物詩的悲劇美〉，張學松，《中國人民大學學報》1996 年 1 期。
53. 〈漢語詩歌的構成及發展〉，啓功，《文學遺產》2000 年 1 期。
54. 〈李商隱考略二題〉，梁超然，《唐代文學研究》第六輯 1994 年 10 月。
55. 〈唐詩的語意研究：隱喻與典故〉，梅祖麟、高友工著、黃宣範譯，《中外文學》4 卷 7、9 期。
56. 〈試論宋詞對唐詩的化用及其文化解讀〉，陳永宏，《文學遺產》1996 年 4 期。
57. 〈論唐詩提高語言密度之手段〉，陳宏碩，《華中師範大學學報》1989 年 1 期。
58. 〈言情的藝術——論李商隱無題詩的情感及抒情方式〉，陳建任，《中山大學學報》1997 年 1 期。
59. 〈李商隱詩探微〉，陳寂，《中山大學學報》1957 年 3 期。
60. 〈關于李商隱〉，陳貽焮，《北京大學學報》1962 年 2 期。
61. 〈溫庭筠與李商隱詩的比較研究〉，陳鐵鑌，《錦州師院學報》1985 年 2 期。
62. 〈李商隱與女道士相愛的幾首無題詩考〉，陶光，《南京師大學報》1995 年 2 期。
63. 〈楚天雲雨不須疑——李商隱與女道士相愛的幾首無題詩考析〉，陶光，《晉陽學刊》1995 年 1 期。
64. 〈李商隱研究中的一些問題〉，傅璇琮，《文學評論》1982 年 3 期。
65. 〈李商隱難詩易解〉，彭澤陶，《廣西師範學院學報》1979 年 1 期。
66. 〈談典故〉，游志誠，《國文天地》1988 年 2 月。
67. 〈李商隱詩版本考〉，黃世中，《文學遺產》1997 年 2 期。
68. 〈李商隱〈謁山〉、〈玉山〉詩解〉，黃世中，《唐代文學研究》第四輯 1993 年 11 月。
69. 〈論典故——詩歌語言研究〉，黃弗同，《華中師院學報》1979 年 4 期。
70. 〈唐詩的現代意義〉，黃維樑，《中外文學》15 卷 7 期 1986。
71. 〈臺灣李商隱詩研究述略及其研究路向探討〉，楊文雄，《安徽大學第六屆李商隱年會暨國際學術研討會》未刊稿。
72. 〈李商隱詠女冠詩初探〉，楊柳，《齊魯學刊》1982 年 1 期。

73. 〈論典故〉，葛兆光，《文學評論》1989 年 5 期。
74. 〈陳寅恪先生關于李商隱〈無題〉詩研究的見解〉，葛建平，《中山大學學報》1992 年 4 期。
75. 〈幻夢與詩章：李商隱詩心抉微〉，董乃斌，《陰山學刊》1989 年 3 期。
76. 〈李商隱詩風格分期論綱〉，董乃斌，《西北大學學報》1982 年 3 期。
77. 〈李商隱〈無題〉七律箋證〉，賈恩洪，《遼寧大學學報》1993 年 6 期。
78. 〈箋李商隱〈無題二首〉〉，賈恩洪，《貴州大學學報》1985 年 1 期。
79. 〈鶯和〈流鶯〉〉，賈恩洪，《瀋陽師範學院社會科學學報》1985 年 3 期。
80. 〈秋千下的哭泣——讀李商隱無題〈八歲偷照鏡〉〉，廖敏，《文史知識》1995 年 11 期。
81. 〈論典故詞語及其使用特點和釋義方法〉，管錫華，《安徽大學學報》1995 年 1 期。
82. 〈李商隱的籌筆驛等詩及其與李德裕的關係〉，趙良璧，《中華文化復興月刊》21 卷 3 期。
83. 〈李商隱生年考〉，趙良璧，《大陸雜誌》73 卷 1 期。
84. 〈〈碧城三首〉解碼〉，趙景波，《齊齊哈爾師院學報》1990 年 2 期。
85. 〈論李商隱無題詩的朦朧機制〉，趙景波，《齊齊哈爾師範學院學報》1990 年 6 期。
86. 〈李商隱七律的內在結構效應〉，趙謙，《華中師範大學學報》1991 年 4 期。
87. 〈「情文」——論李商隱的七律詩用典意義〉，劉婉（美國），《唐代文學研究》第七輯 1998 年 10 月。
88. 〈詩詞中「語典」的效用釋例〉，劉漢初，《臺北師院學報》1988 年第 1 期。
89. 〈本世紀中國李商隱研究述略〉，劉學鍇，《文學評論》1998 年 1 期。
90. 〈李商隱的無題詩〉，劉學鍇，《安徽師大學報》1979 年 4 期。
91. 〈李商隱詩集版本系統考略〉，劉學鍇，《安徽師大學報》1997 年 4 期。
92. 〈李商隱的托物寓懷及其對古代詠物詩的發展〉，劉學鍇，《安徽師大學報》1991 年 1 期。

934. 〈樊南文的詩情與詩境〉，劉學鍇，《唐代文學研究》第七輯 1998 年 10 月。

94. 〈古代詩歌中的人生感慨和李商隱詩的基本特徵〉，劉學鍇，《安徽師大學報》1993 年 1 期。

95. 〈《樊南文集》、《樊南文集補編》舊箋補正與佚文補遺〉，劉學鍇、余恕誠，《唐代文學研究》第五輯 1996 年 9 月。

96. 〈李商隱生平若干問題考辨〉，劉學鍇、余恕誠，《安徽師大學報》1983 年 4 期。

97. 〈讀李商隱詩後〉，歐陽炯，《夏聲》243 期。

98. 〈李商隱之神話表現〉，歐麗娟，《國立編譯館館刊》24 卷 1 期。

99. 〈成語、典故的形成和發展〉，潘允中，《中山大學學報》1980 年 2 期。

100. 〈李商隱詩歌的藝術貢獻與心理分析〉，蔣凡，《文學評論》1988 年 2 期。

101. 〈李商隱和華滋華新〉，蔣小雯、唐英明，《上海師範大學學報》1987 年 1 期。

102. 〈李義山無題詩詮釋新論〉，蔡振念，《中山人文學報》第 6 期。

103. 〈論李商隱的無題詩〉，徐朔方，《杭州大學學報》1979 年 1、2 期。

104. 〈「義山雜纂」研究〉，鄭阿財，《第一屆國際唐代學術會議論文集》1988 年 2 月。

105. 〈宋人論李商隱及其詩之研究〉，鄭滋斌，《唐代文學研究》第七輯 1998 年 10 月。

106. 〈李義山戀愛史的發掘〉，樸人，《自由談》21 卷 7 期。

107. 〈用典和襲故〉，盧興基，《江海學刊》1992 年 2 期。

108. 〈玉谿生與道教〉，蕭麗華，《中國文學研究》第一輯。

109. 〈李商隱擇婚王氏就幕涇原，情也，亦勢也解〉，閻琦，《西北大學學報》1979 年 3 期。

110. 〈白居易與李商隱〉，謝思煒，《文學遺產》1996 年 3 期。

111. 〈六朝駢文的隸事用典〉，鍾濤，《文史知識》1996 年 8 期。

112. 〈深婉綿密、真摯蘊藉的戀歌〉，韓成武，《南開學報》1991 年 2 期。

113. 〈李商隱的詠史詩〉，韓理洲，《青海師範學院學報》1980 年 3 期。

114. 〈箋李商隱〈無題一首〉〉，歸鴻，《貴州大學學報》1985 年 3 期。

115. 〈孟浩然與王維的詩風——以用事觀點論二家五律（上下）〉，簡錦松，《中外文學》8 卷 2 期。
116. 〈李義山詩商兑錄〉，聶石樵，《北京師範大學學報》1983 年 5 期。
117. 〈李商隱無題詩研究中的一個分歧論點〉，魏明安，《蘭州大學學報》1989 年 17 期。
118. 〈李義山詩中的蓮〉，羅宗濤，《東方雜誌》16 卷 6 期。
119. 〈論李商隱的愛情詩及其朦朧美〉，羅錫詩，《中山大學學報》1993 年 1 期。
120. 〈一個弱者的愛情世界〉，蘇函，《山西師大學學報》1993 年 3 期。
121. 〈李商隱與佛教〉，龔鵬程，《漢學研究》4 卷 1 期。

五、學位論文（依姓氏筆劃排列）

1. 〈李商隱詩不圓滿情境研究〉，方復華，清華大學中文所碩士論文，1995。
2. 〈清代詩話用事理論研究〉，洪秀萍，私立逢甲大學中文研究所碩士論文，1995。
3. 〈元嘉詩人用典研究〉，高莉芬，國立政治大學中文研究所博士論文，1993。